Dos Italianos en Panamá

Luca Pataro Busset

Dedicado a los jóvenes aventureros de nuestros tiempos

—Pero es que a mí no me gusta tratar a gente loca —protestó Alicia.

—Oh, eso no lo puedes evitar —repuso el Gato—. Aquí todos estamos locos. Yo estoy loco. Tú estás loca.

—¿Cómo sabes que yo estoy loca? —preguntó Alicia.

—Tienes que estarlo —afirmó el Gato—, o no habrías venido aquí.

Alicia en el País de las Maravillas

PRÓLOGO

San Blas
Año 1502

Cuando el joven indígena avistó por primera vez a los españoles desembarcar en las costas pensó estar presenciando un evento divino. Aquellas eran deidades, dioses provenientes del cielo, aterrizados en el mar con sus navíos interestelares de dimensiones asombrosas. ¿De qué planeta provenían? ¿Qué querían? ¿Qué llevaban consigo? Sus ropajes brillaban como las estrellas: tenían que venir de ahí. Y eran altos y de tez clara.

El primer acercamiento con los dioses fue aún más fuera de este planeta. Vistos de cerca, aquellos seres infundían respeto al sólo mirarlos. Intimidaban con sus armas relucientes y sus presencias imponentes.

Desafortunadamente, el conflicto no se hizo esperar. Mucha de su gente pereció bajo las armas sofisticadas de aquellos dioses malignos. Muchos fueron arrebatados por la Muerte, y la Muerte llegaba raudamente bajo varias formas. Palos mágicos sostenidos por los dioses que echaban humo y producían un estruendo espantoso, podían matar a un hombre a varios metros de distancia escupiendo un veneno tan rápido que eludía el ojo.

Muy pronto, el propósito de los dioses fue claro: apoderarse del oro e invadir las tierras que habían sido de su gente durante miles de años. El hermano de su padre casi murió a manos de aquellos seres y ese mismo día le habló como nunca le había hablado antes:

—Hijo, no voy a permitir que esos diablos se apoderen de las riquezas de nuestra familia. Agarraremos todos nuestros utensilios hechos de oro y los ocultaremos. Ellos codician ese material terrenal con tanta vehemencia que serían capaces de aniquilar nuestra raza solamente para hacerse con él. Tu padre, si estuviese todavía vivo, estaría de acuerdo conmigo. Quizá fue suerte la suya de haber muerto antes de ver a esos diablos invadir nuestras tierras y violar a nuestras mujeres. Hoy vendrás conmigo para encontrar un lugar donde ocultar la fortuna de nuestra familia bajo el mar.

El joven indígena obedeció diligentemente y aquella misma noche, ayudados por las sombras de la noche y la luz de la luna, bucearon durante varias horas y encontraron una gruta muy profunda que serviría como escondite perfecto.

No pasaron muchos días después de haber hallado la cueva, empero, que el tío del joven indígena tuvo el mismo destino que los que murieron a manos de los españoles. Había sido uno de aquellos días en los que el dios de la lluvia había llegado con ímpetu rabioso para mojar los ánimos de los pobres mortales en tierra.

A su tío no le gustaban para nada esos seres venidos de otro mundo. Sentía un odio profundo, y fue ese mismo odio lo que acabó con su vida. Reacio a dejarse someter por ellos, amenazó con herir a uno de los españoles y éste le respondió con la rapidez de una cobra, atravesándolo con la espada. El joven indígena vio todo en el momento en que ocurría y se salvó únicamente por su temprana edad. Ahora que era el único para guardar el secreto, se sentía en el deber de llevar el tesoro en aquel lugar y de acabar —o mejor dicho empezar— con lo que había sido el último deseo de un miembro de su familia que prefirió morir de pies que vivir de rodillas.

Confeccionó personalmente diversos bolsos de piel de cerdo para llenarlos de oro. Demoró varios días, y con la ayuda de sus hermanas confeccionó media docena. Ya que lo estaban ayudando, tuvo que revelarles la razón detrás de aquel menester:

—Ocultaré todo nuestro oro para que los diablos no puedan hacerse con él.

—¡Te encontrarán y te matarán! —le advirtió la mayor de las hermanas.

—No me matarán.

—Es muy arriesgado. Es mejor darles el oro y cumplir con sus deseos.

—¡Ni muerto! —sentenció el joven indígena.

Eso fue todo. No había más nada que añadir. Sus hermanas sabían que no había manera de hacerle cambiar idea, y el joven indígena sabía cuál iba a ser su destino de ahora en adelante. Escogió una noche de luna llena para fugarse a través de la selva rumbo al mar con los primeros dos bolsos llenos de oro. La adrenalina bombeaba en su sangre y le dejaba un sabor que nunca había sentido antes en la boca. Ese mismo sabor lo acompañó hasta que se zambulló entre las olas con los bolsos colgando del cuello y mientras mantenía la respiración para llegar al escondite.

Sabía que no podía dejar el oro a merced del mar, así que encontró un escorzo en la roca allí donde el agua nunca podría lavar el preciado botín. Le costó unos cuantos rasguños productos del roce con la afilada pared de la gruta, pero pudo sentirse satisfecho aun cuando esperó en el agua con la mirada hacia el escorzo para asegurarse de que todo estaba a salvo.

Después de la primera carga que llevó adentro de la gruta sintió una satisfacción muy grande y que lo llenó de orgullo. Aquella satisfacción se convertiría en una droga, una adicción a la adrenalina y al peligro. Sabía que si uno cualquiera de aquellos diablos lo encontrara con semejante cantidad de oro, no solamente iba a perder el oro sino su propia vida.

En dos noches ya había trasladado dos bolsos llenos de oro. Un viaje más y habría cumplido con su deber.

—Hermano, déjame venir contigo esta noche —le imploró la mayor de las hermanas mientras estaba a punto de irse por tercera noche consecutiva.

—No, es muy peligroso.

—Ya sé que es peligroso. Eso mismo te dije yo. Déjame ayudarte, así no tendrás que hacer viajes innecesarios.

El joven indígena lo pensó un largo rato. La propuesta de su hermana tenía lógica.

—Vamos a hacer algo. Esta noche dibujaré un mapa; si algo llegara a pasarme, sabréis dónde está escondido el tesoro.

La hermana accedió y le deseó suerte mientras lo veía alejarse.

Aquella noche el joven indígena tenía un mal presentimiento. Se zambulló entre las olas como siempre y buceó para llegar al escondite. Logró llevar los bolsos a salvo y estaba a punto de alejarse cuando vio la aleta de un tiburón serpentear lentamente en el agua de la gruta a unos cuantos metros de él. Sintió ese mismo sabor en la boca que había sentido la primera vez. El corazón le pulsó contra el pecho como un palillo contra un tambor: tenía que salir del agua. Nadó en dirección opuesta al tiburón cuidando de no chapotear demasiado. Habría subido en la roca rápidamente, sin importar los rasguños y cortes que probablemente iba a auto infligirse. Habría sido mejor si el joven indígena no se hubiese movido tan bruscamente.

—Por todos los dioses del mar —dijo en voz alta—, ha llegado mi hora. —Su voz retumbó en la penumbra de la gruta—. Padre, tío, ¡ayúdenme!

Nadó con toda la fuerza que le permitían los brazos y las piernas y finalmente tocó la rugosa superficie de la gruta. Se encaramó como un fulmine en lo poco de superficie que había. El tiburón llegó hasta el borde, ahí donde unos segundos antes habían estado sus pies: había percibido su presencia, ahora quedaba a la espera para poder atacar, y daba vueltas en círculo esperando su presa.

I

Nuestros días

Cesare se despertó por el suave timbre de aviso que invitaba a los pasajeros a abrocharse el cinturón de seguridad. Abrió los ojos justo cuando la lucecita se iluminó, la tomó como una señal y se lo apretó con fuerza. El simple hecho de que se despertara por una tontería como aquella le hizo entender lo poco relajado que estaba.

¿O acaso —pensó— los ingenieros que idearon aquel timbre nivelaron el volumen exactamente para que los pasajeros que dormían se despertasen sin sobresaltos y aquellos ya despiertos no se fastidiasen?

Creyó que pensaba demasiadas cosas inútiles. Pensó que, sea como sea, estaba efectivamente nervioso, aunque no había razón aparente para estarlo. Después de todo, aquellas eran unas simples vacaciones, unas vacaciones algo exóticas y diferentes, pero aun así eran vacaciones.

A su derecha, Alberto tenía la cabeza apoyada contra la tapa cerrada de la ventanilla. Él sí no se había despertado. Seguía dormitando con la boca abierta y emitiendo unos resuellos esporádicos que le daban a Cesare ganas de reírse a mandíbula batiente. Claro, no se había reído, y claro, nadie se habría percatado. Es raro cómo en los aviones, no obstante el aparente silencio, nadie escucha nada. Uno se acostumbra al constante zumbido de las turbinas y se sumerge en el enguatado silencio, meciéndose de vez en cuando por los baches en la atmósfera que hunden la aeronave y le dan a uno un vuelco al corazón. Uno se acostumbra a todo, pensando en un millón de cosas y en nada en particular y, dependiendo del vuelo, se duerme.

Uno se duerme porque no hay mucho más que hacer, pensó Cesare. Y el vuelo en el que se encontraba en ese momento era de aquellos en que el cien por cien de los pasajeros se habría dormido, tarde o temprano. En efecto, la mitad de los pasajeros estaba durmiendo en ese preciso instante. Las luces estaban apagadas. Había quien se dejaba abstraer del entorno por las películas proyectadas en sus pantallas individuales, había quien leía.

—¿Es la primera vez que visitas Panamá?

Cesare giró la cabeza hacia la izquierda: del otro lado del pasillo, en el asiento adyacente al suyo, una viejita lo estaba observando con una mirada fisgona y una sonrisa indiscreta. Asumió que fue quién le habló.

—No hablo el español muy bien.

—¿Cómo no? Lo hablas súper bien.

—Gracias —contestó Cesare.

¿Cómo sabes que lo hablo súper bien si acabo de decir dos palabras?

—¿Así que es la primera vez?

¡Oh mamma mia! Esta va a empezar a hablarme durante media hora. ¿Por qué nunca me sucede con una modelo?

—Sí, primera vez.

—¿De dónde eres?

—Roma, Italia.

—¿De verdad? ¡Yo amo Roma! La primera vez que visité Roma fue con mi marido en el setenta y nueve.

Cesare sonrió. Todo el mundo hacía lo mismo, contando sus cosas, como si a él le importara un comino que en el setenta y nueve viajó a Roma con su marido. Ni siquiera había nacido en el setenta y nueve. Pensó que se lo habría dicho.

—Yo todavía no había nacido en el setenta y nueve.

La viejita lo ignoró.

—Vimos el Coliseo, el Vaticano y… ¿cómo se llama esa fontana?

Hay un millón de fontanas en Roma.

—¿Cuál?

—Esa fontana grande.

—¿Fontana di Trevi?

—¡Esa misma!

Cesare esbozó otra sonrisa. ¡Qué bien! Ahora que le contó que vio el Coliseo, el Vaticano y la Fontana di Trevi en el setenta y nueve podía dormir tranquilo. Pero la sonrisa se esfumó como una mecha de medio centímetro cuando la viejita empezó a abrir nuevamente la boca. Quizá no habría tenido que seguir mirándola más de tres segundos.

—Bueno, sabrás que cuando era joven, más o menos de tu edad, tenía a un novio italiano y con él aprendí a hablar un poco de italiano. Él vivía en Panamá. Después partió para regresar a su país. Decía que extrañaba mucho su tierra, pero él era mucho mayor que yo.

Pero me importa un comino.

—Estaba medio loco. Ustedes los italianos son un poco locos, ¿ah? —No era realmente una pregunta.

No soy yo el que habla de mi vida con un extraño.

—¿Y tu amigo de donde es, Roma también?

—No, él es de Nápoles.

—¿Y qué van hacer en Panamá?

—A visitar, de vacaciones.

¿Alguna otra pregunta?

—Le va a encantar Panamá —dijo la viejita con un rictus de orgullo en su rostro.

—Estoy seguro que sí.

La azafata se interpuso entre los dos, tapando de golpe a la viejita y a su sonrisa indiscreta. Con el pelo negro hasta los hombros y unas mejillas arreboladas por el maquillaje, la azafata, que debía tener unos treinta años, era definitivamente atrayente.

—¿Café?

—No gracias —le contestó Cesare con una sonrisa coqueta.

Tampoco la viejita quiso café. Cesare mantuvo la mirada en la azafata mientras seguía con su rutina. Cuando se fue, pensó que se había marchado demasiado rápidamente.

—Yo viajaré hacia Miami en los próximos días, pero primero haré escala en Panamá para buscar algo para mi hijo. Mi hijo vive en Miami con su mujer y dos hijos, pero somos todos de Panamá —la viejita hizo una pausa—. ¡Qué Dios los bendiga! Hay mucha gente mala en este mundo. Hay muchos demonios. Hay que tener fe en Dios y pedir que nos guíe en nuestro camino… ¡siempre! El día del Juicio Final llegará para todos —Cesare pensó que la viejita se había ido por la tangente—. Me imagino que nunca has viajado tan lejos. ¡Muchos kilómetros!

—¡Sí, muchos!

Muchos, pensó Cesare. Nada mal por ser la segunda vez que tomaba un avión. La primera había sido en un viaje escolar con la secundaria para ir a Sicilia. En ese entonces, el avión había tardado tanto tiempo en despegar, rodando por todo el aeropuerto de Fiumicino, que Cesare pensó que habrían llegado a Palermo por carretera a diez kilómetros por hora.

—Tengo una sobrina de tu edad que vive en Panamá —continuó la viejita—. Es una muchacha bien guapa.

Cesare no estaba seguro de qué decir. ¿Acaso le quería introducir a la sobrina guapa?

No sería tan mala idea.

Pero la viejita calló y no dijo más nada. Aparentemente cansada, se recostó en su asiento empujándolo hacia atrás y se echó a dormir.

Cesare quedó pensando en aquel viaje a Sicilia de unos diez años atrás. Guardaba exquisitos recuerdos de aquella época que nunca volvería y que tampoco se borraría de su memoria. Creía firmemente que cada momento y cada experiencia es diferente y única como las rayas de una cebra o la palma de una mano.

Carpe diem.

Sicilia había sido simplemente hermosa, reluciendo en todo su esplendor debajo de un brillante sol de julio. Quedó fascinado por los monumentos de origen griego e impresionado por la cantidad que había. Después de todo, Sicilia había sido helénica a lo largo de muchos siglos antes de convertirse en una provincia del Imperio Romano.

La azafata caminó deprisa para regresar hacia el fondo del avión con una jarra de metal de donde emanaba olor a café. Cesare levantó la mirada hacia ella y ella le sonrió.

Lo que más le había fascinado a Cesare, aunque quizá para la mayoría de los turistas habían sido los majestuosos monumentos de mármol, fue la famosa Oreja de Dionisio en Siracusa. Una simple cueva artificial de caliza, es decir, algo creado por la naturaleza —y aun así, tan perfecta— la Oreja de Dionisio representa un ejemplo clásico de algo natural que el hombre ha hecho suyo a través de leyendas.

Debido a la forma de oreja, la cueva posee tan buena acústica que el más mínimo sonido producido en su interior resuena a través de toda la gruta. Una leyenda narra que el tirano Dionisio Primero había hecho construir la cueva para que los gritos de los prisioneros que él mismo torturaba en su interior pudieran retumbar dentro y afuera, y así testimoniar la crueldad de sus actos. Como toda leyenda, mezclaba algo de verídico con algo de ficticio. Cesare sabía que lo verídico eran las torturas que el tirano infligía a sus víctimas.

Sicilia, por ser una isla, ha sido siempre una región italiana muy particular y con un contexto histórico y cultural muy excepcional con respeto al resto del país.

Cesare amaba a su país. Recordaba con orgullo que Italia vio nacer a grandes exploradores como Cristóbal Colon, Marco Polo y Américo Vespucio.

Pues bien, Cesare se sentía un explorador, un explorador del siglo XXI que compraba un boleto de avión y cruzaba cinco mil millas en un día a diez mil pies sobre el nivel del mar en lugar de seis meses pegado al agua.

Ponderó sobre aquellos navegantes del siglo XV que por primera vez se aventuraban en llegar al Nuevo Mundo, alojándose en carabelas en medio de un inmenso Océano durante tiempo indeterminado, y quizá por primera vez en su vida sintió verdadero respeto y admiración hacia aquellos hombres de siglos pasados.

Un bache de aire lo sacudió devolviéndolo al mundo dentro del avión, con los pies en… en el aire, aunque por lo menos todavía pisando el sólido acero del Boeing 747. Sintió cómo el corazón se le encogió dentro del pecho. Se arrellanó en el asiento y respiró hondo. Todavía faltaban por lo menos cuatro horas y media antes de llegar a Panamá. Habría dormido un poco.

II

Un matorral se extendía hasta donde alcanzaba la vista. El sol jugaba a esconderse entre unas nubes plúmbeas, hasta que se ocultó del todo. Un viento cargado de salitre iba levantándose al mismo tiempo que las sombras cubrían el idílico paisaje. Cesare echó un vistazo al cielo: una manada de gaviotas dibujaba una uve a unos cien metros sobre su cabeza.

Por la vegetación de cítricos, olivos y viñedos, Cesare pensó que se trataba de un matorral mediterráneo, similares a los que se encuentran en las costas de Sicilia. Al despertar habría pensado que el sueño había sido un reflejo incondicional de los recuerdos que su mente había hurgado poco antes de dormirse. En el sueño, Alberto lo estaba mirando con ojos desgranados y con un ademán le pidió que lo siguiera.

—¿Qué hay?

No obtuvo respuestas.

Bajada una loma, su compañero finalmente se detuvo frente a un hueco en la tierra del mismo tamaño de una alcantarilla. El críptico hueco era más oscuro que el carbón, más oscuro que lo más negro y sombrío que pudiera producir la imaginación humana en sueño o despierta. Por mucho que tratara de encontrarle un fin al hueco, Cesare no podía. El hueco no tenía fin.

—Hay que asomarse —decía Alberto mientras se agachaba hacia la infame hura sin fondo.

—Oye, no tan cerca —le advertía Cesare.

Alberto acercó la cabeza al borde fisgoneando con artimaña en el intento de reconocer algo que fuera de este mundo. De pronto se volvió hacia Cesare con una sonrisa idiota:

—¿Habrá un tesoro adentro? —preguntó.

Cesare no tuvo tiempo de pronunciar palabra. Un brazo salió escupido del hueco y agarró a Alberto por la espalda y se lo llevó consigo. El brazo era de un color chocolate oscuro y llevaba unas garras en el codo. Sabía que se trataba de un demonio.

Al reaccionar en su ayuda logró agarrar la mano de Alberto, rozando apenas el brazo rugoso del demonio. Pronto se dio cuenta de que Alberto estaba escurriéndose de entre sus dedos tan inexorablemente como el recuerdo de una pesadilla al tratar de recordarla por la mañana.

Alberto gritaba que no había que dejarlo ir.

—¡Cesare!

Por un segundo pensó que había sido su deseo que se cayera, pero se arrepintió inmediatamente y ya no había vuelta atrás. Se esforzó hasta sentir que su brazo quería desplazarse del hombro, pero fue demasiado tarde. Lo último que pudo ver fueron aquellos ojos que lo asustaron en lo más profundo de su alma y que pertenecían a la criatura.

III

Se despertó con un sobresalto. Alberto miraba por la ventanilla y la viejita estaba rellenando un documento de inmigración con mucha, demasiada concentración, pegando los lentes de vista al documento y escribiendo muy despacio. ¿Habría terminado de llenarlo para el día del Juicio Final?

La luz estaba encendida por toda la cabina y el enguatado silencio dio paso a una algarabía de voces y de gente abriendo y cerrando los compartimientos.

—¡Estamos llegando! —le informó Alberto.

Cesare no pudo evitar recordar el demonio del sueño mientras lo miraba. Se estiró.

—¡Al fin!

Ahora que la tapa de la ventanilla estaba abierta aprovechó para echar un vistazo hacia afuera. El ala del avión cortaba nubes algodonadas a quinientos kilómetros por hora y el cielo era de un azul tan intenso que hería los ojos. Una franja verde empezaba a delinearse a cinco mil pies por debajo de sus traseros. Era la primera vez que veía el continente americano en vivo.

La desazón estomacal regresó puntualmente y se imaginó a un globito pequeño como una pelotilla de ping pong flotar arriba y abajo dentro de su estómago, subir al pecho y rebotar contra el corazón. Tragó saliva y respiró hondo. De ahí a que las llantas del avión chirriaran contra el asfalto de la pista de aterrizaje pasaron treinta minutos. Fue entonces cuando el globito estalló de repente y la desazón se desvaneció.

—Bienvenidos a Panamá —dijo una voz de mujer a través del altavoz—. En la hora local son las cinco y cinco de la tarde. La temperatura es de unos calurosos treinta grados centígrados.

La voz siguió con una retahíla de información más o menos útil y otra más o menos inútil que avisaba a los pasajeros de tener cuidado con abrir los compartimientos superiores y de permanecer sentados hasta que el piloto hubiese apagado la señal de abrocharse el cinturón de seguridad, que nadie

10

obedecía; los pasajeros se levantaron todos al mismo tiempo al detenerse el avión, aviso o no aviso.

La primera impresión al bajarse del avión, al ingresar por el pasillo suspendido que llevaba los pasajeros hacia la terminal, fue que Panamá era un país muy húmedo y caluroso, sobre todo húmedo. Al entrar en el aeropuerto, sin embargo, un aire congelado los azotó como una ducha de agua con hielo en un día de verano. El drástico cambio de temperatura los tomó de sorpresa.

Se demoraron unos cuarenta y cinco minutos en pasar la inspección de aduana y agarrar las mochilas. Había unos changadores con sombreros y uniformes marrones esperando ante las puertas corredizas de la salida y que querían cargar las mochilas de los dos italianos a toda costa. Alberto tuvo que arrancarle la suya a uno de los changadores para que no se la llevara. El negro de un metro ochenta y cinco de estatura en uniforme lo fulminó con la mirada, y Alberto, que era casi del mismo tamaño, sostuvo la mirada hasta que el changador dio media vuelta y se fue riendo de no se sabe bien qué cosa.

—¿Qué le pasa a ese idiota?

—Tranquilízate, Albert. Acabamos de llegar.

Alberto se alisó el incipiente bigote color avellana con el pulgar y el índice, un gesto que acostumbraba a repetir cada vez que estaba nervioso.

—¡Estamos en Panamá! —repitió Cesare con el brazo extendido y una sonrisa mostrando sus grandes dientes blancos.

En la escuela los llamaban Maverick y Goose por la semblanza con los actores de Top Gun: Cesare, con el pelo oscuro, era el más guapo de los dos, mientras que Alberto era más alto y con la caminata de quien tiene una pierna más larga que la otra.

La primera conversación que tuvieron con alguien en suelo panameño, a parte de la amargada agente de aduana que les hizo una sola pregunta: «¿por qué vinieron a Panamá?» y que no quiso saber la respuesta, fue con alguien de por lo menos treinta y cinco años por pierna (y que por suerte tenía las dos piernas), quien se hacía llamar Mr. Michael J. Fox y quien se acercó a los dos inquiriendo si necesitaban un taxi.

—¿Ustedes dos son extranjeros?

—¡Así es! —contestó Cesare poniéndosele de frente.

—Mr. Michael J. Fox, ¡a sus órdenes! —pronunció el hombre tendiendo su mano. Era un negro muy bronceado y tan flaco que Cesare calculó que no podía pesar más de unos sesenta kilos, lo cual no era mucho considerando que medía por lo menos un metro y ochenta. Cuando le estrechó la mano, ésta era áspera y seca como la tierra sedienta del desierto del Namib.

—¿Mr. Michael J. Fox? —repitió Cesare. No sabía si reírse por el chiste, pero el viejo seguía muy serio. Alberto esbozó una media sonrisa.

—¿Cómo no? Así me llaman… por la semblanza con el actor estadunidense.

Cesare sospechaba que el viejo les estaba tomando el pelo, o que se había confundido de actor, pero no pudo pensar en ninguno que se le pareciese.

—Bueno, Mr. Michael J. Fox, nosotros tenemos que llegar al… —leyó de una hoja impresa—, Hotel El Panamá en… vía España.

—Cómo no, por favor —se acercó a las mochilas con convicción, pero ninguno de los dos dejó que aquel viejito se doblegara para levantar unas mochilas que juntas podían pesar casi tanto como él. Cesare ya se imaginaba mientras conducía el taxi hacia el hospital más cercano para llevar a aquel viejo demacrado.

—Gracias —intervino Alberto con una sonrisa—, pero pesan mucho. Si nos hace el favor de abrir el maletero nosotros mismos las colocaremos.

El maletero del Toyota Starlet, de un color amarillo años ochenta, se abrió con un chirrido agudo. Cuando los tres llegaron finalmente a sentarse adentro del vehículo, Mr. Michael J. Fox sacó un paquete de Parliament, dio una calada a un cigarro recién encendido, y empezó a toser con una tos tan ronca y espantosa que Cesare y Alberto entraron en pánico. El coche se llenó de humo de cigarrillo y de algo más, de algo quemándose, probablemente el asiento del conductor.

—Señor, ¿se encuentra usted bien? —preguntó Cesare.

—Sí, el primer cigarro es siempre así —contestó Mr. Michael J. Fox. Se rasgó la garganta y escupió afuera de la ventanilla algo parecido a una criatura salida de un cuento de Stephen King. Por suerte el acre olor de asiento quemado cesó y hubo silencio hasta que llegaron a la ciudad.

Vía España era una cacofonía y un revoltijo de coches pitando. Mr. Michael J. Fox estaba a punto de dejar una huella de amarrillo años ochenta a un BMW al arrimarse tanto a él que Alberto habría podido abrir la ventanilla y estrechar la mano del conductor.

—¡Cuidado! —gritó Cesare.

—¿Qué cosa? —dijo el viejo apuntando con el índice derecho a su oído—. Yo no oigo muy bien.

No es que conduzca mucho mejor.

—Se acercó demasiado al BMW —le hizo saber Alberto.

—Sí, no llovió nada hoy —dijo el viejo después de una pequeña pausa y levantado los ojos al cielo.

Alberto frunció el ceño. ¿El enigmático viejito estaba tomándoles el pelo o de verdad chocheaba sus últimos días en la tierra? ¿Cómo era posible que todavía estuviese manejando un taxi? ¿Habrían llegado enteros o no habrían llegado del todo? Por lo menos manejaba con las dos manos sobre el volante, aunque levemente temblorosas. Miraba al frente con una expresión de una tristeza infinita. ¿Por qué la tristeza? se preguntó Cesare. ¿O es que simplemente le costaba mantener los ojos abiertos? Sintió lastima.

—Saben que yo no soy taxista, soy jardinero. Toda mi vida he sido jardinero. Hoy mi sobrino me pidió que manejara el taxi, pero a partir de mañana ya no estaré en la ciudad manejando, estaré haciendo jardinería por otro lado, lejos de aquí.

Gracias a Dios.

Aparentemente el destino fue magnánimo con los dos italianos porque finalmente lograron divisar el hotel. El viejo detuvo el coche y apagó el motor al mismo tiempo. El Starlet se apagó dando un salto hacia adelante y Cesare se quedó pensando si había sido por accidente o si fuese algo habitual.

Le pagaron veinte dólares y el hombre se marchó dejando un humo negro que salía del escape sin decir ni gracias ni hasta la vista. Apenas embolsó a Andrew Jackson, Mr. Michael J. Fox y su DeLorean se volatilizaron hacia nuevos destinos más rápidos que un cohete.

El reloj de pulsera de Cesare marcaba las dos y media de la mañana cuando abrieron el cuarto de hotel extremados y oliendo a rayos.

—Se me olvidó ajustar la hora local, todavía tengo la hora de Italia.

—Aquí son las nueve y media de la noche —lo informó Alberto—. Son siete horas de diferencia.

Se tomaron cada uno una larga ducha y discutieron si salir a comer algo afuera o al restaurante del hotel. Al final, se quedaron dormidos antes de tomar una decisión.

IV

La insistente bocina de un coche parecía viajar como una descarga eléctrica desde la calle directamente hacia el oído de Cesare. Era un pitido rojo, un rojo encendido y rabioso con los ojos encorvados dentro de una mueca malévola. La bocina había tomado vida en la mente todavía medio dormida de Cesare.

Abrió los ojos de par en par.

—¿Qué carajo…?

Se levantó y dio un vistazo a Alberto, que estaba dando vueltas en su cama. Fue al baño y salió del baño, y el pitido continuaba. ¿Hubo un accidente? ¿Un brutal accidente? ¿Un gordo que con su coche chocó contra otro coche y se desmayó con la cabeza aplastada contra la bocina? Pero no oyó ambulancias. Se movió hacia la ventana y corrió parte de la cortina con el dorso de la mano: la calle estaba llena de coches, pero no vio ningún accidente.

Y el pitido continuaba.

—¿Qué diablos está pasando? —Alberto se había despertado. Se frotó los ojos y bostezó—. ¿Un accidente?

Cesare contestó susurrando mientras seguía espiando con los ojos entornados:

—No, ningún accidente

—¿Cómo dijiste?

—Ningún accidente.

—¿La calle está despejada?

—Despejada como los pulmones de Mr. Michael J. Fox.

Alberto quedó pensativo por unos instantes.

—¿Mucho atasco?

—Sí.

El pitido continuaba.

—¿Pero quién está pitando tanto? —quiso saber Alberto.

El pitido se interrumpió.

Silencio —sólo por un segundo y medio, el tiempo que las demás bocinas se incorporaran al resto de la acústica ambiental— luego fue un concierto desordenado de bocinas histéricas. Cesare tuvo la sensación de que un sádico siquiatra estuviese haciendo experimentos con su mente.

Bajaron hasta la planta baja del hotel usando las escaleras. Cesare preguntó a un muchacho con un uniforme blanco y negro que estaba parado al lado de una puerta si el restaurante estaba abierto.

—¡Claro que sí! ¡Claro! ¡Vengan! —El muchacho era extremadamente amable. Entró aprisa por la puerta y los acompañó a una mesa e hizo un ademán para que se sentaran—. Siéntese ahí —dijo indicando a Cesare un asiento acolchado y esperando a que se acomodara.

Cesare se sentó lentamente, sintiéndose un poco acosado.

¿Y si no me siento? Mejor me siento.

Después de comer preguntaron al conserje del hotel cuáles serían los lugares turísticos que deberían visitar.

—Las esclusas de Miraflores, el Casco Antiguo, Panamá la Vieja —dijo el conserje—. Si quieren les doy un mapa. Hay también la opción de tomar un bus turístico.

—No, nada de eso —dijo inmediatamente Cesare.

Los dos turistas acordaron que habrían preferido caminar por la ciudad. Tomaron un mapa cada uno y se despidieron cortésmente.

Al llegar a la vía España se quedaron en estado de shock al ver dos buses competir para llegar primeros a la parada. Hacían un ruido comparable a un avión de carga de la Segunda Guerra Mundial en avería y a punto de estrellarse, o a veinte tractores gigantes compitiendo en una de esas carreras absurdas que se inventan los norteamericanos.

Los dos ensordecedores buses casi atropellaron a dos mujeres chinas, una madre con su hija. La madre tuvo que echarse a un lado y halar la hija para evitar que la parte delantera del bus la aplastara.

—¡Inc/eíble! —gritó la china con toda su rabia hacia el conductor—. ¡Loco de mie/da!

Al conductor no parecía importarle nada de la china. Arrimó su largo bus que recordaba a los buses escolares de Estados Unidos en los años ochenta (probablemente porque había sido un bus escolar de Estados Unidos en los años ochenta o setenta, antes de que el gobierno de ese país se lo vendiese a Panamá a precios irrisorios) y que estaba pintado por completo con dibujos en aerosol, dejando que la parte trasera obstruyera dos tercios de la calle de cuatro carriles. Una ola de bocinas se levantó al instante, incluyendo aquella del otro bus, que aparte de los dibujos era idéntico al otro, y que si no hubiese frenado a tiempo habría chocado contra el morro de su competencia.

—¡Mira! —Cesare hizo seña a Alberto—. ¡La china se cayó adentro de una alcantarilla!

La china se había distraído y caído en una alcantarilla sin tapa. La hija estaba lloriqueando mientras un par de hombres ayudaban a su madre a salir ilesa.

—G*l*acias, g*l*acias, muy amables —decía la china mientras la halaban por los brazos.

No había ninguna cinta amarilla ni algún aviso en absoluto que indicase una alcantarilla sin tapa. Simplemente había un hueco en medio de la calle que no parecía despertar la preocupación de nadie.

Los dos recorrieron buena parte de la Avenida Balboa hasta preguntar a un guardia de un banco la dirección hacia las esclusas de Miraflores y se dieron cuenta de dos cosas: que estaban caminando en la dirección equivocada, y que les habría tomado demasiado tiempo ir a pie. Subieron en un taxi y le indicaron la dirección.

El taxista conducía el auto con las cuatro ventanillas abajo. La brisa que entraba les daba la impresión de estar volando en un biplano de la primera guerra mundial, de aquellos que dejaban las cabezas colgando en el aire; un ritmo merengue sonaba de fondo.

El taxi estaba adornado con varias baratijas: un perrito con la cabeza que se movía con las vibraciones, varios coches de pocos centímetros de largo que cada niño de cinco años ha tenido por lo menos una vez en su vida, un peluche rosado con un corazón rojo cocido en el pecho, la estatuita de una Virgen, unas cuantas pelotillas coloradas de lana unidas por un hilo, un librito de plástico en miniatura con «Biblia» escrito en letras doradas en medio de las dos páginas (todo aquello pegado de alguna forma al salpicadero). Colgando del espejo retrovisor había una media docena de arbolitos perfumados. Sin embargo, el taxi seguía oliendo a todo menos a perfumen para coches.

El taxista era un joven de veinticinco años, flaco, de rasgos mestizos, no más alto de un metro y setenta. Llevaba puesta una gorra desgastada de los Yankees y manejaba con una mano encima del volante y la otra alternándose entre el cambio y la ingle. Nadie hubiera podido arrancarle la expresión de desafío que se reflejaba en su rostro.

¿Desafío hacia qué? pensó Cesare. ¿La calle? ¿Los demás taxis? ¿Los semáforos? ¿La vida?

Todas las anteriores.

Pensó que, muy probablemente, aquel coche era el lugar donde dormía la mayoría de las noches.

—¿Está muy lejos este lugar? —quiso saber Cesare rompiendo el silencio, que no era sino una cacofonía de esporádicas bocinas y otros ruidos provenientes del exterior, el difuso merengue de la estación radio, el viento que había tomado vida propia.

El taxista no contestó de una vez. Se limitó a observar a Cesare a través del espejo retrovisor. Cesare y Alberto se miraron. Luego Cesare volvió a mirar al taxista.

—No… más o menos… bastante… no mucho.

Este tipo no tiene las ideas muy claras.

—Está ubicado en la Zona —aclaró el taxista—. Ahora llamamos a ese lugar «Áreas Revertidas», pero se nos grabó para siempre el nombre de «la Zona». No es fácil, fueron cien años.

—Y dígame algo: Los gringos ya no están en Panamá, ¿verdad?

—No, ellos ya se fueron. ¡Hace años! —dijo con un ademán conmemorativo.

—¿Hace cuánto?

—¡Hace aaaaaaaaños!

—¿Más o menos?

—¡Años! —Luego, después de una pausa—: En el dos mil, cuando hubo la Reversión del Canal.

—Ya veo.

El taxista resultó ser honesto. Pagaron cinco dólares en total y se apearon justo en frente de tres columnas al pie de una pequeña colina muy verde y frente a un estacionamiento bastante grande como para contener tanto coches como buses de turistas. Una escrita en blanco encima de la entrada informaba a los recién llegados que aquello era el «Centro de Visitantes». Una escalinata al aire libre ocupaba dos tercios de la subida, mientras que un tercio estaba cubierto por un techo plastificado que servía para cubrir una escalera mecánica. La subida llevaba a un edificio rectangular y gris que remataba la colina.

Los dos jóvenes pagaron la entrada que costaba cinco dólares y admiraron un buque Panamax de sesenta mil toneladas cruzar las esclusas a dos kilómetros por hora, o por lo menos esa fue la velocidad que Cesare estimó (el buque marchaba con una lentitud desesperante). Sin embargo era espectacular observar a ese coloso tan de cerca. Tomaron muchas fotos del buque desde diferentes ángulos, aunque al final resultaron ser casi el mismo. Una voz empezó a grajear desde un altoparlante: «Buenos días señoras y señores. El buque que están viendo en este momento es un Panamax…»

La voz habló de la cantidad de buques que pasaban por el Canal cada año y la importancia del mismo para el comercio marítimo. Habló de la expansión del Canal. Luego de un rato, Cesare y Alberto ya no estaban prestando atención.

Después de su visita a las Esclusas de Miraflores, los dos italianos se dirigieron, siempre en taxi, a lo que el conserje del hotel les había indicado como Casco Viejo. Simplemente subieron en un taxi y Cesare dijo:

—Casco Viejo…

—¿Quieren ir al Casco Antiguo?

—Sí.

¿Qué diferencia hay?

A mitad del camino, el taxista con el sombrero de paja se bajó del coche para discutir con un busero que le había, bruscamente, cortado el camino. Los dos vehículos casi chocaron. Después de un rápido examen del casi inexistente accidente, busero y taxista resumieron sus caminos sin más retrasos.

—¡Estos Diablos Rojos me tienen harto! —confesó el taxista con el sombrero de paja y una rabia muy poco contenida al subirse de vuelta al taxi.

—¿Diablos Rojos? —preguntó Cesare.

—Sí, Diablos Rojos es el nombre que le damos a los buses que conducen esos desvergonzados.

—¡Son unos diablos! —pronunció Alberto con una sonrisa insolente y divertida.

—Los buses están completamente pintados por dentro y por fuera. ¿Por qué?

—Porque así nos gusta a nosotros los panameños, supongo. También es para distinguir el bus y saber qué ruta hace. Muchas veces, ellos mismos los pintan.

—Se nota —dijo Alberto.

Cesare se quedó mirando la sonrisa socarrona de Alberto; detrás de él, la imagen pintada en el Diablo Rojo de una criatura color chocolate con la cara de calavera que se arrastraba saliendo de un hueco negro era inquietantemente reminiscente del sueño que había tenido en el avión. Sacudió aquel pensamiento de su cabeza.

V

—Casco Viejo no es nada mal —comentó Alberto.

Caminaron e hicieron turismo y caminaron un poco más. Quedaron fascinados por la belleza de algunos de los antiguos edificios del Casco Antiguo. Observaron la Catedral Metropolitana, en frente de la cual pidieron ser fotografiados por un paseante; pasaron por la Plaza Herrera, la Plaza de Francia, las ruinas del Convento de Santo Domingo y del Convento de la Compañía de Jesús; el Arco Chato, la Plaza Bolívar, la Iglesia de San Francisco, el Palacio Municipal, el Palacio de Justicia y el Museo Nacional.

—Es increíble como un lugar tan pequeño concentre una cantidad tan grande de iglesias y de viejos y hermosos edificios —comentó Cesare después de haber tomado una foto a los balcones decó de la Casa Art Decó en la Avenida A.

—Casco Viejo tiene su encanto —dijo una voz juvenil, aunque levemente ronca. Los dos se volvieron al mismo tiempo. Detrás de ellos, un hombre asiático con las manos en los bolsillos estaba apoyado en el muro de un edifico blanco al otro lado de la calle—. Casco Viejo fue fundada en el 1673, dos años después de que el pirata Henry Morgan destruyera los asentamientos de la original ciudad de Panamá, que hoy en día se conocen como las ruinas de Panamá Viejo y de las cuales, precisamente, quedan sólo algunas antiguas piedras amontonadas... y una torreta. Cuando el pirata inglés decidía acabar con algo, mantenía la palabra dada. —Hablaba todavía apoyado en el muro, las manos dentro de los bolsillos y la mirada levantada hacia el edificio Decó, como si aquella arquitectura de principios de siglo XX le infundiera inspiración. Sus lisos pelos negros le llegaban hasta los hombros; su rostro era algo regordete, como el resto de su rechoncha apariencia; los ojos eran dos pequeñas almendras negras que despegaban una mirada lista y sagaz, propia de un hombre artero en apariencia y comportamiento—. Mi nombre es Antonio Wo, pero mis amigos me llaman Tony —dijo dando un paso adelante y sacando la mano derecha de su bolsillo para ofrecerla a Cesare.

—Cesare Monte, este es Alberto Rocca —dijo Cesare aceptando el apretón de manos.

—¿Son italianos?

—Así es.

—¡Qué bien!

—Hablas muy bien el español —dijo Alberto.

—Claro, crecí en Panamá. Mis padres son chinos, pero yo nací aquí, me crie aquí. Desde hace treinta y dos años. —Se rio otra vez. Era una risotada claramente forzada, pero no era maliciosa o antipática—. Me dan la impresión de haber llegado a Panamá hace poco, ¿no es así?

—Ayer —confirmó Cesare.

—Ah, son *nuevecitos* entonces. Vengan, yo los llevo a tomar algo ya que no conocen el área.

Cesare y Alberto no se movieron ni un paso. Sabían comunicarse el uno con el otro sin palabras y compartieron miradas que decían: «¿Y este tipo quién es? ¿No será alguien que querrá robarnos? ¿Y si nos lleva a algún lado donde hay otros compinches para asaltarnos? Estaremos atentos, mantendremos los ojos bien abiertos».

—No tengan miedo —empezó a decir Tony sin ni siquiera mirarles la cara y encaminándose en dirección a una callejuela estrecha—, yo me voy a tomar una buena copa de vino. Si quieren unirse, son bienvenidos.

Entraron en una vinoteca que se llamaba Di Vino.

Alberto se quedó mirando el letrero que estaba hecho con una antigua caja de vinos y que colgaba del muro en medio de dos amplias puertas caoba a forma de arco. El lugar no era muy grande, como todo en el Casco Antiguo, donde la mayoría de las calles no medía más de dos metros de ancho o tres por ser avenidas, y donde la mayoría de los edificios había sido construida más bien durante la primera mitad que durante la segunda mitad del siglo XX.

Cuando se sentaron en los anchos y cómodos sofás envueltos en tela roja, Cesare miró hacia las ventanas francesas de la vinoteca y se dio cuenta de que ya había calado la noche.

—Déjame adivinar —dijo Alberto dirigiéndose a Tony—, aquí se toma vino.

Tony emitió otra risita forzada, que un mesero en camisa blanca y chaleco negro sin mangas cortó dándole una palmadita en la espalda.

—¡Tomás! ¿Qué pasó hermano? —exclamó Tony estrechando manos—. Tomás, te presento a mis dos nuevos amigos italianos.

—Mucho gusto —dijo el mesero.

—Llévanos una entrada de quesos y afeitados mientras ellos escogen el vino.

—Yo escogería un vino de la región —dijo Alberto—, ya que estamos en Sudamérica.

—Bueno, técnicamente no estamos en Sudamérica —le corrigió Tony—. Es un error común, pero Panamá es un país de América Central. De todos modos, si quieren un vino de Sudamérica yo les aconsejo un chileno.

Al final escogieron un Don Melchor de Concha y Toro, un chileno a todos los efectos.

—Entonces, háblenme un poco de ustedes —pronunció Tony con renovado interés—. ¿De dónde son exactamente? ¿Cuánto piensan quedarse? ¿Qué opinan de Panamá y qué han visto hasta ahora?

—Bueno, yo soy de Roma. Alberto, aquí, es de *Napoli*. Nos conocemos desde que éramos niños. Hemos cruzado las mismas clases durante mitad de la secundaria, luego tomamos rumbos distintos.

—¿Qué hacen en la vida?

—Ahora mismo nada —dijo Alberto.

—¿Cuántos años tienen?

—Veintiocho.

Una mesera llegó con unas bandejas de quesos y afeitados. Justo detrás de ella, Tomás blandía orgulloso una botella de vino tinto.

—Está perfecto —dijo Tony—. Ábrenos la botella que queremos brindar.

Brindaron a la salud, a las nuevas amistades y a Panamá.

—Qué disfruten de Panamá —dijo Tony antes del primer sorbo—. A ver, díganme. ¿Qué han visto? Han visto el Casco Antiguo y eso está claro.

—Hemos visitado las Esclusas de Miraflores —le informó Alberto—. Queríamos ir a ver Panamá Viejo pero no nos alcanzará el tiempo hoy.

—Pero claro, tendrán tiempo más adelante me imagino. ¿Cuánto piensan quedarse?

Cesare y Alberto no respondieron a la vez.

—Tenemos los billetes para el próximo mes, así que nos quedaríamos tres semanas. No tenemos apuros por regresar.

—¿No trabajan ahora mismo?

—Qué va, la situación está dura.

Los tres bebieron al mismo tiempo.

—¿Saben qué deberían hacer? Deberían venir conmigo a San Blas. Ahí verán algunas de las playas más lindas de Panamá. ¿Más vino? Yo tengo que regresar por trabajo, pero ustedes aprovechen para hacer un poco de mar y playa. Son realmente fascinantes esas playas, sus aguas son transparentes. Estamos hablando de playas incontaminadas, un mar Caribe espectacular. No es temporada alta, pero son playas que merecen ser vistas y disfrutadas. Por lo menos no estarán abarrotadas de gente como en el verano. Yo los llevo.

VI

La carretera no era exactamente lo que los dos italianos se esperaban. En algunos tramos parecía estar sobre algún tipo de montaña rusa cuyo tema era la selva, pero no se trataba de una atracción y no había ningún joven encargado de la seguridad de los pasajeros. Sin embargo, con su sobredosis de vegetación a ambos lados que hacía de cortina a un derrotero lleno de subidas y bajadas —algunas de las cuales con pendientes de hasta ochenta grados— el paseo era mucho más emocionante que cualquier atracción artificiosa. Alberto seguía mareado y su mano sudaba aferrándose como una tenaza a la manija sobre su cabeza. Tony pisaba el acelerador como si estuviese compitiendo contra el viento. Algunas de las curvas eran tan estrechas que Alberto pensó que su estómago se habría quedado allí, en medio del camino, y que debería bajarse a recogerlo.

—Nada mal —notó Cesare—. Este camino asfaltado está increíblemente en buen estado con respecto a las calles de la ciudad.

—Sí, no hay hoyos porque no pasan equipos pesados y muy poca gente la usa.

Aunque el camino luciera bastante nuevo, no era de extrañar que hubiese barrancos al borde de la carretera allí donde las fuertes lluvias tropicales habían socavado la integridad de la misma. Parecían agujeros negros en un dibujo animado creado por un caricaturista tendencialmente sádico y con un humor perverso. A Alberto no le daban risa, le aterrorizaban.

—¿Se encuentra bien tu amigo? —preguntó Tony.

—Estará bien.

Cuando llegaron al hotel se quedaron boquiabiertos. Fue como aterrizar en un planeta lejano y asombroso, especialmente para Alberto. El hotel constaba de una docena de chozas suspendidas en medio del mar a unos cincuenta metros de una isla espectacular y que respondía perfectamente al estereotipo de isla caribeña incontaminada.

Habían aparcado en Cartí y de ahí llegaron al hotel en lancha.

—Dicen que en San Blas hay una isla para cada día del año —explicó Tony—. Son tantas y todas son hermosas. Lo que hacen los turistas es dar vueltas por las islas. Los mismos gunas los trasladan en sus lanchas.

—¿Gunas?

—Sí, es el nombre de los indígenas de esta región. Los indígenas se gobiernan solos e independientemente del resto del país. Tienen sus leyes y se reúnen dos veces al año. Es así en todo el continente americano: a los nativos se les deja en paz.

—¿Y cómo es posible que pudieran construir este hotel? —preguntó Cesare.

—Según una ley aprobada en el 2000, siempre y cuando los indígenas estén de acuerdo y den su consentimiento, una empresa de afuera puede desarrollar un proyecto que acate con todos los reglamentos de los indígenas. Como podrán ver más adelante, este hotel fue construido teniendo en cuenta la salvaguardia del ambiente según las más estrictas normas ecológicas. Este hotel fue reconocido con un Certificado para la Sostenibilidad Turística por la Autoridad de Turismo de Panamá, que le otorgó una bandera azul.

—¿Qué quiere decir eso de la bandera azul?

—Es un distintivo que las autoridades competentes otorgan a los establecimientos que cumplen con determinadas condiciones ambientales. Ya la verán, es una bandera azul con un círculo en el medio y el dibujo de tres olas adentro del círculo.

Los interiores de las chozas, que estaban conectadas por un camino elevado de madera, eran simples pero decorados con un estilo muy exótico que le otorgaban un toque de clase. Todo el establecimiento estaba suspendido a un metro del agua cristalina del mar Caribe, incluyendo el restaurante y la cocina. En algunos puntos donde el agua no era tan profunda se podían ver la arena blanca y los peces zigzaguear a ras de ella.

—Esto es simplemente espectacular —entonó Cesare.

—Bueno, ¡que disfruten! Pero primero quiero que conozcan al gerente, el señor Adolfo Sánchez.

Tony los guio por el hotel que, después de un examen atento, lucía más grande. Pasaron por el restaurante, pasaron otras cuantas chozas que se veían diferentes a las demás chozas y finalmente llegaron a otra estructura, siempre de madera, que a diferencia de las demás había sido construida en la isla y no sobre el agua.

—Aquellas chozas que acabamos de pasar son diferentes de las demás porque es donde duerme el personal y también son usadas como depósitos —les informó Tony—. Esta estructura más grande, en cambio, es la oficina central. Es la única de todo el establecimiento que apoya en tierra firme. Es donde se aloja el gerente.

—Ya veo. Así que si hay un maremoto él es el único que sobrevive —dijo Alberto ironizando.

Tony rio con su risita forzada.

El señor Adolfo Sánchez resultó ser un hombre con una panza de por lo menos medio metro de diámetro y unas ojeras poco envidiables. Llevaba una cadena de oro con un dije en forma de pirámide y estaba sentado frente a un escritorio lleno de papeles hablando por teléfono. La oficina olía a arena mojada y había un ventilador de techo que se movía demasiado fuera de su eje para ser algo normal, zangoloteando y haciendo un ruido que los ponía incómodos. Cesare pensó que se habría caído en cualquier momento y se imaginó a la hélice hendir el aire antes de cortar el espeso cuello del gerente. Se imaginó a un raudal de sangre brotar como una fuente por toda la oficina, añadiendo un olor a sangre viva al de arena mojada.

—¿Cómo es posible que algo tan grande simplemente desaparezca? —estaba gritando el gerente—. Búsquenlo, maldición. ¡Búsquenlo!

Tony se aclaró la garganta antes de empezar a hablar. Dudó que el gerente los hubiera visto entrar.

—Estos dos jóvenes son italianos. Los llevé para que conocieran el lugar y el hotel.

Adolfo Sánchez colgó el grueso auricular negro. El teléfono era un viejo modelo Heraldo que evocaba los años ochenta, con el disco circular para marcar los números. El aparato entonó un repique agudo cuando el gerente repuso pesadamente el auricular en su lugar. El dije de oro en forma de pirámide rebotó contra el pecho de su dueño.

—Ah, ¡qué bien! —dijo el gerente quedándose sentado. Les tendió la mano y a ellos les pareció estrechar cinco salchichas de parilla—. ¿Y hace cuánto tiempo llegaron a Panamá?

Su piel de tez blanca estaba rojiza por el sol y cuando hablaba respiraba jadeando como si hubiese terminado de correr. Sudaba profusamente.

—Apenas unos cuantos días —contestó Cesare.

—Okey pues. Tony, llévalos a la cabaña número cinco.

Le tiró un manojo de llaves que Tony apañó con las dos manos y ayudándose con el pecho.

—¿La cinco?

—Sí, ahora ve. Hasta la vista —sus modales fueron expeditivos. Ya prestaba total atención a su *laptop*.

—Está bien, jefe.

Cuando los tres habían salido, Adolfo Sánchez sacó un emparedado de atún con mayonesa y pan francés de una gaveta de su escritorio.

Alberto entró en el agua y le extendió una cerveza Panamá a Cesare antes de dar un gran sorbo a la suya. Se sentó en la orilla y se quedaron en silencio mirando el mar y una gaviota cernerse en el aire sin batir las alas. Hacía un viento fuerte que agitaba las palmeras y que les otorgaba un agradable refrigerio. El sol ya estaba situado a unos treinta grados del horizonte. En un par de horas habría tramontado.

—Es perfecto —comentó Cesare con los ojos cerrados.

—Sólo faltan un par de mujeres en bikini.

Alberto se quedó inmóvil, como si de repente se hubiese acordado de algo.

—¿Y si hay tiburones?

—Sabía que ibas a salir con eso. Tienes una obsesión con los tiburones… Simplemente no puedes parar de pensar en ellos.

—No es una obsesión, estoy simplemente aterrorizado.

—Tienes un miedo espantoso. Te cagas los pantalones solamente con ver la foto de un tiburón.

—¿Y qué hay? ¿Vas a seguir ironizando?

—¿Y tú vas a seguir jodiendo? No hay tiburones aquí, tranquilízate.

Alberto se perdió con la mirada en la inmensidad del océano, ahí donde el mar y el cielo se unían. Tal vez allá afuera había tiburones, pero allí no, no tan cerca de la orilla.

Media hora después fueron encontrados amodorrados en la playa por Tony, cada uno con su botella de cerveza vacía en la arena. Se habían dormido los dos con los pies en el agua y el resto del cuerpo afuera. Alberto incluso se orinó en el traje de baño.

—Tienen que tener cuidado —les avisó Tony—, aunque el sol parezca no ser tan fuerte, sigue siendo un sol tropical muy engañoso. Vengan, les muestro su choza.

La choza número cinco era de aquellas que lucían diferentes a las demás y donde Tony les había explicado dormía el personal. Esto les intrigó.

—Son como las otras solamente que son un poco más pequeñas y tienen menos adornos. Pero esta viene con una ventaja muy grande —explicó Tony.

Cuando habían entrado y colocado sus mochilas dentro de la choza, Tony se sentó en una silla frente a las dos camas individuales.

—Vengan, siéntense un minuto en las camas, tengo que hablarles.

Los dos italianos obedecieron, algo cohibidos.

—El jefe quiere hablar con ustedes por la mañana —dijo Tony seriamente.

—¿De qué quiere hablar? —preguntó Cesare.

—No me ha dicho. Lo que sí puedo decirles es que esta noche se quedarán a dormir como huéspedes sin tener que pagar un solo centavo.

—¿Y también podemos pasar a comer sin pagar? —preguntó Cesare.

—Lo que deseen.

—¡Qué suerte tenemos! —exclamó Cesare.

—En serio. ¡Cómo es la vida! Ni siquiera una semana en Panamá y ya estamos aquí en este paraíso.

Alberto se interrumpió cuando un muchacho vestido de mesero hizo su entrada llevando dos platos con sendas langostas que eran más grandes que los platos, un tazón de porcelana blanco con mantequilla derretida, una canasta de pan, dos cervezas Panamá.

Por segunda vez ese día, Cesare y Alberto se quedaron boquiabiertos, y durante los veinte minutos en que devoraron su comida, nadie profirió palabra. Cuando finalmente habían terminado las langostas y casi todo el pan en las dos canastas, Cesare levantó la botella de Panamá y brindó satisfecho:

—¡*Carpe diem*!

VII

Era un túnel subterráneo de tamaño reducido, tanto así que Cesare se sentía claustrofóbico. Estaba extrañamente muy bien iluminado y las paredes aparentaban ser un dibujo con acuarela. ¡Y lo eran! Aquello era un dibujo animado o algo parecido, algo entre la realidad y la ficción, y después de todo, ¿qué son los sueños si no una mezcla de realidad y ficción?

Caminó hasta que se topó con un personaje salido de un cuento fantástico. A primera vista le recordaba al Sombrerero de Alicia en el País de las Maravillas, pero tenía el rostro de Alberto. De repente se dio cuenta de que era efectivamente Alberto, pero un Alberto de la mitad de su tamaño y con un sombrero muy largo, demasiado largo para su cabeza.

—No irás por ningún lado si vas por ahí —le dijo Alberto el Sombrerero—. Tienes que caminar hacia la pared.

—¿De qué hablas? No hay por dónde ir. La pared es la pared. No puedo cruzar una pared.

—Es ahí donde te equivocas. Siempre hay una manera.

—No entiendo. Ni siquiera sé lo que hago aquí.

—¿Ya te has olvidado de mí? ¿No viniste a buscarme a mí?

Cesare se acordó del demonio.

—Sí, tengo que ir a buscarte.

—Esa no es la dirección, mira… —Alberto el Sombrerero caminó hacia la pared, la cruzó como si nada y desapareció detrás de ella.

Cesare se quedó solo en el túnel y miró a la derecha y a la izquierda. Una corriente de aire frio lo azotó como un suspiro; pertenecía al mismo túnel. El túnel quería ahuyentarlo, pensó.

No puedo cruzar una pared, pero él la cruzó y esto es un sueño. Todo es posible en un sueño.

Dio un primer paso hacia el muro de tierra dibujada y aquel gesto le pareció ridículo, casi inútil. Luego tomó coraje y arremetió con todo su cuerpo contra la pared, pero ésta lo rechazó de plano. Sintió dolor sólo por un segundo porque se acordó que no debía sentir dolor en un sueño. Alberto el Sombrerero había entrado en la pared. Si él pudo hacerlo… Lo intentó nuevamente, pero no obtuvo mejores resultados. Esto lo frustró y empezó a golpear la pared con los puños. No le dolía y por más que golpeaba la pared no sentía dolor. Descargó toda su frustración con aquellos puños, aumentando la descarga de golpes como un boxeador cuando sabe que está a punto de noquear a su adversario.

—¿Qué haces? ¿Acaso estás loco?

Cesare se volvió de golpe: Alberto el Sombrerero lo observaba con una sonrisa divertida.

—¿Estás loco? ¿Quieres pasar a través de una pared? Y yo que pensaba ser el único loco, el loco más loco de todos los locos en este loco mundo de locos.

—Pero fuiste tú que…

Cesare no terminó su frase. Alberto el Sombrerero extendió los brazos sin mover un paso y lo empujó contra la pared. Esta vez Cesare la atravesó y se encontró cayendo en un vacío obscuro y aterrorizante. La rabia se le subió a la cabeza cuando realizó que estaba buscando a Alberto y lo había tenido ahí todo ese tiempo.

¿Y por qué me empujó?

—Yo no soy Alberto.

Alberto el Sombrerero estaba cayendo a su lado mirándolo con su ubicua sonrisa iluminada por una antorcha que llevaba colgando de su chaleco.

—Yo no soy Alberto —repitió—. Fue entonces que se quitó el sombrero y su cara empezó a cambiar en diferentes rostros: al del chino Tony, al del primer taxista que encontraron en el aeropuerto, luego al del gordo gerente del hotel. Finalmente el rostro empezó a desvanecerse, empezando por la nariz, la boca, por últimos los ojos, hasta quedarse completamente lisa. El rostro sin rostro siguió mirándolo sin proferir palabra, quizá porque no tenía boca.

—¿Qué te pasa? —Cesare fue a agarrarlo pero algo le enganchó la mano y empezó a torcérsela.

Se despertó con una araña caminando en su mano. La echó a un lado y ésta desapareció detrás de la cortina. Cesare respiró hondo y dobló los brazos detrás de su cabeza.

Su mente iba a mil kilómetros por hora. De repente empezó a sentir miedo y paranoia en aquel lugar extraño. La noche estaba adentrada. No se oía nada excepto los versos de un papagayo.

Empezó a acordarse del sueño. Se acordó de Sánchez y un pensamiento lo asaltó provocándole un vuelco en el corazón: ¿cómo era posible que el gordo gerente estuviese hablando por un teléfono de hilos si estaban en una isla? Su primer pensamiento fue despertar a Alberto, pero su amigo estaba vuelto hacia el otro lado y parecía dormir tan pacíficamente que no quiso despertarlo. Pensó que él sí se habría levantado. Abandonó el calor tibio de la choza número cinco por el aire fresco de la noche. El aire tenía otra consistencia cuando el sol no calentaba.

Desde ahí podía ver la oficina del gerente y se encaminó hacia ella. Cuando la alcanzó se quedó parado un momento antes de abrir la puerta. Respiró lentamente, aguantando la respiración: la estancia seguía oliendo a arena mojada y estaba sumergida en una oscuridad impregnada de luz lunar. Dio unos pasos hasta que vislumbró una figura agachada en el piso manoseando algo cerca de la pared. ¡Era el gerente! Y manoseaba los hilos del viejo teléfono Heraldo.

Mierda…

El gerente se volvió, su rostro contraído en una mueca de rabia y desdén, sus grandes ojeras acentuadas por la poca luz. Aquel rostro lo asustó lo suficiente como para que se marchase con unos rápidos pasos hacia atrás, el brazo extendido para buscar la salida. Una vez afuera corrió hacia la choza y se lanzó a despertar Alberto, agarrándolo por el hombro, pero el rostro de Alberto estaba completamente liso, tan liso como en el sueño, sin nariz, ni boca, ni ojos.

VIII

Esta vez se despertó de verdad. Sabía que no era un sueño porque el calor que acometió contra él al abrir los ojos era demasiado real. Alberto estaba afeitándose en el baño. Se oía gente hablando y riéndose y el esporádico martillazo de un cuchillo contra la madera procedente de las cocinas.

—¡Buenos días! —dijo Alberto—. Dormiste bastante.

Cesare se sentó en la cama y se frotó los ojos con las palmas de las manos.

—¿Hace cuánto estás despierto?

—Una media hora.

—Estoy muriéndome de hambre.

Cuando Alberto hubo terminado de afeitarse y Cesare echado agua en la cara para despertarse, los dos salieron de su choza y se encaminaron hacia las mesas del restaurante. Éste era una terraza con piso de madera —todo era de madera en el hotel— y cubierta por un bohío hecho con palmeras; tenía una vista espectacular hacia el océano. La brisa era muy placentera y estaba cargada de salitre.

—¿Algo de tomar? —preguntó una voz con marcado acento norteamericano proveniente de sus espaldas.

Detrás de la barra del bar, que estaba pegada a la pared exterior de la cocina, había un señor alto de no más de cuarenta años sosteniendo una coctelera y blandiendo una camisa hawaiana. Su cabello era entre el rubio y el castaño claro, su tez rojiza por el tanto sol tropical que había recibido.

—Me parece un poco temprano para tomar algo —dijo Alberto de manera chusca.

El señor con la camisa hawaiana se rio.

—Mi nombre es Dylan. Soy el barman del hotel.

—¿De dónde eres, Dylan? —preguntó Cesare.

Dylan exhaló, sonrió y miró hacia el enorme abanico de la marca Big Ass Fans que colgaba del techo.

—¿Yo? Yo soy un *zonian*.

—¿Qué es eso?

—Alberto, ¿en serio no sabes qué es eso?

—Para de hacerte el sabelotodo.

—Zonians, de *La Zona*, o, *the Panama Canal Zone*, son los que nacieron en lo que antes era colonia americana en Panamá. Los zonians nacimos aquí en tierra panameña pero somos estadunidenses. Bueno, tenemos las dos nacionalidades en verdad.

—Interesante.

—Y dime algo, Dylan —dijo Cesare—, ¿nunca viviste en Estados Unidos?

—Sí, como no.

—Y ahora estás de vuelta en Panamá.

—Así es. ¡Soy un *permanent vacationer*! Un turista permanente —soltó una risa sutil detrás de unos ojos muy despiertos, como de quien siente tenerlo todo bien calculado.

—Vaya, es genial. Cesare, deberíamos nosotros también convertirnos en eso.

Se sentaron a comer pensando cómo sería la vida de los turistas permanentes. Después se encontraron con Tony:

—Vengan muchachos, el jefe los espera.

Frente a la oficina de Adolfo Sánchez estaba parado un muchacho con una expresión muy seria. Los miró de arriba abajo como si se tratase de dos prostitutas en una fiesta de gala.

¿Quién es este pendejo?

—Este es Pascadio. Es colombiano de Medellín. Les dirá qué hacer. Hasta luego muchachos.

Pascadio tenía los brazos cruzados y estaba parado justo en frente de la puerta cerrada de la oficina como un guardia frente a un fortín militar. Sus pómulos estaban marcados como una roca levigada, los músculos de sus brazos tan abultados que habrían explotado en cualquier momento al no ser de carne y hueso, el largo pelo rubio recogido con una cola de caballo que le daba un aspecto pirático.

—Tienen que esperar aquí hasta que el jefe diga que pueden pasar —dijo Pascadio con una voz muy firme.

Cesare respondió con un saludo militar:

—¡Sí señor!

Esto no le cayó bien a Pascadio, que le lanzó una flechada homicida y fue acercándosele amenazadoramente.

—Relájate hombre —dijo Alberto levantando una mano hacia el energúmeno. Pascadio le agarró la mano sin ni siquiera apartar la mirada de Cesare y se la torció. Alberto, que no se esperó tanta agresividad, perdió los estribos y lo empujó contra la pared. Pascadio ni siquiera parpadeó. Cesare le devolvió la misma mirada homicida. No fue un buen comienzo.

—¡Pascadio! —Era el gerente que estaba gritando desde el interior de la oficina—. Deja pasar a los muchachos.

Cuando entraron, Pascadio siguió mirando al frente como un autómata.

—¡Buenos días muchachos! —Adolfo Sánchez los acogió con una sonrisa que redoblaba su gorda cara en varios cojinetes de grasa; no parecía ser el mismo que el día anterior. Cesare pensó que se había comido un asado de buen humor por la mañana. Levantó la mirada: el abanico seguía dando vueltas como un borracho sobre sus cabezas.

—Buenos días —respondió Alberto.

—Tony nos dijo que quería hablar con nosotros —fue al grano Cesare.

—Así es muchachos, así es. ¿Qué tal la choza? ¿Qué le pareció el hotel? *Okey* miren, no voy a perder su tiempo, ni el mío. Necesito a dos muchachos que manejen una furgoneta de ida y vuelta hacia la ciudad de Panamá. Los otros dos que trabajaban para mí se marcharon hace dos días. —El señor Sánchez se inclinó hacia adelante, acercó una mano a la boca como quien está a punto de gritar, pero al contrario añadió en voz baja—: Tengo que serles sincero, yo no confío mucho en esta gente. —Cesare sospechó que por «esta gente» se refería a los panameños—. Como pueden ver ustedes mismos, estoy tratando de rodearme de extranjeros. Gente como yo, yo soy español.

—Usted no tiene acento español —observó Alberto.

—Llevo muchos años aquí… lo he perdido.

Cesare asintió con la cabeza, aunque no muy convencido.

—¿Y cuánto nos pagaría por conducir la furgoneta?

—No mucho. Miren, lo que pasa es que estamos arrancando el negocio y todo lo que necesito es a dos muchachos serios. No tienen que decidir enseguida, pueden pasarse otra noche sin pagar y si se quieren quedar les cambiamos de choza y se pueden olvidar de mi oferta, pero a partir de la tercera noche tendrán que pagar. Y si se quieren ir, sin costo alguno Tony los llevará de vuelta a la ciudad.

—Es que todavía no nos ha hecho ninguna oferta —le hizo notar Cesare.

—Serían cuatrocientos cada uno al mes para empezar, alojamientos y comida gratis. Sólo tendrán que conducir la furgoneta de dos a tres veces a la semana.

—No entiendo —increpó Alberto—, por qué necesita de nosotros dos para llevar una furgoneta.

—Exacto —intervino Cesare— podría pagar a cualquiera para conducir una furgoneta.

—Está bien, no hay problema. Sólo les ofrecí un trabajo. Tony está siempre en búsqueda de gente ya que, como dije, estamos contratando gente nueva a cada rato. Supuse que ustedes dos podrían estar interesados en ganar algo de dinero y aprovechar de una estadía gratis en un hotel hermoso como este. Vuelvo y les repito, me gusta que ustedes dos sean extranjeros.

—¿Y va a confiar en nosotros así? —preguntó Alberto.

—Pero sería un trabajo en negro —comentó Cesare—. ¿O me equivoco?

—No te equivocas. No habrá contratos. Sólo nuestras palabras de que yo les pagaré y que ustedes no se escaparán con mi furgoneta —el señor Sánchez se rio divertido por su propio comentario.

Cesare y Alberto se quedaron pensando e intercambiaron miradas.

—¿Tenemos que conducir la furgoneta toda la semana o solamente algunos días? —preguntó Alberto.

—De dos a tres días a la semana. El resto del tiempo pueden quedarse aquí en el hotel o hacer lo que les dé la gana.

Cuando el señor Sánchez terminó de hablar, nadie profirió palabra durante unos segundos, hasta que él mismo rompió el silencio diciendo:

—Miren, si no quieren está bien. Necesito urgentemente a dos nuevos muchachos. Puede ser que mañana encuentre alguien nuevo. Es más… seguramente encontraré alguien nuevo.

IX

La primera vez que condujeron de ida y vuelta, Tony los acompañó a Cartí donde se encontraron con un indio y donde les había dado recomendaciones como una madre a sus hijos en su primer día de escuela.

—Ya saben qué hacer, sólo conducir y seguir el GPS, no hay nada más fácil, el camino no es tan largo, una vez llegados a la ciudad les indicará qué calles coger hacia el depósito, ahí los estarán esperando para llenar la furgoneta, luego tendrán que regresar, vayan con Dios.

—Vamos a ver cómo nos va. Si no nos gusta este trabajo les decimos que se pueden ir al mismísimo carajo.

Cesare hablaba con extrema concentración, cuidando de que Tony no escuchara mientras maniobraba para salir del aparcamiento. La furgoneta era un modelo Fiat Ducato bastante nuevo y en bueno estado con las llantas tan limpias que parecían nuevas.

Tony los observaba con una sonrisa divertida desde afuera. Finalmente, Cesare logró sacar la furgoneta.

—Está bien —dijo Alberto—. Sólo sal de aquí.

La primera vez se demoraron dos horas en llegar a la ciudad. El depósito se encontraba cerca del aeropuerto de Tocumen y reconocieron el área apenas embocaron la Vía Tocumen.

—Buenas —los saludó un joven con una casaca del Brasil que respondía al nombre de Juan—. Vengan, vengan. Vienen de parte de Tony, ¿verdad? Es una excelente persona ese chino, estacionen aquí.

Juan parecía tener alrededor de treinta y cinco años, no más alto que Cesare, con pelos negros corto y una cara simpática.

—Dejen que nosotros nos ocupemos de la furgoneta —dijo Juan pidiéndole las llaves a Alberto.

Los dos italianos se apearon y Juan les estrechó la mano y sonrió cuando le contaron que eran de Italia.

—¿Roma, Juventus...?

—Lazio —contestó Cesare—. Este desgraciado es de la Roma.

Juan se echó a reír.

—Ya, bueno —cortó Juan—, nosotros nos ocuparemos de cargar la furgoneta pero ustedes dos vayan a tomar su almuerzo en un lugar que les indico yo. Es ahí, ¿lo ven?

El lugar era un restaurante de comida rápida al estilo panameño: plátanos fritos, patacones, tostadas de maíz, arroz con pollo, chuletas, chorizos, tamales, chichas de avena, mango, papaya o piña. No era la mejor comida del mundo, pero era económico. Habrían comido ahí antes de regresar al paraíso tropical con la furgoneta llena. Aquel primer día se demoraron otras cuatro horas para regresar al hotel, de las cuales una hora y media en el tráfico infernal que parecía caracterizar tan frenéticamente a la Ciudad de Panamá.

El segundo día de conducir la furgoneta, que fue unos tres días después, habían ido a Cartí desde la isla acompañados únicamente por el indígena y su lancha. Alberto evitaba conducir por la carretera con los barrancos y Cesare le prometió que lo habría dejado llevar la furgoneta solamente en la ciudad. De esa forma, Cesare conducía por el tramo que prefería, sin tráfico y con muy pocos coches. Con el pasar de los días se demoraban menos tiempo en llegar y venir. Para gran sorpresa y júbilo de los dos, el señor Sánchez decidió que les pagaría cada semana, por tanto ya habían cobrado cien dólares cada uno por conducir la furgoneta solamente dos veces.

—Vinimos de vacaciones y estamos trabajando más de lo que trabajábamos en Italia —comentó Alberto mientras volvía a abrir la puerta del pasajero. Buscó los cigarrillos en la guantera de la furgoneta.

—¡En Italia no trabajábamos! Y no estamos trabajando ni siquiera mucho.

Cesare aceptó un cigarrillo y los dos encendieron sus blancos mirando la luna llena. Habían apenas regresado a Cartí después de un largo día conduciendo. Las estrellas salpicaban el cielo azul oscuro y el aire llevaba un olor a madera quemada: los indios estaban preparándose para comer, probablemente pescado frito.

—Sea como fuere, estamos ganando más dinero de lo que ganaríamos en Italia ahora mismo. A propósito de dinero… quiero cobrar. ¿Dónde está el indio? Es viernes y quiero tomar cerveza y gastar plata.

—Concuerdo plenamente.

El indio apareció justo entonces. Hizo un ademán de que le siguieran, su liso rostro pintando una sonrisa limpia, pura, propia de un indio no muy corrompido por la sociedad moderna. A Cesare aquella sonrisa le hablaba, le decía: ¿Cuál es el problema? Todo está bien aquí. Vivimos bien lejos del desorden y del odio, de la intolerancia, de la amargura que se da a diario en esas junglas de cemento que llamáis civilización.

—¿Adónde vamos? —preguntó Alberto.

El indio se limitó a reproducir el mismo gesto con la mano. La lancha estaba ubicada al otro lado del camino y ellos iban tierra adentro.

—Tenemos que avisar a Tony.

—No importa. —Ese acento le parecía algo chistoso a Cesare. No habría sabido explicar por qué pero aquel español hablado macarrónicamente le hacía gracia—. No importa —repitió el indio—. Vengan.

Penetraron por un camino de arena refrescado por palmeras muy altas hasta alcanzar otra playa. Un pequeño muelle se extendía desafiante a lo largo de unos cinco metros hacia el mar y atracado en él se encontraba una lancha color rojo levemente más grande que la otra. En blanco se leía su nombre: «La India».

La lancha personal del indio.

—Suban —les exhortó el indio.

Obedecieron en silencio.

No se oían ruidos. La luna, encima del mundo, hacía de farol en el inmenso cielo estrellado. Unas cuantas nubes matizadas de azul paseaban lentamente por el horizonte.

—¿A dónde vamos? —preguntó Cesare.

—Vamos a mi isla… A come' —esto lo dijo como quien trae comida a la boca con la mano. Cogió la cuerda, que goteó y rozó contra el borde de La India. El crujido del motor desgarró la tranquilidad de la noche.

La isla estaba repleta de niños corriendo y jugando con palos de madera en las manos. Sonreían todo el tiempo. Había unos cuantos viejos que los miraban sin expresión alguna, con arrugas tan espesas que parecían realces en mascaras de madera. Algunas mujeres caminaban con los pechos desnudos, otras con camisas de mola, todas llevaban faldas muy coloridas y un anillo de oro colgando de la nariz. Observaban a los forestaros con una curiosidad mezclada de pícaro interés y murmuraban entre sí en dulegaya, el idioma de los gunas. Risoteaban mucho, sobre todo los niños.

El indio agarró a Cesare por un brazo y lo invitó a acercarse a una de las cabañas. Éstas estaban hechas con bambú y hojas de palmeras.

Al entrar en la cabaña, Cesare se dio cuenta a primera vista de que sólo tenía dos cuartos, uno para dormir, el otro para cocinar. No había camas, por lo cual asumió que usaban las hamacas para dormir.

—Siéntese —ordenó un viejo dentro de la cabaña que estaba sentado en una silla de plástico color verde mar.

Alberto y Cesare se miraron alrededor y divisaron otras sillas de plástico. Se sentaron quedando a la espera de que el viejo dijera algo más, pero nadie dijo absolutamente nada. El viejo observaba con una expresión de infinito cansancio y desinterés mientras una mujer asaba unos pescados encima de un fuego tenue. La habilidad en limpiar y espetar los pescados y rostizarlos a fuego lento era de alguien que acostumbraba repetir el mismo ritual cada noche de su vida. Al oler el pescado cocinarse mientras el fuego chisporroteaba se les hizo agua la boca.

—¿De dónde son? —preguntó un joven indígena que el indio les había presentado como su hermano.

Alberto respondió.

—¿Cuánto tiempo llevan en Panamá?

—Muy poco, apenas unas dos semanas y media —explicó Alberto.

—¡Bienvenidos a Panamá! —dijo el hermano del indio con una hermosa sonrisa.

Cesare y Alberto agradecieron de corazón y Cesare se dio cuenta de que por primera vez alguien les había dado una sincera bienvenida a ese país.

Comieron con ganas un pescado frito cada uno, acompañado de patacones y arroz con coco; bebieron cervezas Panamá que les había traído el indio, y durante la comida nadie dijo absolutamente nada. Al terminar la cena, mientras Cesare y Alberto estaban engullendo ávidamente lo que quedaba de las Panamá, el viejo se levantó y dijo:

—Mandi, acompaña los forasteros a la casa del Saila[1] Warapí.

Fue entonces cuando Alberto y Cesare descubrieron por primera vez cuál era el nombre del indio (Mandi), y que el viejo no era mudo después de todo.

—Sí señor —dijo Mandi el indio.

Los dos «forasteros», deduciendo que el viejo habló en español para que le entendieran, se levantaron de una vez y siguieron al indio.

—Vengan —dijo Mandi.

Caminaron por unos cinco minutos a través de la isla. Otras cabañas echaban humo producto del fuego en las cocinas. La temperatura había bajado y el aire estaba lleno de madera quemada, de mar, de pescado frito, de espesa vegetación y palmeras movidas por el viento, de arena, de felicidad, de antigüedad, de sobrevivencia de un mundo del pasado en un mundo del futuro. Cesare atesoró aquel momento.

Carpe diem.

La cabaña del Saila Warapí era más amplia que las demás y permanecía aislada. Mandi se acercó al Saila con sumo respeto y le besó la mano. Lo encontraron de pie fuera de su cabaña con la mirada vuelta al cielo en lo que Cesare presumió tratábase de un trance profundo.

Eso o se durmió de pie.

—Bienvenidos —dijo el Saila Warapí con una voz de ultratumba.

El Saila Warapí tenía que tener cien años. Caminaba como si se hubiese olvidado de cómo hacerlo. A pesar de eso, su pelo ondulante era levemente entrecano. Llevaba un sombrero de paja con unas líneas rectangulares. Ayudándose con un bastón y con una lentitud casi desesperante, sentó su artrítico trasero en una silla hecha de bambú dentro de su cabaña, luego

---

[1] Líder político y espiritual de la comunidad de Guna Yala

empezó a hablar a los dos italianos, los cuales quedaron parados en respetuoso silencio:

—La vida en nuestras islas es pacifica porque a nosotros no nos interesa ni el poder ni el dinero, bueno, no tanto como a los demás. En nuestras islas nosotros mismos nos gobernamos independientemente. La vida aquí es simple, pero a nosotros no nos hace falta nada. La Gran Madre nos abastece con todo lo que necesitamos para vivir felices, y vivimos en paz y queremos ser dejados en paz.

Se interrumpió e hizo una seña a Mandi, que reaccionó como encendido repentinamente. Cuando regresó, estaba cargando una pipa, una pipa formada por una concha de mar que hacía de cazoleta, montada encima de otra cazoleta de madera aún más pequeña que servía de base. El canuto de la pipa era de bambú y la boquilla era también de madera. Quien construyó la pipa se las había ingeniado para juntar las partes con resistentes fibras de coco. Era rudimentaria y aun así parecía poder funcionar sin inconvenientes.

—Me halagaría si decidieran fumar conmigo —dijo el Saila Warapí sosteniendo el artefacto como un Rey Mago ofreciendo un don.

—¿Fumar?... ¿Cesare?

—¿Qué es lo que vamos a fumar? —preguntó Cesare.

—Es una hierba especial que cura el espíritu y nos defiende de los invasores mentales —explicó Mandi.

Hubo un largo silencio.

—¿De los qué?

—De los invasores mentales —reiteró Cesare con tono de estar afirmando algo que él mismo no había entendido.

—También son conocidos como demonios —añadió Mandi.

—Tiene que ser algo bien fuerte entonces —comentó Alberto.

Los ojos de Cesare no se inmutaron. No sabía qué hacer, luego dijo:

—Está bien.

La reacción fue torpe, despachada. Ellos nunca se habrían imaginado encontrarse con un viejo indio exhibiendo orgulloso una pipa de conchas y bambú.

Drogadicto a los cien años. Nada mal, viejo.

Mandi llenó la pipa con un tabaco verde y espumoso teniendo sumo cuidado con los gestos, sus alineamientos rígidos como una estatua, sus ojos entreabiertos como con sueño, como si aquello formara parte de un mantra ensayado millones de veces. El Saila Warapí procedió a fumar con una inhalación que requirió de toda su concentración y la concha se encendió tomando vida propia, después de lo cual el Saila Warapí expulsó una nube de humo blanco que cubrió su rostro por completo.

Con el mismo azoramiento de antes, Cesare dio un paso adelante, recibió el don del Rey Mago y observó la pipa sin saber si debería fumarla.

—Adelante —le azuzó Mandi.

Cesare y Alberto cruzaron miradas. No querían ofender a nadie y al mismo tiempo no se esperaban presión de un indio que podía tener la edad de sus bisabuelos. Ambos fumaron la pipa y luego la regresaron al legítimo propietario.

Se sentaron en el piso.

X

El Saila Warapí empezó a transformarse en una gárgola con alas. Mandi era un murciélago gigante. Alberto era su copiloto dentro de una aeronave espacial y ambos estaban deslizándose por el espacio cósmico rumbo a las constelaciones de la Gárgola y del Murciélago Gigante.

—Baja la velocidad, estamos llegando demasiado rápido.

—¿De qué hablas? —preguntó Alberto.

—Ah, verdad, soy yo el piloto.

—¡Estás completamente drogado!

Alberto se echó a reír. Las pupilas de sus ojos habían multiplicado de tamaño y lucían como dos bolitas de vidrio debajo de una fuente de agua. El iris no era sino una línea delgada. Cesare pensó que los suyos debían verse igual.

El rostro de Alberto comenzó a derretirse por tanto reírse.

—Te lo había dicho que estamos llegando demasiado rápido.

La gárgola habló:

—Deben ayudarnos a salvar este mundo, es el espíritu de *yar suit*[2] quien se lo pide. No pueden negarse frente a la Gran Madre y yo sé de corazón que ustedes dos son buenos muchachos. Ayúdenos a expulsar al enemigo. Nosotros no queremos intrusos en nuestro mundo. Hemos estado sufriendo el abuso durante más de quinientos años y casi no nos quedan tierras. Vemos nuestros ancestros en las estrellas y en noches de luna llena como esta oímos sus llantos volar con el viento.

La incomodidad de Cesare se debía a una lluvia de meteoros cuya constante amenaza era como una espina en su costado. Tenía que eludirla. Ella seguía en la esquina de su ojo derecho y él se alejaba de ella como podía.

---

[2] «La tierra larga»

—¿Qué quieres que hagamos? —preguntó Alberto con voz pastosa—. Todos nuestros arqueros han muerto.

Cesare frunció el ceño: Alberto estaba metido en su propio viaje.

—Lo que tienen que hacer es apoyarnos. Si decidieran ir por el buen camino, serán recompensados.

Alberto levantó el labio inferior, absorto en sus pensamientos. Cesare tiró de los controles con fuerza. Estaban acercándose a la lluvia de meteoros, o mejor dicho, la lluvia de meteoros estaba acercándose a ellos. Se puso de pie como si una rata le hubiese mordido el culo y con las manos en el aire salió corriendo de la cabaña.

—¡Abandonen la nave! ¡Abandonen la nave!

El Saila Warapí y Alberto se quedaron de piedra mientras miraban a Cesare desaparecer en la noche. Hubo silencio hasta que Alberto preguntó:

—¿Y cuál sería la recompensa?

El planeta donde fue a parar estaba cubierto de polvo de oro negro mezclado con oro morado. Era un planeta cubierto enteramente de oro. Pisaba el oro mientras avanzaba con cautela y pensó que habría sido bueno tener una pala y un cubo gigante para llevárselo a casa.

De repente la sangre se le congeló cuando avistó a un nativo. Era un ejemplar joven que lo observaba como si llegara de otro planeta, y efectivamente llegaba de otro planeta, aunque no habría podido decir cuál exactamente. Él era el alienígena en aquel lugar, el «huésped», muy seguramente un huésped inesperado y a los ojos sumisos del joven nativo, un huésped ávido de ensañar, abusar, mutilar, exterminar, dominar.

Por un instante Cesare sintió una inmensa lastima por aquella criatura, y vergüenza, sobre todo vergüenza, y culpa. Cayó de rodillas.

—Vengo en paz...

El joven nativo levantó un brazo y le extendió el palo que sostenía en la mano. Cesare lo aceptó y cuando lo examinó se dio cuenta de que era una pistola láser.

—Gracias, esta me servirá mucho...

El joven nativo dio media vuelta y puso pies en polvorosa (de oro) y lejos de aquel tipo loco, desvaneciendo engullido por las tinieblas de un futuro incierto.

—Gracias —bisbiseó Cesare solo. Se levantó. Una lágrima rayó de húmeda desolación su cachete izquierdo.

—Ellos quieren controlarlo todo. No te sientas culpable. Al fin y al cabo no es culpa de nadie.

¿Quién habló?

Cesare dio vueltas como un chiflado, la pistola láser todavía firmemente sujeta en la mano derecha. Sus rodillas se desplomaron nuevamente contra el polvo de oro cuando se agachó a observar una pequeña rana amarilla que lo miraba con sus grandes ojos negros.

¿Fuiste tú que hablaste?

Sí, fui yo.

¿Qué me decías?

No es culpa de nadie, eso te decía. El ojo que todo lo ve...

El ojo que todo lo ve, ¿qué? Termina la frase.

—¡Termínala!

La rana saltó y Cesare cayó de espaldas. Boca arriba, con las piernas dobladas, apoyó suavemente la pistola láser en su estómago y se quedó mirando la inmensidad del cielo nocturno. Una estrella fugaz se arrastró en medio de un sinfín de otras luces parpadeantes, y por un instante Cesare pudo escuchar un llanto llenar el silencio de aquella noche bohemia.

XI

A despertarlo fue Pascadio con un balde de agua de mar en la cara. Cesare, que estaba tendido en la playa boquiabierto, dio un salto y gritó pensando por un segundo que se ahogaba. Tan pronto como abrió los ojos, vio a Alberto con la cara y el pelo empapados tirarse encima de Pascadio y éste darle un puñetazo en la boca. A separarlos fue una muchacha que nunca había visto antes.

—¡Cálmense, muchachos! ¡Cálmense! —gritó la muchacha con un marcado acento español. Tenía un trasero abundante y hermoso.

—¿Qué le pasa a ese idiota? —se lamentó Alberto—. Es un incívico.

—Efectivamente… Pascadio, pídeles disculpas.

—Yo no voy a pedirle disculpas a nadie.

Cesare, aún en estado de shock por el balde de agua, dio unos pasos hacia Pascadio y lo noqueó con un derecho directo a la nariz. Los dos cayeron en el piso, Cesare encima de Pascadio, quien se protegió hábilmente de otro golpe y respondió apretándole el cuello con sus grandes manos callosas. Alberto y la muchacha los separaron a fuerza de empujones y gritos histéricos.

—¡Ya! ¡Paren de actuar como niños!

Cesare se recompuso por no tener que aguantar el elevado tono de la muchacha. Pascadio se quedó haciendo que les lanzaba flechas y sonriéndoles con sorna.

—El señor Sánchez quiere hablar con ustedes dos —dijo.

—Lo que pasa, muchachos, es que ustedes no informaron ayer después de haber regresado con la furgoneta y esa es una falta muy grande —explicó el señor Sánchez cuando regresaron al hotel. Tony, callado, estaba parado a su izquierda detrás del escritorio. Pascadio y la muchacha esperaban afuera.

43

—No me interesa —continuó Cesare—, si usted no puede controlar a sus empleados entonces nos vamos en este mismo instante.

Alberto asentía con la cabeza dando la impresión de controlarse apenas. El señor Sánchez respondió sacando dos sobres blancos con cuatrocientos dólares en cada uno, lo cual compró por lo menos un poco de silencio.

Cesare respiró hondo.

—Miren muchachos, ¿por qué no hacemos algo? Tómense su merecido fin de semana y piénsenlo bien. Ya saben mejor que yo que el trabajo no es tan arduo, que tienen la oportunidad de ganar dinero fácil, de aprovechar un hotel en el paraíso tropical, de comer sin pagar, de beber sin pagar, ¿qué más quieren? —El señor Sánchez levantó el dedo índice—: esto sólo pasa una vez en la vida.

A Cesare aquella actitud presumida de quien está acostumbrado a controlar a la gente con el dinero le cayó peor que un lastre de plomo en el dedo gordo.

¿Quién se cree este tipo?

—Pasen un tiempo con mi sobrina que acaba de llegar hoy con Mr. Michael J. Fox.

Cesare y Alberto se miraron a los ojos como si hubiesen presenciado el destello de un relámpago y el estruendo de un trueno en un cielo despegado de verano.

—¿Cómo dijo?

—Mi sobrina, la fula…

—No, la otra parte.

—¿Mr. Michael J. Fox? Es nuestro jardinero. ¿Por qué, prefieren pasarlo con él?

—¡No!

—¿Qué hace Mr. Michael J. Fox aquí? —preguntó Alberto casi gritando.

—¿Lo conocen?

—Sí, nos hizo un recorrido el primer día que llegamos a Panamá.

—Ese viejo no debería estar conduciendo —comentó el señor Sánchez.

—Estamos de acuerdo por lo menos en algo hoy —dijo Cesare.

Era efectivamente él, Mr. Michael J. Fox en persona, es decir, el taxista de color que se hacía llamar como el actor de Hollywood. No les había mentido cuando dijo ser jardinero y trabajar «lejos de la ciudad».

—¡Muchachos! —exclamó cuando los vio. Caminaba hacia ellos cojeando más que la última vez que lo habían visto, o quizá nunca lo habían visto realmente caminar bien. La manera de andar era de alguien que siente dolor al pisar. Daba la impresión de caerse en un hueco a cada paso.

Dios mío, y pensar que nos llevó del aeropuerto al centro de la ciudad.

—¿Cómo andas, Mr. Michael J. Fox? —preguntó Alberto.

Ya lo ves.

—¡Las coincidencias de la vida! Encontrarnos los tres otra vez... vivos —dijo Cesare.

La muchacha se acercó a ellos con una sonrisa curiosa y las manos en la cintura, con aire de una maestra de primaria observando a los alumnos socializar en su primer día de clase. Al verla de cerca y sin agua de mar en los ojos, Cesare observó que era tan atrayente como le había parecido a primera vista. Su rostro pecoso delataba una mujer más cercana a los cuarenta que a los treinta, y sin embargo, una mujer que en la flor de su edad tenía que haber sido increíblemente guapa. Su pelo, más que rubio, era castaño claro.

—¿Ya se conocieron? —preguntó.

—Claro, yo le di un bote[3] a estos muchachos cuando llegaron a Panamá.

—¿Ah sí? Qué casualidad, ¿verdad?

—Mucha —coincidió Cesare.

Demasiada.

Pascadio había desaparecido de la vista. Como si le hubiese leído el pensamiento, la muchacha dijo:

—No le hagan caso a Pascadio, ese es su carácter. Mi nombre es Julieta. —Extendió una mano a Cesare y éste la estrechó. Alberto hizo lo mismo.

—Mucho gusto. Disculpa por el barullo de antes —dijo Cesare.

—Como dije, no es su culpa, Pascadio tiene un carácter muy pesado.

—¿Eres la sobrina del señor Sánchez? —preguntó Cesare.

—Así es.

—Tienes un acento mucho más marcado que el suyo.

—Mi tío lleva cuarenta años en Panamá.

—¡Esta chica habla el español de E*sh*paña! —dijo en voz alta Mr. Michael J. Fox, poniéndole énfasis a la s y apoyando una mano en la espalda de Julieta. Julieta esbozó una media sonrisa que era más de lástima que nada, y con un brazo abarcó la cintura del viejo.

—Sí, mi querido señor. Ahora déjenos dar una vuelta por el hotel. Vengan muchachos.

Los tres caminaron por el hotel hasta que Julieta se sentó en el camino elevado de madera con los pies colgando en el aire.

—Bien, me dijeron de dónde vienen, qué estudiaron, qué hicieron hasta ahora, que al parecer les gusta Panamá y les gusta este lugar, ¿por qué no quieren seguir entonces?

—Vinimos a Panamá para conocerla y pasar las vacaciones, no para trabajar —se justificó Alberto. Cesare era de la misma opinión y no tuvo nada mejor que añadir.

—¿Entonces por qué aceptaron el trabajo?

Cesare reflexionó antes de contestar:

---

[3] En dialecto panameño: Pasaje

—Los billetes nos costaron mil dólares cada uno. Ganar algo de plata aprovechando un hotel de playa no nos pareció tan mala idea.

—Exacto, y decidimos cambiar los billetes, lo cual no fue gratis.

—Pero todavía les falta dos semanas para completar el mes —puntualizó Julieta.

—Es verdad… —Cesare se perdió con la mirada hacia el mar y hacia el cielo. La brisa había cobrado fuerza—. Va a llover pronto —dijo.

—Creo que sí. Vengan, vámonos a la ciudad. Hoy les toca una noche capitalina.

Habían pasado de un bar a otro de Calle Uruguay, que hacía tiempo era la calle para la vida nocturna en Panamá, pero ya no mucho, según les dijo Julieta. Había bolas de cemento por las aceras sin razón aparente.

Pararon finalmente en The Londener, un pub inglés con mesas de billar y música rock. Las cervezas no estaban baratas, pero el lugar no era despreciable. A Cesare le gustaba.

—Ahí va la dos.

—Esa no es la dos, es la siete, y no las estamos llamando —dijo Cesare.

Julieta los observaba divertida.

—Sea como sea —dijo Alberto después de un sorbo a su cerveza—, ahí va. Falló el tiro.

—Yo os invito a otra ronda, ¿qué les parece muchachos?

—Excelente idea —respondió Cesare con una sonrisa. Alberto levantó la botella a modo de brindis. Concordaba plenamente con la ronda gratis.

—Quiero hablarles de algo —dijo Julieta cuando regresó con las tres cervezas—. Me han dicho que ya no quieren trabajar con mi tío, pero pienso que deberían cambiar de opinión.

—¿Y eso? —preguntó Alberto mientras sorbía de su nueva cerveza.

—Pues, mi tío confía en vosotros dos. Y necesita de su ayuda. Aparte de que, si no me equivoco, están durmiendo y comiendo gratis.

¿Cuál es el interés de esta tipa en vernos trabajar con su tío?

Cesare sabía que Alberto estaba pensando la misma cosa. Había algo raro en la insistencia de esa tipa.

—Puede ser que nos quedemos a trabajar un tiempo más —dijo Cesare—. No hemos firmado ningún contrato.

—Sí, eso lo sé muy bien.

Salieron para fumar.

—Esta noche se quedarán a dormir en mi casa —dijo Julieta. Rechazó un cigarrillo.

La noche estaba para un reguetón lento. Había un número muy esporádico de coches andando por la ciudad. Los bares estaban algo llenos. La música se escuchaba venir de los mismos coches y de los bares y se mezclaba con las bocinas.

—¿Ya tienen sueño o quieren ir a algún otro lugar? —preguntó Julieta.

Acordaron con que estaban todos muy cansados. La casa de Julieta estaba situada en una esquina de Vía Argentina, donde tamb*ién había un par de bares. Julieta resultó ser buena anfitriona. Les mostró una recámara con dos camas y les ofreció un refresco. Finalmente se dieron las buenas noches y se fueron a dormir.

—¿Qué estás pensando? —bisbiseó Alberto.

Cesare estaba tendido en la cama y miraba hacia el techo.

—Que es muy amable —bisbiseó a su vez.

—Sí, pero todo lo que ha pasado me parece... no sé cómo explicarlo. Todo ha pasado muy rápidamente.

—Estoy de acuerdo. Me pareció curioso que Julieta insistiera en que nos quedáramos a trabajar para su tío.

—Eso mismo pensé yo.

—Mira —Cesare se incorporó, apoyándose en los codos para mirar a Alberto a los ojos—, vamos a quedarnos una semana más en ese hotel maravilloso trabajando por cien dólares a la semana y veremos qué pasa. Si nos cansamos nos largamos tan rápidamente como llegamos. A propósito, el señor Sánchez nos pagó cuatrocientos dólares hoy. ¿No te parece algo raro?

—Sí, muy raro. Pareciera que no nos quiere ver ir. ¿Cuál es el interés con darnos trabajo? Después de todo, nos acaba de conocer.

Hubo un silencio repentino.

—Ese Pascadio es un pendejo. ¿Qué le pasa?

—No sé, pero te digo lo que pienso, no me gusta para nada.

—¿Tú crees que hay algo detrás de todo este asunto? —preguntó Alberto.

—No estoy seguro. Pero si no nos quedamos, nunca lo sabremos.

—¿Te acuerdas cuando anoche fumamos y tú te fuiste corriendo parloteando de no se sabe bien qué cosa?

—No me acuerdo mucho.

—Yo tampoco, pero me acuerdo haberle preguntando al viejo cuál era la recompensa si habríamos hecho lo que ellos querían.

—¿Y?

—No me quiso decir. Dijo que teníamos que volver a verlo.

—Pero no entendí qué es lo que quieren que hagamos.

Alberto reflexionó antes de contestar:

—El viejo habló acerca de salvar la *Gran Madre*. De salvar este mundo.

—Yo creo que ni él puede salvarse de su locura. Ni él sabe de lo que está hablando.

—Claro, si sigue fumando como fuma...

Callaron.

—¿Qué crees que fumamos? —preguntó Alberto.

—Yo qué sé. Marihuana no era.

—Marihuana con algo adentro, parecía espumosa.

—Nunca he visto esa droga —dijo Cesare.

Otro breve silencio.

—Tengo sueño —dijo Alberto bostezando.

Cesare apagó la luz en la mesilla de noche.

La mañana siguiente se despertaron poco antes de que Julieta tocara a su puerta.

Cuando llegaron al hotel, encontraron al señor Sánchez hablando con Mr. Michael J. Fox acerca de unas flores y la disposición en la que debían ser sembradas. Apenas los vio llegar interrumpió su conversación con el jardinero y se les acercó:

—¡Bienvenidos de vuelta! Entonces, ¿decidieron qué hacer?

—Nos vamos a quedar —se adelantó Cesare.

—Muy bien, eso es. Entonces yo les avisaré cuando tienen que buscar otra carga en la ciudad. ¿Lo pasaron bien con mi sobrina?

—Sí, muy bien —dijo Alberto.

El eco de un trueno retumbó desde lejos. Las nubes plúmbeas habían amenazado con lluvia durante toda la mañana.

—Coman algo, luego descansen.

Pasaron el día entero tendidos en unas hamacas contemplando el aguacero caer sobre el paraíso tropical y los pocos turistas que no parecían demasiado molestos por la lluvia charlaban, bebían y reían. La lluvia tenía su encanto.

—Mira —hizo seña Alberto indicando algo mar adentro.

Cesare entornó los ojos. Enfocó lo que a lo lejos parecían ser unas boyas de buceo.

—Alguien está buceando con esta lluvia.

—Parece que sí. Qué locura.

Se formó un silencio entre los dos y Cesare sintió de repente el sueño estrecharlo como una anaconda hambrienta.

—Me pregunto qué habrá querido decir el viejo indígena acerca de salvaguardar la *Gran Madre* —dijo Alberto rompiendo el silencio mientras sorbía la Panamá que tenía en la mano.

—No lo pienses demasiado —dijo Cesare—. Si fuera por esos indios estaríamos todavía puliéndonos el culo con las palmeras.

—Pero, ¿quién dijo que eso sea necesariamente malo? Quiero decir, las palmeras serán rugosas pero… mira el mundo como es, lleno de guerras, violencia, contaminación, pobreza. A mí me da la impresión de que estos indios viven felices aunque vivan en situaciones que a nosotros parecen precarias.

Cesare no dijo nada. Estaba absorto con la mirada hacia el mar, fascinado por las grandes gotas de lluvia que se juntaban con las olas agigantadas por el temporal. Cielo y mar se fusionaban a la perfección en un ballet ensayado mil millones de veces antes.

—¿Sí me entiendes? —insistió Alberto.

—No sé qué decirte. Quizá el viejo indio quiere echar el tiempo atrás, pero no se puede. Míralo así: es la selección natural, los más fuertes dominan a los más débiles.

—Todo por el oro.

—Correcto —concordó Cesare—, todo por el oro, por más nada. Es el oro lo que mueve al mundo desde mucho tiempo.

No había más nada que añadir. Cesare supuso que aquello resumía la condición humana, una condición dictada por la selección natural e impulsada por un deseo de riqueza a veces desproporcionado. El resto era un subproducto de aquella condición: la pobreza, la violencia, la contaminación. Los humanos eran víctimas de su propia codicia y de su propia maldad. Qué fácil hubiera sido si la gente pudiera llevarse bien, si no hubiese guerra alguna, si las religiones no hubiesen causado sufrimiento y miseria en nombre de un Dios severo y demandante. El hombre se hizo Dios, matando y conquistando bajo pretensiones divinas. ¿Qué más quedaba? Asimismo como el agua dulce contenida en una gota iba mezclándose al agua salada de una ola, así el tiempo transcurría inexorable, mezclándose en el espacio terrenal, creando una nueva realidad producto de aquella labranza. Y todo retornaba al cielo para luego volver a caer.

—Me dan ganas de ir donde ese viejo y preguntarle qué fue lo que fumamos —dijo Alberto.

—Podremos hacer eso otro día. Ya se está haciendo tarde. Vamos a comer algo, luego nos iremos a dormir.

XII

Cesare y Alberto el Sombrerero estaban corriendo dentro de otro túnel subterráneo con las paredes que parecían un dibujo, volviéndose de vez en cuando para ver cuán lejos de ellos estaba el reptil gigante de tres metros de altura que los estaba persiguiendo.

—¿Qué quiere de nosotros? —preguntó Cesare.

—¿Tu qué crees? Nos quiere comer vivos.

—¿Comer vivos? Dios mío.

—Tu dios no puede ayudarte ahora mismo. Lo único que podrá salvarte ahora mismo son tus piernas y yo.

Alberto el Sombrerero agarró a Cesare por un brazo y lo llevó hacia una bifurcación que daba a un túnel aún más estrecho que el anterior. Cesare tuvo que bajar la cabeza para no golpearse.

—Apresúrate —dijo Alberto el Sombrerero.

A medida que caminaban, el túnel se hacía más angosto. Cesare pensó que el reptil de tres metros hubiera encontrado dificultad en pasar por ahí.

Al menos que se achique.

Alberto el Sombrerero no daba la impresión de querer ralentizar en ningún momento. Seguía apresurando el paso no obstante el túnel se hacía más estrecho a su alrededor. Llegó a ser tan angosto que Cesare tuvo que seguir avanzando doblando las rodillas. Finalmente, se detuvo.

—¿Qué haces? —preguntó Alberto el Sombrerero.

—Ya no puedo avanzar más.

—Sí que puedes. Avanza reptando como hago yo, mira.

Cesare y Alberto el Sombrerero parecían dos soldados arrastrándose por el túnel, que ya había llegado a ser tan angosto que Cesare podía sentir la presión del mismo sobre su pecho y su cabeza. Sintió claustrofobia y empezó a sudar. No había ni siquiera manera de volverse para ver si el reptil estaba detrás de ellos, aunque Cesare lo dudaba.

—¡Ya no puedo avanzar más! —gritó Cesare, que se había atascado en el túnel. Trató de moverse pero no podía. Los pulmones le presionaban contra la caja torácica y cada vez respiraba con más dificultad—. ¡Ya no puedo seguir más! ¡Estoy atascado!

Alberto el Sombrerero, en cambio, seguía avanzando lentamente y pronto se alejó tan adentro del túnel que desapareció de la vista.

XIII

El día siguiente era un lunes. Según les informó Tony, aquella semana les tocaba trabajar solamente ese lunes y el jueves. Cesare y Alberto tenían muy claro lo que habrían hecho el martes y el miércoles.

—Mañana iremos a visitar al Saila Warapí —dijo Alberto.

—Sí, quiero pasar tiempo con esos indios, aprender de ellos, ver cómo viven, absorber lo más posible de su cultura.

—Y posiblemente convencer al Saila Warapí para que nos hable de la famosa recompensa.

—Eso sería un plus.

Aquel lunes las calles de la ciudad estaban particularmente atascadas. Se demoraron más tiempo de lo usual en alcanzar el depósito y cuando finalmente llegaron se encontraron con un Juan de muy mal humor.

—¿Por qué tardaron tanto tiempo?

—Mucho atasco —contestó Cesare.

—Dame la llave —ordenó Juan sin ni siquiera mirarlos a los ojos y apenas bajaron de la furgoneta. Cesare hizo una mueca de desdén—. Vayan a comer.

Alberto se encogió de hombros y animó a Cesare con una palmada.

—Vamos a comer, no le hagas caso.

Aún después de haber terminado de comer y esperado diez minutos afuera, Juan y su gente no habían salido con la furgoneta, lo cual indicaba que no habían terminado de cargarla. Por primera vez desde que trabajaban ahí, Cesare y Alberto se acercaron e intentaron entrar.

—¡No entren! —les dijo un joven negro alto y flaco con una gorra blanca y roja de los Panamá Metro cerrándoles el paso bruscamente. Había salido de la nada—. ¿Quién les dijo que pueden pasar?

—Calma, nosotros trabajamos para el hotel —lo tranquilizó Cesare.

Pero el joven negro no quería ser tranquilizado y seguía firme en su postura. Su rostro, adusto, poseía un mentón largo que le otorgaba un aspecto casi criminal. Cesare no estaba seguro, obviamente, pero tuvo la impresión de estar lidiando con alguien que acababa de salir de la cárcel.

—¿Qué está pasando aquí? —la voz de Juan llegó avanzando rápidamente desde las espaldas del joven negro.

—Juan… —voceó Cesare—, dile a este joven que trabajamos aquí.

—No, ustedes dos no trabajan aquí. *Yo* trabajo aquí, yo y mi gente —dijo secamente Juan.

—¿En serio? —preguntó Alberto.

—En serio.

—Vaya —dijo Cesare—. Entonces nos vamos. Albert, llama un taxi. —Se dio la vuelta y se encaminó hacia la calle con una mano levantada para parar un taxi. Alberto lo siguió.

—¿Dónde creen que van? —Juan sonaba irritado.

—Dijiste que no trabajamos aquí. ¿Entonces qué estamos haciendo? Nos vamos.

—Miren, no es el momento de estar jugando como adolescentes. Tienen que conducir la furgoneta de vuelta al hotel y lo tienen que hacer hoy mismo. —Juan se interrumpió, cambió su expresión de enfado a una de condescendencia y miró alternativamente a Cesare y Alberto—. Hoy fue un día un poco pesado. No queremos extraños adentro del depósito porque nos ha pasado de todo, como por ejemplo gente robando. A parte de que hay trabajadores entrando y saliendo y prefiero tener a todos bajo la lupa. No necesito otros dos sujetos que no hacen nada ¿Me entienden? —Hizo una pequeña pausa—. La responsabilidad del depósito es mía.

—Entendido —dijo Cesare.

Apenas dijo eso, una voz llamó a Juan desde el interior del depósito:

—Ya terminamos.

—Vengan muchachos. Querían ver de qué se trata…

La Ducato tenía las dos puertas traseras abiertas. Cesare y Alberto pudieron ver que estaba llena de comida, pero no sólo. Había parafernalia de todo tipo: varias cajas de papel higiénico, jabón, utensilios para la cocina y algunas que otras baratijas para adornar las chozas del hotel. La furgoneta era refrigerada así que todo aquello llegaba al hotel frio, junto a la comida.

—Es la primera vez que vemos lo que estamos transportando —comentó Alberto.

—Qué bien que se hayan quitado la curiosidad.

Juan cerró las puertas y las aseguró con un candado que solamente Tony o quienquiera en el hotel habría podido abrir.

—Ahora vayan con Dios. Está lista. Gracias muchachos.

¿Por qué siempre dicen vayan con Dios? Pensó Cesare. Si quisiera irme con Dios estaría de padre ahora mismo dentro de una iglesia repartiendo ostias.

—Vámonos —dijo Alberto cerrando la puerta del pasajero.

—Sí, vámonos. Vámonos con Dios.

Todo pasó muy repentinamente. Estaban de regreso con la furgoneta llena cuando un Chevrolet negro con vidrios oscuros les cortó el camino e hizo que Cesare, quien estaba conduciendo por la carretera de regreso al hotel, parara de un frenazo a un costado de la carretera.

—¿Qué le pasa a ese idiota? —gruñó Alberto.

Dos hombres de tez blanca en saco y corbata y lentes oscuros salieron del coche con unas expresiones duras y caras de no querer hablar sólo por hablar. A los dos italianos les entró el pánico.

—Apaguen el vehículo —ordenó uno de ellos con un acento marcadamente norteamericano.

Cesare obedeció.

—¿De qué se trata? —preguntó.

Ninguno de los dos dijo nada. El primero, el que había ordenado apagar el motor, se dirigió hacia la parte trasera de la camioneta para revisar la placa. Cesare lo observaba a través del espejo lateral. El otro individuo los seguía mirando con la misma expresión de frialdad que les congeló la sangre en las venas.

—¿Ustedes dos son panameños? —peguntó el primer individuo cuando regresó.

—No —dijo Cesare.

Y supongo que tú tampoco.

—¿De dónde son?

—Italia.

—Tenemos que hablar, pero no aquí.

—¿Podemos saber por lo menos de qué se trata? —preguntó Alberto con una mezcla de impaciencia y ansiedad.

—Se trata de no pasar veinte años en la cárcel por estar traficando con drogas.

—¿Drogas? —se extrañó Cesare—. Nosotros no traficamos con drogas.

—Ya les dije que no es buena idea hablarlo aquí. Necesito que uno de los dos venga conmigo y el otro nos siga con la furgoneta.

Alberto desmontó lentamente, mirando a Cesare con una expresión de pánico poco contenido.

—Sin miedo, no te vamos a comer vivo —dijo hablando por primera vez el segundo individuo.

—Él vendrá contigo —dijo el primero a Cesare indicando a su compañero.

Cuando estuvieron listos, el Chevrolet arrancó y Cesare detrás de él. Tanto en uno como en el otro vehículo se produjo un silencio incómodo. Cesare quería decir algo sensato pero no podía dejar de pensar en lo mismo.

Ya sabía yo que había algo raro. Por Dios... ¿Y ahora qué hacemos? Estos dos creen que somos traficantes de drogas pero somos inocentes.

—Nosotros somos inocentes —dijo Cesare dando voz a sus pensamientos.

—Ya lo sé —contestó el segundo individuo vestido de negro.

—¿Ustedes son norteamericanos?

—Es correcto, pero espera a que estemos todos juntos antes de hacer preguntas.

Aparcaron en un claro en medio de la carretera donde podían caber el Chevrolet y la furgoneta cómodamente. Se bajaron todos y el primer individuo empezó a hablar:

—Somos agentes de la DEA, Drug Enforcement Administration —esto último lo dijo mostrándoles un distintivo con un águila que decía «US Special Agent».

—Agencia antidroga —aclaró el segundo agente.

—¿Ustedes tienen jurisdicción aquí? —quiso saber Cesare.

—Estamos trabajando en conjunto con las autoridades panameñas —dijo el primer agente sin muchos rodeos—, especialmente con el servicio de guardacostas y el servicio aéreo.

—¿Y qué tenemos nosotros a que ver con todo esto? —insistió Cesare—. Nosotros no sabemos nada de ninguna droga. Fuimos contratados por un hotel de playa en San Blas para conducir esta furgoneta —posó una mano en el capó de la furgoneta— y no sabemos cómo podría estar involucrada la droga en todo esto.

Sin decir nada, el primer agente se agachó hacia los neumáticos de la Ducato y golpeó la llanta delantera con los nudillos de su mano derecha.

—Sospechamos que ocultan la cocaína aquí dentro —dijo.

Cesare y Alberto se miraron a los ojos sorprendidos.

—El agente Smith y yo sabemos que ustedes dos son inocentes.

—¿El agente Smith? —dijo Alberto.

—Él es el agente Smith, yo soy el agente Foster —dijo el primer agente.

—Hemos estado observándolos por varios días. El hotel donde están quedándose ahora mismo es una fachada para el tráfico internacional de drogas.

—Pero el hotel cuenta con mucho personal, hay turistas, no muchos, es verdad, pero parece funcionar como cualquier otro hotel de playa —se sorprendió Cesare.

—Esa es la idea. El cártel hace llegar la droga a la Ciudad de Panamá a través de estos viajes. De la ciudad va directamente hacia Costa Rica y de

Costa Rica a Nicaragua, Honduras, Guatemala y México. De México llega a nosotros.

—Nosotros no sabíamos nada de todo eso —dijo Cesare después de una breve pausa—. Sólo vinimos a Panamá a conocer el país y nos metimos en este lío sin querer.

—Asimismo como ustedes dos, hay por lo menos otra docena de personas que trabaja para el cártel sin saber que trabaja para el cártel —dijo el agente Smith—. El hotel en San Blas no es la única fachada. Detrás de esta operación existe también una compañía de transporte, la Tropical Transportation Corporation, que se ocupa de transportar alimentos a través de toda América Central y del Norte, llegando hasta Estados Unidos.

—¿La Tropical Transportation Corporation? —repitió Alberto divertido—. ¿Qué clase de nombre es ese? Esto es un chiste, ¿verdad? ¿Dónde están las cámaras ocultas?

—No interrumpas. Esto no es ningún chiste y no hay cámaras ocultas. Estamos hablando muy en serio.

—El *modus operandi* es el mismo —prosiguió el agente Smith—: ocultar la droga dentro de los neumáticos o muy a menudo dentro de los tanques de gasolina para evadir perros antidrogas, y hacerla viajar por todo el camino hacia Estados Unidos.

»Sospechamos que algunos de los cargamentos se quedan en los países de América Latina, pero la mayoría llega a nuestras fronteras porque es ahí donde está la mayor ganancia.

—¿Por qué no los arrestaron todavía? —quiso saber Alberto.

—Buena pregunta —dijo el agente Foster—. Estamos muy cerca de un operativo masivo. Sin embargo, primero necesitamos unos cuantos detalles: de dónde exactamente viene la droga y cómo llega a San Blas.

—Y es aquí donde entran en juego ustedes dos —añadió el agente Smith.

Cesare sospechaba saber lo que vendría después. Sintió el impulso de encender un cigarrillo e hizo seña a Alberto, que sacó el paquete de su bolsillo, extrajo dos y entregó uno a Cesare, luego se encendió el suyo y pasó el mechero.

—Ustedes dos —continuó mientras tanto el agente Foster—, deberán ayudarnos a averiguar cómo llega la droga de Colombia a San Blas. Estamos casi seguros de que es por vía marítima.

—¿Y cómo se supone que deberíamos averiguarlo? —preguntó Cesare después de haberle dado una calada a su cigarrillo.

—Observando, investigando, espiando —afirmó el agente Smith.

—Es más fácil decirlo que hacerlo —dijo Alberto.

—Me niego a colaborar. No quiero ser una víctima más de los narcos —rebatió categórico Cesare.

—Me temo que no tienen opción al respecto —informó el agente Foster—. Si no colaboran podríamos juzgarlos por tráfico de drogas. Miren muchachos, no tenemos otras alternativas. Hemos infiltrado el hotel repetidas veces. El hotel como fachada existe ya hace seis meses. Tenemos conocimiento de que ustedes dos han estado en estrecho contacto con los indígenas de San Blas. Ellos son los que saben más que nosotros mismos. En una semana han logrado acercarse más que nuestros agentes encubiertos en aproximadamente cuatro meses de estar ahí. No es inusual que un servicio de inteligencia de nuestro país contrate a civiles.

—Ni siquiera somos estadunidenses —hizo notar Alberto.

—Eso no importa.

—¿Y nosotros qué ganaríamos?

—Para empezar, no ir a la cárcel —intervino el agente Smith.

—A parte de que no son panameños y están trabajando en negro.

—¡Esto huele a chantaje! —dijo Cesare notablemente alterado.

—No me importa como huele.

—Pero ni siquiera estamos seguros de que lo que afirman es cierto —se lamentó Alberto—. ¿Por qué primero no constatamos que la droga se oculta efectivamente dentro de los neumáticos?

—La droga viaja de San Blas a la ciudad. Si revisamos los neumáticos ahora no encontraremos nada. Y no siempre rellenan los neumáticos, los riesgos son altos, puede pincharse una llanta, tener la furgoneta un accidente, etc. Lo más seguro es que carguen drogas cuando reponen llantas nuevas, y la mayoría de las veces, como dijo mi compañero, ocultan la droga en los tanques de gasolina. De ahora en adelante estarán en comunicación con nosotros por medio de estos micrófonos. —El agente Foster sacó los que parecían ser dos tapones para los oídos—. Es muy simple usarlos, simplemente colóquenselos en el odio y hablen tranquilamente.

Cesare y Alberto se colocaron los pequeños aparatos cada uno es su oído izquierdo. A continuación el agente Smith sacó un walkie-talkie negro.

—Aló, ¿me escuchan? —probó Cesare. Inmediatamente, su voz graznó a través del walkie-talkie.

—Alto y claro —contestó el agente Smith. Su voz fue reproducida por los aparatos y ambos lo oyeron perfectamente.

—Guarden los micrófonos en estos estuches cuando no los estén usando. Y cuiden de que nadie los encuentre. —El agente Foster les entregó dos pequeños estuches negros donde cabían los aparatos—. Si quieren comunicarse entre ustedes dos, mantengan presionado este botón en los auriculares.

—Eso no es todo. —El agente Smith les dio a cada uno unos llaveros negros con forma de coche.

—¿Para las llaves? —quiso saber Cesare.

—Sí, pero principalmente para algo más. —El agente Foster levantó uno de los llaveros al nivel de los ojos, presionó el techo del llavero y los dos faros se encendieron.

—Una linterna pues, gran cosa... —ironizó Alberto.

—Esa es exactamente la impresión que quiere dar, de que sea una simple linterna, pero es mucho más que eso. Esta es una videocámara con capacidad para grabar hasta dos horas de vídeo. Es resistente al agua y puede funcionar a una profundidad de hasta treinta metros.

—¡Vaya! Esto es alta tecnología.

—Muchachos —dijo muy seriamente el agente Foster—, nosotros los tendremos bajo la lupa. No tienen que preocuparse de nada.

El asunto estaba poniéndose complicado, muy complicado. Apenas unos minutos antes eran dos simples turistas que manejaban una furgoneta para un hotel de playa, ahora eran dos informantes de la agencia antidrogas norteamericana. ¿Dónde iban a parar?

—Vamos a hacer lo posible —tanteó Cesare—, pero no les podemos asegurar que...

—Exacto —lo interrumpió el agente Foster—. Hagan lo posible. Siempre y cuando estén esforzándose, nosotros los apoyaremos. ¿Entendido?

Se quedaron callados. No había muchas opciones.

—¿Y cómo nos pondremos en contacto con ustedes?

—No se preocupen por ponerse en contacto con nosotros —dijo el agente Smith—, nosotros nos pondremos en contacto con vosotros. *Sin embargo* —hizo gran énfasis en aquellas dos últimas palabras—, si se diese el caso en que necesiten hacerlo, hay un botón en los auriculares que sirve para lanzarnos una llamada de emergencia. —Dijo eso mostrando el lugar donde quedaba un pequeño botón amarillo a un costado del transmisor—. Es obvio que tendrán que llevar los auriculares puestos o no podremos comunicarnos.

XIV

No fue fácil digerir los sentimientos de incertidumbre y miedo que los azotó al llegar al hotel. Algo escalfado en ácido muriático hubiera sido más fácil que digerir, y sin embargo, tenían que ocultar sus verdaderas emociones. Inclusive antes de llegar al hotel palpaban el peligro, y cuando finalmente divisaron los estacionamientos de Cartí sintieron por primera vez desde que pusieron un pie en aquel país un terror vivo.

Las cosas cambian cuando sabes que estás lidiando con traficantes de drogas.

Pero no podían mostrarse alterados en lo más mínimo. Entregaron la furgoneta como de costumbre y exhibieron grandes sonrisas, quizá levemente forzadas, pero mejor que rostros pintados de pánico.

Las preguntas que toreaban en sus cabezas eran: ¿Quién sabía? ¿Quién era parte del cártel? ¿Los abrían matado?

Por primera vez desde que trabajaban ahí, Cesare y Alberto prestaron atención a lo que ocurría a la furgoneta luego de haberla entregado a Tony. Un detalle que siempre habían pasado por alto jugaba un papel clave para descifrar cómo y cuándo las llantas venían rellenadas, y era que la mitad de las veces Tony regresaba con ellos al hotel en lancha y la otra mitad se quedaba con la furgoneta en Cartí.

—Supongo que hacen todo de noche —dijo Cesare a Alberto en voz baja.

—Lo mismo estaba pensando yo, pero, ¿cómo podemos averiguar de qué forma llega la coca de Colombia hasta aquí?

Cesare quedó pensativo, luego dijo:

—Tendremos que hacernos amigos de Mandi para que nos lleve en lancha donde queramos. Es más, deberíamos hablar con el Saila Warapí y decirle que queremos ayudarlos para lo que sea que quieren que los ayudemos, y que necesitamos una lancha.

—Tenemos que hacernos aliados de los indios. Ellos son los únicos que podrán ayudarnos.

—Ya es tarde. Voy a darme una ducha y sugiero que hagas lo mismo. Luego comeremos algo.

Después de comer, Cesare y Alberto se sentaron frente a su choza y sacaron el paquete de Marlboro.

—Estoy teniendo sueños raros últimamente —dijo Cesare mientras una guacamaya posada en el árbol frente a ellos parecía tener intención de cantar su repertorio completo.

—¿Qué clase de sueños?

—No sabría dónde empezar.

Alberto observaba con inusual interés un cigarrillo mientras lo hacía rodar entre el pulgar y el índice de su mano izquierda.

—¿Son sueños recurrentes?

—Algo así —contestó Cesare encendiendo el suyo.

Fueron interrumpidos por un crujido a su derecha. Se sacudieron cuando vieron a Mandi aparecer por detrás de las sombras.

—¿Mandi?

Mandi acercó un dedo a la boca para indicarles que mantuvieran silencio.

—Vengan, necesito hablar con ustedes dos, vengan —dijo.

Caminaron hacia La India, que los esperaba diligentemente en un costado del camino suspendido. Subieron rápidamente y apenas Mandi encendió el motor, se aseguró de alejarse de ahí lo más rápidamente posible.

No hablaron durante cinco minutos. La brisa nocturna los llenó de salitre; luego Mandi apagó el motor y quedaron en la oscuridad observándose el uno al otro con curiosidad mientras La India se tambaleaba suavemente a merced de las pequeñas olas. Cesare echó un vistazo a su alrededor: estaban en medio del mar, a por lo menos un kilómetro del hotel.

—Miren —Mandi había sacado de su mochila un mini telescopio portátil negro de marca Small Sun, un aparato económico y muy liviano. Indicó hacia el norte con el brazo levantado—. ¡Miren! —reiteró.

A lo lejos se deslumbraban unas figuras caminando en lo que por la oscuridad y la distancia no podían distinguirse como otra cosa que unas siluetas negras encima del agua. Después de una mirada con el binocular, Cesare pudo distinguir unos hombres cargando unos bultos del tamaño de maletines y la silueta donde caminaban era un...

—¡No puedo creer lo que ven mis ojos: un submarino!

—No jodas —respondió Alberto.

—Por supuesto que... bueno... no me parece que sea uno grande.

Cesare estaba todavía observando a través del binocular cuando Alberto se lo arrancó de las manos.

—Trae para acá.

Los ojos de Alberto se entornaron mientras abría la boca y movía la rueda de enfoque. Pudo ver a tres hombres caminando encima de una superficie completamente lisa y que podía distinguirse como un submarino; había la clásica torreta, el periscopio y un radar. El tamaño de la torreta y la misma silueta oscura que afloraba a la superficie sugerían que el submarino medía aproximadamente unos cien pies. Al lado del submarino había un barco a motor Quicksilver Cruiser de no más de cuarenta pies con un amplio techo rígido como cabina; un hombre estaba esperando sentado frente a la consola de pilotaje. En la cubierta había un segundo individuo recibiendo los bultos y colocándolos rápidamente, aunque con mucha precaución, adentro del casco.

—¿Qué es esto? —preguntó Alberto dirigiéndose a Mandi.

Cesare reivindicó el binocular.

—Por eso —empezó a decir Mandi algo excitado—, yo los llamé. Para que vieran.

—Parece que están moviendo drogas del submarino al bote. Están traficando —dijo Cesare, y levantó la mirada hacia Alberto.

—Algo que no es una novedad para nosotros dos.

—No. No es una novedad. Si queríamos una confirmación, bueno, aquí la tenemos.

—¿Cómo dicen? —preguntó Mandi.

—Fuimos abordados por dos individuos en la carretera hoy. Dos individuos que se identificaron como agentes de la DEA.

—Drug Enforcement Administration —aclaró Cesare.

—¿Drugg…? ¿Infor...?

—Administración para el Control de Drogas. Es una agencia estadunidense para la lucha contra el contrabando y consumo de drogas.

Aquello cautivó de inmediato la atención de Mandi.

—Nos dijeron —siguió Alberto— que el hotel de playa es una fachada para el tráfico de drogas. Están transportando drogas de Colombia hacia el hotel y del hotel hacia la capital. De ahí se mueve hacia el norte del continente.

Cesare sacó el llavero y empezó a filmar.

—No se va a ver nada —dijo Alberto.

—Tenemos que acercarnos.

—Estás completamente loco.

—Puede ser, pero te recuerdo que necesitamos recolectar información útil. Eso fue lo que dijo el agente demente ese.

Alberto se quedó pensando. Sabía que era cierto.

—Mira —prosiguió Cesare—, no necesitamos filmar nada. Somos testigos, tú, yo y Mandi. Ya sabemos cómo transportan la droga de Colombia al hotel.

—Eso es lo que digo yo, no podemos arriesgarnos demasiado. Ya tenemos información suficiente —dijo Alberto—. Íbamos a verte para hablar exactamente de esto —dijo dirigiéndose a Mandi—. Para que tú y tu gente nos ayudaran a espiar y a investigar. Parece cosa del destino que vinieras a mostrarnos esto hoy mismo.

—No es casualidad —dijo Mandi apoyando sus manos en los hombros de los italianos—. Nada es casualidad. Todo está ligado a la Gran Madre. Las estrellas… ellas hablan. —Señaló al cielo y los tres se quedaron observándolo. Estaba totalmente negro y sin estrellas. Sin embargo, quedaba claro el simbolismo detrás de aquellas palabras.

Quizá este tipo tenga la razón. Nada es casualidad. Todo sucede por algo.

Aquella noche regresaron a la choza tan cansados que pensaron que aquel día había durado meses. Se dejaron cada uno desplomar encima de su cama y a los pocos segundos Cesare cerraba los ojos abatido por el sueño.

XV

Había quedado arrastrándose donde pudo. A decir verdad, no pudo hacerlo más que unos diez centímetros y luego quedó estancado del todo. No había donde ir. No podía regresar atrás y no podía avanzar hacia adelante.

De repente sintió algo moverse por debajo de su cuerpo. Provenía de la tierra. Algo estaba moviéndose por debajo de sus brazos, de sus piernas, deslizándose alrededor de su barriga, serpenteando lentamente por su cintura, abarcando su cuerpo de pies a cabeza. La movió con mucho esfuerzo hacia un lado para ver de qué se trataba y vio raíces salir del terreno seco de la gruta para entrelazarse con su cuerpo y apretarlo en un abrazo mortífero.

Pronto quedó completamente cubierto por las raíces. Pensó que se habría sofocado pero nunca ocurrió. Nunca empezó a sofocarse. Al contrario, ahora podía respirar con más facilidad, como si aquellas raíces le hubiesen perdonado, redimido, liberado. Ya techo y piso no presionaban contra la caja torácica. Ya no estaba atascado. Cerró los ojos y se dejó llevar, se dejó hundir. Las raíces lo halaban hacia abajo como arenas movedizas y él sintió placer en hundirse tras ellas.

XVI

Martes y miércoles eran días libres esa semana. Tenían que aprovecharlos. Cesare se despertó con un renacido sentido de la vida. Ahora tenía un rumbo, una meta, una tarea pendiente y muy importante. No podía decepcionar a los gunas, a los agentes de la DEA y, que era más importante, no podía decepcionarse a sí mismo. Por primera vez después de un largo tiempo su vida tenía sentido.

Aquella mañana había empezado a llover antes que se despertaran y seguía lloviendo; era uno de esos chaparrones pesados que venía a dar un refresco natural a flora y fauna. Fue con esa lluvia que Cesare se despertó. Amaneció boca abajo, con la boca abierta, como si estuviese hundido en la cama. Las gruesas gotas que caían sobre el marco de la ventana abierta le salpicaron el rostro y eso y el olor a lluvia lo despertaron.

Desayunaron huevos y pan acompañados por un vaso de leche. Caminaron sin mucha celeridad hacia el bar del hotel y Alberto pidió un café negro al barman y Cesare un café con leche. Dylan estaba secando unos vasos con un trapo limpio.

—¿Qué tal muchachos? Tienen cara de muerto.

—No es nada.

—Me voy a sentar —dijo Alberto obviando la conversación.

Cesare se despidió saludando al barman con un saludo militar usando el índice y el medio.

—Gracias, Dylan.

No articularon ni una sola palabra durante todo el desayuno, hasta que Cesare, la palma de la mano izquierda rascándose la barbilla áspera, miró a Alberto fijamente en los ojos y dijo:

—No podemos tener miedo.

Alberto sorbió su café.

—No tengo miedo.

—Bueno, yo sí, un poco.

—Yo también.

—Además, no tenemos otras opciones. —Cesare se calló enseguida cuando un turista se acercó a ellos y caminó hacia el baño del bar. Miró hacia atrás antes de seguir—: Hoy nos pondremos en contacto con los agentes y les diremos lo que vimos ayer.

—Estoy de acuerdo.

—¡Hola muchachos! —Julieta se les acercó de muy buen humor. Llevaba puestos unos vaqueros claros, una camisa de polo rosada y unas zapatillas blancas sin medias. Una tobillera de oro que se entreveía apenas adornaba su pie izquierdo.

Cesare se preocupó por si pudo haberlos escuchado; lo dudó. Ojeó Alberto y éste trató como pudo actuar con indiferencia. Tenían que mantener las apariencias.

—¿Quieres tomar algo? —preguntó Cesare.

—No, muchachos, gracias. Vengan, tengo que despedirme, me voy a España y regresaré dentro de un mes. Es posible que no nos volvamos a ver.

—Quién sabe —dijo Alberto.

Los dos italianos se levantaron para darle un abrazo.

—Ha sido un placer muchachos.

La vieron alejarse por el camino suspendido. Cesare pensaba que tenía un trasero muy bonito. Se quedó hipnotizado y meneó la cabeza como si alguien le hubiese hecho una pregunta a la cual estaba contestando afirmativamente.

—¿Tú crees que está metida en esto? —preguntó Alberto.

—¿La sobrina del gerente? No lo sé. No tengo la menor idea.

—¿Y si no va al aeropuerto? ¿O si va al aeropuerto pero no se regresa a España? Sabes a lo que me refiero…

—Imposible seguirla. No podemos usar la furgoneta, no tenemos un vehículo y aunque se dirigiera al aeropuerto y entráramos, no podríamos pasar ni siquiera el primer control sin un boleto de avión. Vamos a tener que quedarnos con la duda.

Se marcharon hacia el camino suspendido y encontraron un antro apartado y protegido por palmeras. Alberto encendió un cigarrillo mientras observaba Cesare sacar de su traje de baño un ziploc que contenía el llavero negro con forma de coche y el radiotransmisor en miniatura.

—Revisa que no venga nadie.

Alberto estiró el cuello más allá de las grandes hojas de las palmeras.

—Dale, aquí no hay nadie —dijo dando una calada al cigarrillo con una mueca y mirando el camino desierto como un colegial prendiendo un porro en la hora de recreo.

—Aló, aló.

Los dos se miraron con expectativa. Alberto tenía los ojos como platos.

—Sigue mirando el camino —le reprochó Cesare.

Por otro lado, Cesare oyó, después de unos buenos veinte segundos, la voz de una mujer hablar con un espeso acento norteamericano.

—Aló, aló, no entiendo nada de lo que está diciendo.

—¿Qué está diciendo? —quiso saber Alberto medio emocionado.

—No se entiende nada… es una mujer.

—¿Qué dice?

—¿No escuchaste? No entiendo nada. Aló, ¿señora?, por favor, hable despacio que yo no soy gringo.

Después de unos instantes de estática donde no se podía escuchar ninguna voz, finalmente la voz femenina regresó puntalmente con el mismo deje marcadamente norteamericano.

—Despacio, hable despacio, no se le entiende un carajo.

—Dame acá —dijo Alberto estirando el brazo hacia el oído de Cesare.

—Quédate quieto y sigue vigilando. Aló, señora, hable despacio.

—Dígame —dijo la voz, finalmente hablando despacio y en español.

—Necesito hablar con el agente… Smith. Ese que parece salido de la película *The Matrix* con Keanu Reeves.

—Y el agente Foster —le recordó Alberto—, dile también con el agente Foster.

—Sí, y el agente Foster también.

—¿De qué está hablando? —preguntó la voz despacio y con irritación.

—Necesitamos hablar con el agente Smith y el agente Foster.

Hubo unos tres largos segundos de silencio.

—Ellos están en su hora de almuerzo.

—¿Qué?

—¿Qué dijo?

—Que están en su hora de almuerzo —dijo Cesare con cara de incredulidad.

—¿Estás bromeando? ¿Esto qué es, una oficina de impuestos? Nosotros aquí arriesgando el pellejo y esos dos en su hora de almuerzo.

—Señora, es en serio, dígale que necesitamos urgentemente hablar con ellos.

—¿Quiere que les deje algún mensaje?

—Que se vayan… Sí, que me llamen, pero no sé cómo me van a llamar porque nosotros ni siquiera tenemos teléfono y…

—No se preocupe, ellos sabrán como contactarlos.

—¿Ah sí?

—¿Qué dice? —preguntó Alberto. Chasqueó la colilla que dibujó un arco en el aire antes de aterrizar en el agua cristalina. Normalmente no habría hecho eso, pero no estaba pensando con claridad. Unos peces se apresuraron a mordisquear la extremidad ennegrecida.

—Dice que ellos sabrán cómo contactarse con nosotros.

—Ah, excelente. Ya me siento mejor.

—Hola Cesare, hola Alberto.

Los dos casi saltaron al agua por el susto. Tony había aparecido detrás de las palmeras sin que se dieran mínimamente cuenta. Seguía con su sonrisita habitual.

—¿Qué están haciendo?

—Nada, fumándonos unos cigarrillos —contestó Cesare con el corazón que parecía salirle del pecho.

—¿Cigarrillos o algo más?

—¡Ah! ¡Nos pillaste! —vociferó Alberto con tono muy, demasiado, alto.

Cesare se sintió incómodo tanto por la reacción exagerada de Alberto como por el radiotransmisor que todavía tenía puesto en el oído.

—Hoy y mañana tenemos planeado hacer un poco de turismo por nuestra cuenta —dijo Cesare con una sonrisa forzada—. Quizá el tiempo se mejore un poco, bueno, ¡ojala!

—Está bien. —Tony se aclaró la voz—. No tengo nada en contra de eso —entrecerró los ojos— ¿Hicieron algo anoche? No los vi por ningún lado.

—¿Ayer? Sí, bueno, ayer… —empezó a decir Alberto—. Ayer estábamos con un par de fulas.

—¿En serio? ¿Qué fulas?

—Pues unas fulas bien buenas.

—¡Vaya! Me alegro por los dos.

Tony se marchó con una sonrisa cómplice, la cabeza vuelta hacia los dos italianos aun cuando se alejaba. Nadie le habría quitado ese guiño hipócrita, pensó Cesare.

—¿Por qué te pones a decir estupideces? —le reprochó Cesare—. No podemos permitirnos mentiras. De ahora en adelante hay que controlar lo que decimos, cómo lo decimos y por qué lo decimos.

—¿De qué hablas? De ahora en adelante tendremos que mentir más de lo que hayamos mentido en todas nuestras vidas.

—Es cierto, pero si empiezas a hablar de un par de fulas inexistentes, eso es sospechoso. —Alberto se quedó pensativo. Puede que Cesare llevara la razón. Después de todo estaban tratando con traficantes de drogas—. Sabes muy bien que Tony está metido en esta mierda hasta el cuello.

—*Ok*, tranquilízate, ¿sí?

Finalmente caminaron hasta el área del hotel que abarcaba el pequeño puerto flotante de lanchas e indios taxistas cuyo trabajo consistía únicamente en transportar a los turistas a las islas. Siempre había unas seis o siete lanchas arribadas en aquel puerto improvisado. No encontrando a Mandi, se acercaron a un joven indígena de no más de diecisiete años que llevaba puesto un traje de baño verde bastante nuevo. Aquello le llamó la atención.

—Hola —dijo Alberto.

—¿Qué tal?

—Queremos dar una vuelta.

—Bueno, estamos aquí a las órdenes. Sólo digan adonde quieren ir y yo los llevaré.

—Hablas muy bien el español —comentó Cesare—. ¿Siempre has vivido aquí?

—Yo no vivo aquí, yo vivo en Canadá.

—¿Canadá? ¿En serio?

—Así es. Cerca de Toronto.

—Muy interesante —Cesare se tiró en la lancha—. Mi nombre es Cesare.

—Fredy.

Alberto hizo otro tanto.

—Mi verdadero nombre en dulegaya es Dupuala.

—¿Dupu…

—Dupuala.

—¿Y por qué te haces llamar Fredy? —preguntó Alberto.

—Nosotros tenemos dos nombres, uno en nuestro idioma y otro en idioma occidental.

—Llévanos a la isla… —Cesare se interrumpió. Trató de recordar en qué dirección habían ido la noche anterior con Mandi. No habría sido fácil recordarlo—. Por ahí. —El problema es que «por ahí» podía significar una inmensidad de opciones. Mientras, dejaron que el joven indígena arrancara su lancha y empezara a alejarse de aquel puerto improvisado.

—Me dirán más o menos dónde quieren ir conforme avanzamos —dijo Fredy—. En San Blas hay tantas islas como…

—Los días del año. Si, ya sabemos.

Cesare observaba cómo el indígena conducía el pequeño bote con amena sonrisa estampada en la cara y la mirada hacia el lánguido horizonte delante de él. Había escampado hace rato pero los nubarrones grises seguían amenazantes sobre sus cabezas.

—Miren —les indicó Fredy apuntando a unas boyas de buceo a unos diez metros de ellos.

Cesare y Alberto las reconocieron. Pertenecían a los mismos buzos que habían visto hace unos días atrás.

—¡Hacia allá! —ordenó Alberto alzando el brazo.

—Esa es la isla Keti —informó Fredy indicando un atolón con palmeras rodeado de arena blanca.

—No, no queremos ir a la isla, queremos que nos lleves en medio del mar… ahí mismo.

Fredy hizo una mueca. No entendía la razón detrás de aquella solicitud. Cesare y Alberto se miraron a los ojos. ¿Tenían que informarle de algo? Obvio que no. No podían arriesgarse.

—¿Conoces a Mandi? —preguntó Cesare.

—Claro, es mi primo.

—¿Sabes dónde está hoy?

—Haciendo lo mismo que yo. Llevando los turistas a las islas. No podrán hablar con él hasta más tarde cuando regresará al hotel con los turistas.

Decidieron tomar el día para conocer mejor a Fredy, hacerlo amigo primero, aliado después.

—Mejor llévanos a la isla Keti —dijo finalmente Alberto.

El esfuerzo de aquella mañana, aunque breve y poco productivo, había servido de algo. Ahora sabían que podían ir a esa zona orientándose con la isla Keti. La isla hubiera servido como punto de referencia. Fredy parecía complacido con la decisión de ir a una isla. Menos tiempo en el agua se traducía en menos gasto de gasolina y más descanso para él.

—Cuéntanos —empezó a decir Cesare para romper el hielo con Fredy—, ¿cómo terminaste en Canadá?

La sonrisa de Fredy se enarcó aún más:

—Mi tío es un pintor famoso y vive ahí.

—¿Y eres muy cercano a ese tío tuyo?

—Sí, cuidó de mí cuando mi padre murió. Yo tenía apenas unos diez años.

—¿Y hace cuánto tiempo que vives en Canadá?

—Tengo veintidós años, vivo ahí desde los catorce.

Fredy tenía veintidós años. A primera vista aparentaba ser mucho más joven, algo normal para los indígenas por naturaleza más bajos y menos robustos que la media. No era una sorpresa que los conquistadores europeos lograran dominarlos totalmente sin gran esfuerzo. Sin embargo, no fueron las armas y los ataques físicos las primeras causas del estrago de los aborígenes de hace quinientos años, pensó Cesare absorto en sus cavilaciones, sino todas las infecciones que los europeos traían del viejo continente, como la peste bubónica, la difteria, la viruela, la influenza, el tifus, el sarampión, la escarlatina, la varicela y la fiebre amarilla. Los ancestros de Fredy no tenían inmunidades contra aquellas enfermedades y todo lo que los españoles tenían que hacer era estornudar dos veces cada vez que desenvainaban la espada, especialmente después de tantos meses sobreviviendo en galeones con cerca de doscientos cincuentas hombres entre mosqueteros, marineros y grumetes, artilleros, arcabuceros, quienes formaban el grueso de la tripulación, y la demás dotación, incluyendo los capitanes de mar y de guerra, todos viviendo amontonados con gran cantidad de animales enjaulados y portadores de enfermedades.

Cesare emergió de sus pensamientos y se concentró en la isla que tenían enfrente.

—¡Keti Island! —exclamó Fredy al bajarse de la lancha de un salto y llevándola hacia la costa. La energía en aquel muchacho era palpable.

Cesare y Alberto lo ayudaron con la cuerda y pronto la pequeña embarcación se encalló en la orilla. En un santiamén se tiraron al agua y luego se echaron en la arena cómodamente para contemplar aquel paraíso sin decir nada. No había nada que decir, sólo gozar de aquel momento. Se lo habían merecido, después de todo.

Alberto y Fredy se quedaron hablando mientras Cesare se alejaba para —según lo que él mismo había dicho—: «hacer una inspección de la isla».

—¿Cómo se llama el lugar donde vives en Canadá? —preguntó Alberto queriendo hacer conversación.

—St. James Town. Es un lugar precioso. Claro, muy diferente de aquí.

—Obvio, muy diferente. Como el día y la noche. Canadá es frío, Guna Yala es cálido.

Alberto pensó que aquel comentario fue tonto y trivial. Fue lo primero que le vino a la mente y a decir verdad, ya estaba medio aturdido por el sol, que no obstante las nubes, pegaba sin piedad. Ya sabía por qué la gente en países tropicales y tan cálidos se movía más lentamente y aquellos en países fríos no podían estar quietos. Era el subconsciente sentido de sobrevivencia que entraba en acción: por una parte, moverse demasiado rápidamente significaba desgastar las energías, sudar en exceso y arriesgarse a la hipertermia; por el otro, quedarse demasiado tiempo parado en el frío causaba hipotermia. Se trataba de adaptación.

—¿Y qué es lo que haces en St. James?

—Trabajo con mi tío. Él es dueño de una marquetería. Aprendí a trabajar la madera tres años después de haberme mudado con él a Canadá.

—Interesante, muy interesante. ¿Y te gusta lo que ha...

Fredy interrumpió la serie de preguntas dando un golpe con el dorso de la mano en la rodilla de Alberto y haciendo una mueca con la boca para que se volteara. A su espalda aparecieron dos chicas fulas y blancas como dos sábanas después de una noche envueltos en ellas. Alberto se quedó callado y se olvidó de la pregunta que estaba haciendo a Fredy. Simplemente contempló aquel espectáculo.

Las dos fulas iban en bikinis a rayas, una de color rosado y la otra de color verde claro. Estaban risoteando mientras caminaban por la playa, anteojos de sol puestos y caminata desenvuelta. Podían ser amigas o podían ser hermanas. Hacía lo mismo porque eran muy parecidas. Alberto aguzó el oído y pudo constatar que estaban hablando en inglés, un inglés norteamericano. Se notaba a leguas que eran dos estadunidenses. Cuando se acercaron, Alberto dijo en su inglés machucado:

—Sospechaba estar en el paraíso antes, pero ahora no tengo ninguna duda.

Las dos muchachitas se miraron en silencio por unos largos segundos, luego se dejaron ir a una carcajada.

—Hola, mi nombre es Pam —dijo la de traje rosado.

—Yo soy Catherine —dijo la otra—. ¿De dónde sois?

Adentrándose por el camino en sombras hacia la parte central de la isla pudo sentir cómo el aire se ponía más húmedo y la temperatura bajaba.

Cesare caminaba con la mirada dirigida hacia los linderos de la costa opuesta a la suya. Quería llegar al otro lado de la isla, pero primero necesitaba dar una batida y ver qué podía encontrar de interesante. Pronto se dio cuenta de que, además de palmeras, cocos verdes y maduros, algún que otro tronco y esporádicas botellas de vidrio con etiquetas desaparecidas largo tiempo atrás, no había nada fuera de lo normal.

Aguzó el oído cuando sintió unas ramas resquebrajarse a lo lejos. ¿Un animal? Muy probable. Interrumpió su paso para luego volver a caminar un poco más cautelosamente. Habría podido ser otra persona pero no escuchó voces y el sonido provino desde arriba, o por lo menos esa fue la impresión.

Siguió caminando hasta que finalmente llegó a cruzar toda la isla. No había nadie en la playa y tampoco a los alrededores. Entornó los ojos y se esforzó en recordar dónde en medio del mar se habían detenido aquella noche en lancha con Mandi. Por un segundo pensó reconocer el lugar exacto. Eso significaba que en lancha podrían llegar hasta más allá, es decir, allá donde habían estado el pequeño submarino y el Quicksilver Cruiser. Pensó también que podía estar equivocándose.

¿Cómo se supone que debo acordarme de un lugar en medio del mar?

Y por acabar había sido de noche. Le dio rabia aquella situación, le dio rabia que dos agentes de la DEA lo habían amenazado con llevarlo a la cárcel si no colaboraba. Supuso que lo que hicieron los agentes de la DEA no era del todo legal, pero ¿a quién habría importado? Necesitaban informaciones. ¿Y por qué no infiltrar el hotel con agentes en cubierto? ¿Y si, después de todo, ya había agentes en cubierto como había dicho el agente Foster? ¿Algún turista? No, tenía que ser alguien trabajando en el hotel y rozando codos con el señor Sánchez y los demás.

Se volvió para irse cuando fue tomado por sorpresa por un indígena vestido con una tela roja del tamaño de una bandana que les cubría los genitales y unas pulseras de plata de cuatro o cinco centímetros de ancho en cada muñeca. El indígena, algo rechoncho, de no más de metro y sesenta, llevaba un cordón colorido a través de su torso y no estaba armado. Lo miraba con ávido interés, como si fuese un cazador y Cesare una presa mucho más valiosa de lo que esperaba.

—Hola —se aventuró Cesare.

No obtuvo respuesta.

—Soy un turista…

Silencio.

Dio un paso para irse pero el indígena lo acorraló.

—¿Qué quieres de mí?

Las palabras de Cesare resonaban solitarias en medio de tanto silencio. Se quedó mirando al guna de arriba abajo con expectativa. Iba a decir algo más cuando el indígena le hizo un gesto para que lo siguiera.

Esto va a ser interesante.

Recorrieron el mismo camino y el indígena divergió hacia otro sendero más oscuro, algo lóbrego, y que se adentraba más en la densa selva de aquella pequeña isla caribeña.

—¿A dónde vamos?

Como era de esperarse, no obtuvo respuesta.

—¿Hablas español?

Aparentemente no hablaba y punto. Cesare se dio por vencido y se limitó a seguirlo. Aunque el indígena no estaba armado y hubiera podido fácilmente dominarlo con su superioridad física, se mantuvo alerta.

El indígena se detuvo frente a una palmera, luego hizo señas a Cesare hacia la arena a los pies del árbol.

—¿Qué hay? Aquí no hay nada.

El indígena continuó con su ademán insistente hacia la arena y Cesare se inclinó hacia el punto indicado. Efectivamente la arena parecía diferente, parecía haber sido pisoteada más de lo usual, como si alguien se hubiese peleado en ese punto o bailado una noche entera.

El indígena insistía en que hiciera algo.

—No sé qué quieres que haga —dijo Cesare avanzado hacia ese punto—. Yo no veo absolutamente na…

Y fue entonces que la arena bajo sus pies se hizo dura. Golpeó la arena con el talón dos veces repetidamente. Había algo debajo de la arena. Se agachó, hundió la mano y tocó lo que estaba debajo. Limpió con gestos rápidos la arena hasta descubrir una losa de madera. Se apresuró a aclarar ese misterio barriendo la arena para dejar ver la superficie: era una escotilla.

La levantó.

Todo sonrisas y coqueteos, las chicas ya se habían sentado junto al indio y al italiano. Alberto estaba definitivamente pasándola bien, alternando miradas entre Pam y Catherine mientras hablaban de sus experiencias en Panamá. Dijeron tener veintidós y veintitrés años respectivamente.

—La gente es muy amable en estas islas —comentó Catherine—. Los indígenas son buena gente.

Aquel comentario provocó una amplia sonrisa en el rostro de Fredy.

—Yo tampoco puedo lamentarme. Lo he pasado muy bien —convino Alberto. Le vino a la cabeza el encuentro con los dos agentes de la DEA y pudo sentir cómo se le hundía el corazón. Despidió esos pensamientos de su mente.

—Así que les dieron un trabajo —dijo Pam.

—Es correcto. Manejamos una furgoneta.

Nuevamente los pensamientos seguían regresando como un boomerang. ¿Y si las muchachas hubiesen podido ayudarlos de alguna manera? ¿Haciendo qué? ¿Calentando las sábanas? De repente aquella idea no sonaba nada mal.

—Y tu amigo, ¿todavía no regresa? —quiso saber Pam.

Alberto se volteó hacia la isla e iba a decir algo cuando Fredy se adelantó:

—Mira, una lancha se acerca.

Alberto entornó los ojos. Pensó reconocer a uno de los tripulantes. A medida que la lancha se acercaba sus dudas se aclararon y finalmente pudo reconocer a Pascadio de pie en la parte delantera del barco manteniéndose en equilibrio con una cuerda. El indio que manejaba la lancha era un indio que no había visto nunca antes.

—Nuestro amigo Pascadio —dijo Alberto en voz baja.

Las dos chicas se volvieron, las manos a cubrir el sol para ver la lancha que estaba ya ralentizando cerca de la costa.

—¿Lo conoces? —preguntó Fredy.

—Sí.

Quedaron en silencio durante un minuto mientras observaban al colombiano alto y recio bajarse con un salto y caminar hacia ellos como si aquello se tratara de una misión importante.

—¿Qué carajo quiere este pendejo ahora? —se dijo a sí mismo en italiano y en voz tan baja que nadie escuchó. Si pensar en los dos agentes de la DEA le preocupaba, esto le estaba haciendo revolver las tripas.

—¿Qué haces aquí? —preguntó Pascadio en tono severo desde diez metros, sin ni siquiera esperar a acercarse más.

—¿Cuál es el problema? —quiso saber Alberto—. Tenemos unos días libres y estamos disfrutando de un poco de mar y playa. —Luego frunció el ceño y reiteró—: ¿Algún problema?

—¿Dónde está Cesare?

—¿Hay algún problema? —repitió Alberto a modo de respuesta.

—Te hice una pregunta.

—Y yo también.

Alberto se levantó. Fredy extendió un brazo hacia Alberto y dejó ir un apenas audible «calma». Las dos muchachas se movieron algo incomodas, pero se quedaron sentadas.

Pascadio se acercó a Alberto y lo miró directamente a los ojos.

—Te hice una pregunta.

—Mira, Pen… Pascadio, ese es tu nombre, ¿no? No sé cuál es tu problema. Nosotros no estamos haciendo nada malo. Estamos en un paraíso, ¡míralo! —Abrió los brazos con las palmas hacia el cielo—. ¿Qué hay de malo con disfrutar de él? Deberías hacer lo mismo, así quizás lograrías relajarte un poco.

—Quiero saber dónde está Cesare.

—¿Qué quieres de él? ¿Qué ha hecho?

—Nada, sólo quiero saber por qué no está contigo.

—¿Acaso es mi esposa? Se fue a dar una vuelta. A *caminar.* —Esto lo dijo simulando dos piernas con el dedo medio y el índice a tres centímetros de la cara de Pascadio. El colombiano le agarró la mano y la alejó con un mal gesto.

—No te hagas tanto el vivo solamente porque estás en compañía de dos chicas. ¿Me oyes?

Pascadio se alejó hacia el interior de la isla.

Era un alijo de narcóticos. Contenía por lo menos una docena de bolsas con un polvo blanco que Cesare no tenía duda se trataba de cocaína.

Azúcar en polvo no es.

Una nueve milímetros negra descansaba en una esquina. Cesare se apresuró a sacar la bolsa ziploc que guardaba dentro de su traje de baño. Se colocó el radiotransmisor en el oído y empezó a tomar vídeos de aquel escondite y de la zona alrededor. Apretó el mando y la lucecita del pequeño coche se prendió.

Alberto sintió que algo no andaba bien. No habría podido dar una explicación racional. Después de todo Cesare no estaba haciendo nada malo. ¡Después de todo nada! Se trataba de ser cauteloso. Lo primero que hizo fue dirigirse a Fredy:

—Oye, es importante. Necesito que vayas detrás de Pascadio y le hagas perder tiempo. Pregúntale si trajo cervezas, invéntate cualquier estupidez. Detenlo unos segundos por favor.

—¿Qué está pasando? —preguntó Pam. Las dos muchachas también se habían levantado y daban la impresión de querer irse, aunque en realidad lo que ocurría las estaba sacando de la rutina y del aburrimiento.

—Está bien —obedeció Fredy. Galopó, casi literalmente galopó hacia Pascadio y lo detuvo con una mano—. Oye amigo, ¿llevaste cerveza? —Esto hizo que Pascadio ralentizara el paso, aunque no paró del todo, por lo que Fredy se le puso de frente y le volvió a hacer la misma pregunta con una sonrisa de oído a oído.

Alberto se alejó de las muchachas sin dar explicaciones. Mirando atrás y con mucha discreción sacó un ziploc del bolsillo de su traje de baño. El corazón estaba ahora bombeando más de lo normal. Ya tenía una idea de lo que sentían los agentes encubiertos, constantemente, día tras días. Se dijo que nunca habría podido tener una doble vida detrás de líneas enemigas como espía.

Introdujo el mini transmisor en su oído derecho, aunque no estaba seguro si habría servido de algo. Lo más probable es que Cesare no tuviera el suyo puesto.

—¡Cesare! ¡Contesta! —dijo en un italiano bisbisado y ladrado al mismo tiempo—. ¿Estás ahí?

—¿Qué pasa?

—¿Lo tienes puesto? ¡Qué bueno! Mira, Pascadio llegó a la isla y está yendo hacia allá.

—¿Qué?

—Sí, ¿por qué? ¿Algún problema?

—Diría que sí, maldición. Un problema muy grande. Te explicaré luego.

Cesare repuso el cochecito dentro del ziploc y éste en el bolsillo del traje de baño y se precipitó en cerrar la escotilla.

—Ayúdame a recubrirla de arena —le dijo al indio vestido con la bandana roja en los genitales—. Tenemos que apresurarnos.

Se volvió: escuchó desde lejos unas voces y reconoció la de Pascadio. Él y el indio trataron como pudieron de recubrir la escotilla de arena. Cesare incluso se arrodilló para hacer el trabajo con las dos manos, cuidando de que no se viera contaminada, aunque, después de todo, cuando él mismo echó un vistazo a esa área por primera vez, la arena se veía de alguna forma alterada; no importaba demasiado cómo la habrían dejado.

Agarró al indio por un brazo y le hizo señas para que lo siguiera. Caminaron hacia la playa donde se habían encontrado pocos minutos antes, opuestos a la playa donde había llegado en lancha, y disimuló su nerviosismo mirando el horizonte.

—Di algo, cualquier cosa. Ah, verdad, que tú no hablas. ¿No te quemas sin crema protectora? ¿No usas bloqueador? Digo, el sol es muy fuerte aquí.

El indio lo miró y miró al sol cubierto por las nubes, luego miró nuevamente a Cesare.

—Es que… —continuó Cesare deglutiendo—, hay mucho sol. Me imagino que tu gente a través de los siglos desarrolló una capa natural.

—¿Qué haces? —preguntó Pascadio.

Cesare se volvió disimulando sorpresa.

—¿Qué haces aquí?

—¿Yo? *Tú* qué haces aquí.

—Disfrutando del sol. Hablando con mi nuevo amigo.

Pascadio mostró una sonrisa astuta.

—Este es Coco y es mudo.

—¿Ah sí? Estaba empezando a tener dudas. ¿Su verdadero nombre es Coco?

—Mira, no me gusta que estén aquí. Agarra a tu amigo idiota y lárguense de esta isla.

—Pero, ¿qué estamos haciendo de malo? ¿No podemos ir a cualquier isla que queramos?

—Váyanse a otra. A mí me gusta esta y no me agradan sus compañías.

XVII

El aire se llenó de un olor a pescado frito y patacones. Tiraba una brisa placentera que refrescaba las pieles ya algo quemadas de los dos italianos. Estaban sentados en una mesa del restaurante con Mandi esperando sus comidas. El cielo estaba salpicado por un sinfín de estrellas.

—Mañana no va llove'. Va a ser un bonito día —dijo Mandi.

—Al fin.

—Te pedimos que nos acompañaras a comer porque necesitamos hablar de… —Cesare miró con discreción a sus alrededores— ya sabes.

—Díganme.

—Primero que todo queremos saber si Fredy sabe.

Mandi miró a Cesare con un semblante solemne en su rostro.

—Sí, pero solamente él y yo.

—¿Absolutamente nadie más?

—Y el Saila Warapí.

—¿Y qué hay del indígena que me indicó el escondite hoy?

—Es posible que alguno que otro sepa algo, pero ¿qué pueden hacer ellos? Y Coco es mudo.

Alberto hizo una mueca.

—Es imposible que nadie sepa nada.

Cesare hizo un ademán a Alberto para que lo dejara hablar:

—Entiendo que quieran quedarse callados pero tienen que hacer algo.

—Tal vez tienes razón —admitió el indio—, pero me matarían a mí y a toda mi familia si supieran que estoy hablando con ustedes dos. Me estoy arriesgando mucho.

»Tienen que saber algo —Mandi se inclinó hacia delante y bajó el tono de voz—, el señor Sánchez nos paga muy bien, tanto a mí como a los pocos otros que saben… al Saila, y quizá a otro par de indígenas fuera o dentro del hotel. Ya han matado a uno que amenazó con acudir a las autoridades. Nos tienen bajo mucho estrés, sobre todo al principio, nos tenían bajo mucho escrutinio. Ahora las cosas han mejorado un poco, pero quizá por costumbre, quizá porque no nos queda otra y queremos simplemente vivir tranquilos, hemos tomado la costumbre de callar.

Cesare y Alberto se miraron con un rictus de haber entendido exactamente cuál era la razón de la falta de amotinamiento de parte de aquellos pobres autóctonos. Primero les robaron las tierras, y ahora se las vendían de vuelta a cambio de silencio.

—Pero hay una razón por la que estás hablándonos ahora mismo —dijo al fin Cesare—, ¿o no? Podemos hacer algo pero necesitamos ayuda.

—¿Qué quieren que haga?

—Necesitamos recolectar más indicios. Ya sabemos cómo llevan la droga de Colombia hasta acá, con un submarino. Pero necesitamos grabar vídeos. Necesitamos saber más.

—Creo que deberían venir otra vez conmigo donde el Saila Warapí.

—¿Cuándo?

—Puede que esta misma noche.

Cuando llegaron a la isla encontraron al Saila Warapí entonando cantos tradicionales. El viejo sabio estaba rodeado de otros gunas y uno en particular estaba de pie a su derecha traduciendo el cantico sagrado:

—*Di dani, di dani, nana bormo onie* —recitaba el Saila.

—Viene agua, viene agua, mamá coge agua —traducía el Vocero.

—*Di abele obegala.*

—Necesitamos agua para bañarnos.

—*Di abele gobegala.*

—Necesitamos agua para beber.

—*Di abele inagala.*

—Necesitamos agua para medicina.

—*Di abele uka enuke ga.*

—Necesitamos agua para limpiarnos.

—*Di dani, di dani, anmar ainie werguega.*

—Viene agua, viene agua, salgamos a recibir y a recrearnos.

—No se pueden lamentar —espetó Alberto—, me parece que tuvieron bastante agua en estos días.

El cantico se interrumpió y los gunas estaban ahora todos mirando al cielo con devoción. Poco a poco, el grupo fue dispersándose y el Saila, después de haber hablado con varios jóvenes, finalmente se sentó en su silla y tomó chicha desde la cuenca de una calabaza.

—Vengan —dijo Mandi.

Los tres se acercaron al Saila y antes de que nadie pudiera decir nada, el Saila Warapí levantó una mano hacia los dos italianos y dijo:

—Qué bien que hayan decidido regresar. *Nan Dummad*, la Gran Madre, nos ayuda a permanecer en equilibrio. Nuestros ancestros nos enseñan que el mundo tiene ocho niveles espirituales en donde se encuentra oro, plata, hierro y muchos otros minerales que sostiene la Madre Tierra. Si permitimos que sea explotada, los árboles morirán y la producción disminuirá.

—Sí... bueno —se aventuró a decir Cesare—, lo que pasa aquí es algo un poco más delicado. Ya no se trata del oro, más bien de otro oro, un oro blanco y bastante ilegal.

—Él sabe todo lo que está pasando —dijo Mandi.

—Bueno, ¿entonces qué piensan hacer?

—No es buena idea hablar aquí —dijo el Saila dirigiéndose a Cesare. Se volvió hacia Mandi y éste lo agarró por un brazo ayudándolo hacia el interior de la cabaña—. Vengan.

Cuando estuvieron adentro y fuera del alcance de oídos indiscretos, el Saila Warapí hizo señas a Mandi.

—No queremos fumar otra vez —dijo Cesare.

El Saila sonrió.

—No, esta vez no les estoy ofreciendo fumar, sino algo más valioso.

Mandi regresó con un mapa. El color pardusco, sucio, deteriorado, y la textura carcomida, todo aquello daba un aspecto centenario al objeto que el Saila sostenía en sus manos, y por un momento Cesare no tuvo la menor duda de que se trataba de un mapa de los tiempos de la invasión española al nuevo mundo. Quedó embelesado.

—Este mapa fue entregado a los primogénitos de mi familia a través de las generaciones, siglo tras siglo, hasta llegar a nuestros días. La leyenda cuenta que mi ancestro, el padre del padre del padre del padre del padre del padre... —la voz del Saila se apagó y el viejo se quedó con los ojos cerrados, aletargado. Cesare y Alberto se miraron sin saber qué hacer. ¿Se había dormido?

—Aló... —dijo Cesare.

Mandi le dio un golpecito en el hombro como si fuera la cosa más natural del mundo.

—...de mi padre —resumió el Saila abriendo los ojos—, cuando era apenas un muchachito de catorce o quince años, ocultó el oro de su familia bajo el mar para que los españoles no lo despojaran de él como hicieron con el resto de su gente.

»Sin embargo, una noche de luna llena en que el muchachito estaba nadando de vuelta, fue sorprendido por los españoles. A las hermanas, que habían guardado un mapa, nunca les pasó nada y murieron ya viejas en sus lechos de muerte rodeadas de hijos y nietos en áreas aisladas con el resto de su gente, que durante siglos vivió en lo que se conoce hoy como Darién, el Golfo de Urabá y la franja de tierra que los cristianos bautizaron San Blas en honor a uno de sus miles de mártires; *dulegan*[4], en fin, que después de la llegada de los europeos tuvieron que confinarse en áreas recónditas.

Cesare y Alberto se quedaron en religioso silencio.

—¿Vamos a fumar algo? —preguntó Alberto.

Cesare lo miró de soslayo.

—Es una historia muy bonita, señor —dijo—. Un poco triste al final, como después de todo es la historia de su gente, pero fascinante y bonita. Y en todo este tiempo, ¿nunca se preocuparon por encontrar el oro?

—Claro que sí. Ya fue extraído hace muchísimos años.

Cesare quedó atónito. Con la boca abierta, miró al mapa y al Saila y luego dijo:

—¿Y entonces por qué nos está dando este mapa?

—El mapa es el oro —sentenció el Saila entregando el mapa a Cesare con inusitado apuro, como si quisiera deshacerse de él. Y dado que no había sido suficientemente enigmático, añadió—: En el mapa brilla una estrella de un millón de tesoros.

—Vaya recompensa, un mapa de un tesoro que ya no está ahí —comentó Alberto.

—¿Qué quiere decir eso de que el mapa contiene una estrella de un millón de tesoros?

—Lo averiguarás si analizas todos los símbolos del mapa, nuevos y viejos.

—Pero si ya llegaron al tesoro quien sabe cuándo, ¿por qué simplemente no nos indican cómo llegar? —preguntó Alberto quitándole el mapa a Cesare y echando un vistazo a los dibujos y líneas—. No se entiende nada. ¿Esto qué es?

—Es una isla —le aclaró Cesare—, ¿es que no lo ves?

—Ah, perfecto, una isla… hay casi cuatrocientas islas aquí.

—¿El tesoro está ahí o no está ahí?

—No sé. Nadie entiende ese mapa —aseveró el Saila con sinceridad y frustración. Sus ojos se entristecieron y Cesare sintió lastima. A lo largo de generaciones se quedaron con un mapa incomprensible de un tesoro que nadie sabía si todavía yacía oculto bajo el mar.

—Dijo que fue extraído. Ahora me dice que no está seguro si el tesoro está ahí o no. No entiendo…

—Sospecho que mis ancestros mintieron acerca de haberlo encontrado porque les daba pena admitir que nadie entendía absolutamente nada de lo que dice el mapa.

—Es decir que hay una posibilidad de que el tesoro todavía esté intacto.

—Es correcto.

Alberto hizo un mohín de irritación.

---

[4] Gunas

—Esta gente lleva quinientos años tratando de averiguar dónde queda ese tesoro, ¿qué te hace pensar que…

—Todavía no entiendo qué quiere decir eso de una estrella y de un millón de tesoros y de los símbolos. Mire, Saila Warapí —dijo Cesare con condescendencia—, nosotros tenemos que investigar a esos narcotraficantes de todos modos, así que no tiene que convencernos a hacer nuestro trabajo con la promesa de un tesoro inexistente.

—No es eso. También hay una leyenda que habla de una estrella dibujada en el mapa que indicaría el camino a un millón de tesoros.

—Sí, eso ya lo dijo. ¿Cuál sería la estrella?

—¿Esta cosa? —intentó Alberto indicando un punto en el mapa.

—No, esa es otra isla —dijo Cesare.

Alberto ladeó la cabeza.

—Sí, pero está muy arriba. Podría ser una estrella. Podría ser cualquier cosa la verdad.

—Saila Warapí, hace unos días fuimos abordados por dos agentes de la DEA que nos proporcionaron unos pequeños transmisores y una cámara de vídeo en miniatura. Esos agentes quieren que recojamos información.

—¿Y lo van a hacer?

—No tenemos otra opción.

—Siéntanse libres de pedir ayuda a Mandi para cualquier cosa que necesiten.

Mandi, quien había quedado en silencio todo ese tiempo, asintió con la cabeza y emitió un sonido de aprobación.

—Ahora váyanse y que tengan suerte en su misión. Y quédense con el mapa —dijo el Saila.

—¡Gracias! —dijo Alberto con un deje de sarcasmo.

XVIII

Regresaron a su choza cansadísimos. A Cesare ese cuarto ya estaba empezando a parecerle pequeño e incómodo. El viaje lo había agotado y anhelaba un poco de privacidad.

—Esto tiene que llegar a su fin —dijo sentándose pesadamente en su cama—. Mañana renunciaremos.

—¿Cuánto dinero hemos recolectado hasta ahora?

—Bueno, haz tu mismo el cálculo. Los cuatrocientos dólares que nos regaló el gordo para que no nos fuéramos, más tres semanas de trabajo.

—Pero la semana no se ha acabado todavía.

—Es cierto.

—¿Y si nos matan antes de salir de este lugar?

Cesare se llevó una mano a la boca y quedó pensativo. Alberto se rascó la cabeza y deslizó el paquete de cigarrillos del bolsillo de su traje de baño.

—Cambié de idea, mejor no renunciar. Además, todavía tenemos mañana como día libre. Mañana deberíamos ir a la ciudad.

—¿Para hacer qué? —preguntó Alberto asomándose a la ventana. No había nadie afuera que los podía escuchar. Corrió la cortina y prendió un cigarrillo que bailó entre sus labios mientras hablaba—. ¿Cómo se supone que iremos a la ciudad si no tenemos coche?

—Mañana hablaremos con Mandi para que nos lleve a la ciudad e iremos en búsqueda de un lugar donde alquilar equipo de buceo.

Alberto giró sobre los talones.

—¿En serio quieres buscar un tesoro fantasmal siguiendo un incomprensible mapa hecho por un joven indio con cero habilidades para dibujar hace quinientos años?

—No es sólo por eso. También es por… —Cesare se calló un segundo—. Bueno sí, es por el tesoro.

—Yo no me voy a meter en aguas con tiburones.

—¿Por qué asumes que hay tiburones por todos lados?

—¿Por qué? —el cigarrillo de Alberto despidió ceniza— ¡Porque es un océano y los tiburones viven en los océanos!

—¡Tranquilo!

Alguien tocó la puerta con dos golpecitos tímidos. Alberto, que estaba de pie, miró fuera de la venta y luego se apresuró a abrir la puerta. Las dos fulas aparecieron detrás de ella.

—¡Vaya sorpresa! —dijo Cesare.

—*Hi, welcome*. ¡Qué bien que hayan venido a visitarnos! ¿Y cómo encontraron nuestra choza?

—La verdad es que los seguimos —dijo una de las dos fulas que Alberto creyó recordar llamarse Pam.

—¿En serio nos siguieron? —preguntó Cesare con la boca abierta y mirando a Alberto—. Vaya impresión hiciste.

La otra fula cerró la puerta deprisa y dijo:

—Ahora cállense un minuto por favor. Tenemos que hacer esto rápidamente.

Se metió una mano dentro las bragas de su traje de baño con afán.

—¿Así? —dijo Cesare—. ¿Sin preámbulos? Directos a la acción.

Alberto estaba extasiado y a malas penas podía creer lo que estaba pasando. El cigarrillo entre sus dedos ya había llegado al filtro, pero él no se dio cuenta, no sintió nada. Tenía la mirada clavada en la fula.

Catherine, la fula con la mano en las bragas, se arqueó levemente hacia delante e hizo una mueca. Esa mueca hizo que Cesare sintiera algo de excitación. Finalmente Catherine sacó un mini transmisor, idéntico a los que el agente Smith y el agente Foster habían entregado a los dos italianos.

—¡*Mannaggia!*[5] —exclamó Alberto decepcionado.

—¿Trabajan para la DEA?

—Así es —dijo Pam.

Catherine insertó el transmisor en el oído y hablo:

—*Command, here is Beach*[6] *One and Beach Two reporting for duty.*

Alberto, con una expresión de completo desdén, hizo mímica con la boca hacia Cesare sin hablar:

—¿*Bitch*[7] *One*? ¿*Bitch Two*?

—No, no, *beach*... seguramente es *beach*, de playa —bisbiseó de vuelta Cesare.

—Cállense un minuto —repitió Pam, y volvió a mirar a su compañera, Beach Two.

---

[5] Expresión que indica decepción en italiano

[6] Beach quiere decir "playa" en inglés

[7] Bitch quiere decir "puta" en inglés. "Beach" y "Bitch" se pronuncian casi de la misma forma

La expresión de Catherine cambió, como si estuviese finalmente escuchando a alguien.

—Aquí estamos frente a Padrino Uno y Padrino Dos.

Tanto Cesare como Alberto se miraron con caras divertidas. Catherine extrajo el transmisor de su oído y se lo entregó a Cesare, que vaciló un microsegundo antes de colocárselo en el oído a su vez. Empezó a hablar con tono pacato y casi incrédulo:

—¿Buenas?

—Es el agente Foster. Hola Cesare, ¿cómo estás?

—Ah, hola. Bien, sí pues… ehm… los habíamos llamado por la mañana. Tenemos informaciones de cómo llega la cocaína desde Colombia.

—Sería bueno si no te refirieras a ella con su nombre, llámala *honeycomb*.

—*Honey*… ¿qué?

—*Honeycomb*, nido de abeja.

—Ok… Hace unas noches vimos un pequeño submarino costa fuera, cerca de una isla llamada Isla Keti. Había también un barco a motor y estaban cargando unos bultos desde el pequeño submarino hacia el barco. No tenemos ninguna duda de lo que contenían esos bultos, señor Smith.

—Foster… Entiendo.

—Y hoy fuimos a esa isla Keti y yo encontré un alijo con bolsas de cocaína y un arma.

—¿Qué arma?

Cesare pensó que aquella fue una pregunta estúpida y trivial.

—Una nueve milímetros, ¿por?

—Por nada la verdad. Un arma y bolsas de *honeycomb*. *Ok*, buen trabajo muchachos.

—Sí, gracias. Mire señor Smith, nosotros queremos irnos ya. No queremos mezclarnos más en este asunto.

—Foster…

—Dile que vinimos de vacaciones, no a jugar a los espías —dijo Alberto, luego miró a las dos gringas con una sonrisa tímida.

Cesare se quedó callado mirando hacia delante como si no estuviese mirando a lo que realmente estaba frente a él, sino a la cara de su interlocutor.

—No, no, pero… queremos simplemente irnos. Ya tienen su información. ¡Ya! ¿Qué más quieren?

—Cálmate Cesare. Ya que estas ahí podrías colaborar un poco más, ¿no crees?

—No, no creo.

—Y yo digo que sí.

—Pero entonces, ¿me dice ahora que tenemos que averiguar quién va en búsqueda de nuevas reclutas? ¿Por reclutas entiende alguien como yo y Alberto? ¿Alguien desprevenido y totalmente ignorante de estar siendo contratados por narcotraficantes?

—Exactamente.

—Bueno, estamos prácticamente seguros de que Tony es uno de ellos. Y posiblemente, pero sólo posiblemente, el viejo que se hace llamar Mr. Michael J. Fox.

—Entendido. Bueno, ya están muy cerca de la verdad. Es por eso que los contratamos. Necesitamos a alguien que esté directamente adentro.

—Sí, pero queremos salir…

Alberto hubiera querido participar en la conversación, pero pensó mejor no interrumpir. Lanzó una mirada coqueta a Catherine y a sus bragas.

—*Ok*, señor. Quedó todo claro. Pero después de esto yo y mi colega nos salimos.

La comunicación había terminado. Cesare ya no oía ningún sonido al otro lado que indicaba que la línea estaba todavía abierta, solamente oía el incómodo silencio que se había formado dentro de la choza. Sacó el mini transmisor y se lo pasó a Catherine. Quedaron a la expectativa de ver lo que habría hecho con él, pero la fula se limitó a sostenerlo en su mano.

—Bien, nuestra misión aquí ha terminado muchachos. Ha sido un placer —dijo Pam.

—¿En serio? Nos dejan así después de sacarse el transmisor de la…

—¡Alberto! Contente por favor. Chicas, queremos invitarlas a unos tragos. Ya que estamos en esta misión juntos, deberíamos conocernos un poco más. Quizá podrían decirnos cómo llegaron a trabajar para la DEA tan jóvenes.

—Esa información es clasificada —dijo Pam con una sonrisa—, pero podemos definitivamente tomarnos un trago. ¿Qué dices Caty? Ya se hizo tarde, nos merecemos un poco de distracción.

Catherine dibujó una sonrisa hermosa.

—Claro que sí.

Las dos chicas se sentaron en la cama de Alberto, que ya estaba nuevamente extasiado y observándolas como una señora observa unos zapatos nuevos en una tienda de Jimmy Choo.

—Alberto… ¡Alberto! Despierta.

—Sí, dime.

—Necesitamos una botella de ron y una de coca cola.

—¿Y qué quieres que haga?

—Olvídalo, iré a buscarlas yo mismo.

Cesare salió de la choza llevado por un impulso engranado en marcha larga. Caminó hacia el primer lugar que tenía sentido: la cocina, pero no había nadie, ya estaba cerrada. No tenía reloj y no hacía falta, podía imaginarse la hora. Fue para irse cuando escuchó un silbido desde los baños. Se acercó.

—¡Mandi! Qué bueno que todavía estés aquí. Necesito un favor muy grande.

—Ya escuchaste lo que dijo el Saila Warapí. Pídeme lo que sea. ¿Necesitas un arma? ¿Ya están a punto de cerrar este caso? ¿Está llegando el equipo de los gringos de la fuerza contra los drogadictos como me prometiste? ¿Cómo se llaman?

Cesare levantó el labio inferior. No quería decepcionar a su amigo indio, pero no quedaba de otra.

—DEA. No, la verdad vengo a pedirte una botella de ron y una de coca cola, si las tienes.

Mandi se quedó con la boca abierta.

—Sí... sí claro. Vamos a ver dónde las conseguimos. ¿Para qué las necesitas?

—Ya verás. ¡Esta noche te invitamos nosotros a pasarlo bien!

Cuando regresaron a la choza, las fulas seguían sentadas en la cama de Alberto hablando y riendo entre ellas, los cachetes tan ruborizados que parecían dos muñecas. Alberto estaba de pie escuchando y asintiendo con la cabeza sin decir nada no obstante nadie estaba hablando con él directamente. Seguía ahí con un guiño dibujado a través de su cara de pervertido. Cuando se volvieron vieron a Cesare con una botella de Coca Cola de dos litros en la mano y Mandi con una botella de Ron Abuelo.

—¡Mandi! —exclamó Alberto con los brazos abiertos.

Abrieron la botella de ron y Cesare se sentó en la cama de Alberto al lado de Pam.

—Acabo de darme cuenta que no tenemos vasos —dijo Cesare—. Ya vengo.

Después de una buena media hora los cinco estaban ya algo borrachos. Alberto estaba tirado en la cama de Cesare encima de Catherine y hacían intentos de comerse la boca el uno al otro.

—Je, je, je. Mira esos dos... —dijo Cesare. Se volvió hacia Pam levantando la botella de ron, la mirada perdida—: ¿Quieres más, querida?

—No —contestó ella, y apoyó una mano en la mejilla de él mientras acercó su boca a la suya.

En un cerrar y abrir de ojos, Mandi, que todo lo observaba impasible y entretenido, se encontró con dos parejas de cachondos revolcándose sin pudor, una justo a su lado y la otra enfrente.

—Jóvenes... —dijo casi en silencio. Se levantó, hizo la señal de *OK* hacia Alberto que lo miró justo en ese momento y que le correspondió con el pulgar levantado, y se marchó, se marchó y cerró la puerta, dejando que *Nan Dummad*, la Gran Madre Naturaleza, tomara su curso dentro de aquella choza suspendida en el mar, en aquella noche que olía a sal marina y palmeras acariciada por la brisa nocturna.

XIX

Cesare estaba tirado bocarriba en la cama con los brazos cruzados bajo la almohada, irradiando una gran satisfacción mezcla de placer y regocijo. Se pasó la lengua por los labios y sintió que tenía un sabor de rosas y duraznos en la boca, como si hubiese comido una flor o una fruta que nunca había comido antes.

Pam se le asomó, hermosa, con una corona de margaritas en la cabeza.

—Qué raro —dijo Cesare—, no sabía que las margaritas crecían en los trópicos.

—Las margaritas son las flores más cautivantes del mundo.

—¿Dónde estamos?

Cesare se incorporó y echó una mirada alrededor. ¿Estaban volando? Estaban acostados en la cama y ésta los llevaba libres por los aires. ¿Cómo era posible?

—Tranquilo amor —le dijo Pam al sentarse sobre su cintura. Estaba completamente desnuda, los pechos del tamaño de una copa de champaña erguidos y hermosos, tan jóvenes, tan lisos.

Cesare los palpó con sus dos manos y sintió placer después de ese simple gesto.

—¿A dónde vamos? —preguntó.

—Donde quieras.

Ella movió su busto en forma circular, sensual, mirándolo, y él abrió la boca para emitir un gemido de placer inesperado. Lo provocó así varias veces hasta que el miembro de él se enderezó como el brazo de un muñeco de aire. Vio las nubes blancas contra el cielo azul pasar rápidamente sobre la cabeza de Pam y pensó que no podrían estar volando, que no podía ser. Y al mismo tiempo sintió un placer tan inmenso como inmenso era aquel edén azulino.

Se echó hacia adelante y se agarró el miembro con la mano derecha, la izquierda apoyada en la nalga de ella.

—No, espera. Todavía no.

—¿Qué pasa?

—Cesare, no sé. Simplemente… disfruta.

—Sí, eso es lo que quiero hacer.

Pam se enfurruñó y se volvió a su lado de la cama.

—¿Y ahora qué?

—Ayúdame —dijo ella abriendo las piernas—. Ayúdame a encontrar el transmisor. Se perdió.

—¿Como que se perdió? —Había un deje de pánico en su voz.

—Hablo en serio. ¿Te acuerdas de Catherine? Bueno, yo hice lo mismo pero ya no lo encuentro y estoy muy preocupada.

—No digas estupideces. Seguramente no es nada del otro mundo. No me asustes así. Verás, lo vamos a encontrar en un santiamén.

Cesare se volvió para verle la cara y los ojos, esos ojos de un verde que le recordaba los prados de campiña en un día de primavera. Se agachó lentamente, sus manos rozando los hombros de ella. La besó en la boca y luego sonrió. Ella mantuvo una mirada seria. Él bajó hacia esos pechos tan pequeños pero perfectos. Los besó y luego siguió su curso.

—Vamos a ver qué está pasando aquí abajo.

Desapareció debajo de las sabanas. Ahora que tenía la entrepierna de Pam delante de sus ojos, se sintió como un ginecólogo a punto de evaluar a su paciente.

—Llámame Doctor Cesare —dijo en broma, y rio.

Lentamente acercó una mano a aquellos genitales que no tenían casi pelos, aparte de unos cuantos esporádicos y solitarios vellos castaño claro rodeando la piel blanca y pulida de Pam. Pegó sus labios a esa piel y la besó.

—Ya vamos.

Insertó primero un dedo, luego el pulgar, y con los dos abrió los labios delicadamente. Asomó la mirada hacia el interior. No divisó nada. Ningún transmisor, ni nada de nada. Con el dedo índice hurgó más e insertó también el dedo medio, por si acaso. No sintió nada excepto la humedad de ella.

—Aquí no hay nada. A menos que se haya metido bien adentro.

Y fue entonces cuando sintió una presión en los dedos, como si un gusano inmundo y asqueroso estuviese succionándolos con su pegajosa boca de larva y no los quisiese dejar ir.

—¡Qué coño! —dijo, y pensó, sí, literalmente, qué coño.

Se ayudó con la mano izquierda, que ahora estaba empujando contra el muslo de ella. Lo que sea que estaba ahí lo estaba succionando tan intensamente que pronto su mano entera se perdió dentro de aquella vulva asesina.

—¡No! ¿Qué haces? ¡Por Dios!

Empezó a sudar. Con el brazo izquierdo, su brazo todavía libre, movió las sabanas para verle la cara. Quería mirarla a los ojos y saber qué estaba pasando por la cabeza de esa mujer. Todo fue inútil. La vagina de ella seguía chupándolo, tragándolo poco a poco, hasta el codo, y seguía firme en su cometido.

—¡No!

Cerró los ojos.

—¡Cesare! ¿Dónde estás?

La voz de Pam resonó críptica como un eco en su cabeza.

Abrió los ojos.

Se encontró dentro de una gruta que chorreaba un líquido baboso desde el techo. Éste era grisáceo y parecía la garganta de una ballena gigante. Le recordó una escena de Aliens, una película que vio cuando era todavía un muchachito, en donde la heroína y otros personajes principales se toparon con un cuarto misterioso lleno de bichos raros y larvas de monstruos extraterrestres.

—¿Encontraste el transmisor?

Cesare se miró alrededor. Se agachó y recogió un globito blanco cubierto de baba asquerosa.

—Sí, ya. Ya lo encontré.

—Perfecto, ahora tíramelo.

—¿Tirártelo adónde?

—¿Cómo que adónde? Tíralo fuera. Tíramelo Cesare. Tíramelo duro, por favor.

Esta mujer está completamente loca.

—Quiero salir de aquí. Quiero salir de aquí maldita sea.

Un zumbido proveniente desde el techo le llamó la atención. El zumbido iba y venía y estaba en todos lados. Era como un avispón, un avispón de buen tamaño, y que volaba zigzagueando histéricamente. Se esforzó, no obstante la poca luminosidad dentro de aquel extraño lugar, por enfocar ese movimiento y discernir de qué se trataba, y finalmente el zumbido se reveló a sus ojos. No era un avispón.

Cesare ladeó la cabeza con incredulidad cuando pudo distinguir un hombre y una mujer del tamaño de una mano, de piel gris y traslucida con escharchas, y con alas gris oscuro que aleteaban a una velocidad increíble, mientras lo miraban con más sorpresa que la de él mismo.

¿Duendes? ¿Duendes con alas?

El hombre y la mujer en miniatura se movían constantemente, o quizá eran las alas que daban esa impresión.

El pequeño hombre abrazó a la pequeña mujer y los dos se dejaron ir a un apasionado e intenso besuqueo en miniatura. El duende con ala manoseaba la mujer, primero los pequeños pechos en miniatura y luego el pubis en miniatura. Seguían pegados el uno al otro, hasta que el duende le levantó las piernas y la tomó allí mismo, frente a Cesare.

—Oigan, consigan un cuarto de hotel o algo. Un cuarto de hotel para duendes.

La duende echó la cabeza hacia atrás con profusa manifestación de gozo y deleite sexual, completamente abierta, completamente entregada, dejándose poseer sin pudor por el duende, que tenía la cabeza entre sus senos.

Esto me está poniendo arrecho, pensó Cesare.

Como si lo hubiese escuchado, la pareja de duendes alados se separó, se arremolinó en una danza en espiral y se fue volando para no ser vista nunca jamás.

Cesare los siguió con la mirada pero ya habían desaparecido. En cambio, ahí donde habían estado fornicando, quedó un punto que emitía una luz pulsante.

Cesare se acercó entornando los ojos. La luz se transformó rápidamente en un embrión y del embrión a una siguiente etapa de evolución, formando bracitos y piernecitas y una cabeza muy grande con respecto al resto del cuerpo, que luego fue tomando proporción conforme el recién nacido iba desarrollándose en posición fetal.

Y el recién nacido se hizo niño y el niño adolescente, todo en unos pocos segundos. Y el adolescente adulto. Y el adulto viejo, con barba blanca y larga que le tocaba las rodillas. Hasta que el viejo se hizo ceniza y la ceniza cayó entre sus zapatos. Cesare se tocó la punta de los zapatos y palpó entre los dedos aquel polvillo escharchado.

De repente un resquicio de luz se abrió ante sus ojos, cegándolo un poco. Cesare se cubrió con la mano y empezó a caminar hacia la luz. Estoy volviendo a nacer, pensó. Así es como se siente salir del útero materno. Abrió los brazos a la luz y la luz lo envolvió por completo.

Estaba volando, los brazos extendidos y sin moverse. Empezó a sentir el sonido de un bajo y el ritmo de una caja desde lejos que se hacían siempre más cercanos. Y luego otros instrumentos acompañando el bajo.

Finalmente, la voz de Daryl Hall cantando frente a un micrófono grande como un ladrillo blanco y resplandeciente como una estrella: «Ella te masticará. Es una devoradora de hombres».

XX

Se despertó con una jaqueca que era una bomba molotov dentro de su cabeza lista para explotar. El sonido de una canción que acababa de empezar sonaba de fondo. Era una canción de los años ochenta.

—Oh, mira quien se despertó —dijo Pam acercándose a Cesare. Le besó el cachete y le colocó una gorra en la cabeza.

—Mmm, buenos días —logró sacar Cesare con voz pastosa. Aferró la gorra: parecía bastante nueva, era roja y tenía un logo que decía *Vans Off The Wall.*

¿De dónde había sacado Pam la gorra y los vaqueros? Su mirada se posó sobre una mochila abierta al lado de la cama. Ya se explicaba todo. Fueron a buscarla cuando todavía estaba dormido. Seguramente fue también de ahí que Catherine sacó su celular.

—¡Ah! Entonces no me habían mentido —exclamó Tony con su ubicua sonrisa al asomarse a la puerta abierta—. No me mintieron cuando me hablaron de dos fulas. Bien muchachos, hoy nada de viajes con la furgoneta. Tiene problemas. Le estamos poniendo llantas de repuesto. Hoy se irán a la ciudad con el jardinero. Voy a estar en la cocina. Ahí los espero.

Cesare y Alberto se miraron a los ojos.

—Ese viejo es un peligro —refunfuñó Cesare recostándose nuevamente con una mano en la frente—. Tengo un dolor de cabeza increíble.

—Es la resaca. Las chicas y yo estamos igual. Nada como un buen desayuno para recuperarnos.

—Nosotras ya nos vamos —dijo Catherine levantándose de la cama. Se acercó a la puerta y la entrecerró. En voz muy baja dijo:

—Tienen que tener cuidado, muchachos. Ese Tony es la mano derecha del señor Sánchez y está metido en esto hasta el cuello.

—No me digas —dijo Cesare.

—Ahora que saldrán con el viejo, seguramente querrán sacarle información. Habrán visto que se juntan mucho con los indígenas y eso no les agrada para nada.

Alberto suspiró y miró a Catherine.

—¿Por qué simplemente no los meten presos? Ya saben todo. Ya los deberían haber capturado.

—No sabemos por qué todavía no lo han hecho.

—¿Ustedes dos no trabajan para la DEA?

Pam y Catherine se doblaron por la risa.

—No —dijo Pam—. Es decir, igual que ustedes dos, fuimos interceptadas por agentes que nos pidieron colaboración. Nosotros vinimos de vacaciones. Somos turistas.

—Dos agentes de la DEA se nos acercaron en estos días —dijo Catherine retomando la palabra— y nos pagaron mil dólares a cada una a cambio de acercarnos a ustedes dos y entregarles el transmisor. Eso es todo.

—¿Les pagaron mil dólares? —exclamó Alberto.

—Sí ¿por qué?

—A nosotros no nos pagaron nada. Sólo nos amenazaron con ir presos.

—Alberto —dijo Cesare metiéndose en la conversación—, seguramente nosotros dos somos peones mucho más importantes para la DEA que ellas dos, ¿no crees? Quieren nuestra colaboración completa y nosotros estamos trabajando para el hotel a todos los efectos. Ellas no. Ellas solamente son turistas.

—¡Deberían habernos pagado algo por esa misma razón!

Cesare puso la mirada en blanco.

—¿Qué quieres que te diga? ¿Vas a estar gimiendo como una niñita porque no nos pagaron mil dólares?

—Púdrete, sabelotodo.

Las dos fulas se miraron y se rieron otra vez.

No obstante el desayuno, Cesare seguía con una resaca nauseabunda. El dolor de cabeza estaba disipándose demasiado lentamente.

—¿Se puede saber por qué tenemos que ir a la ciudad con Mr. Michael J. Fox? —preguntó Alberto hincando los dientes en lo que quedaba de una rebanada de pan con mantequilla.

—¿Quieres parar de llamarlo así, por favor? Es ridículo.

—Pero si ni siquiera sabemos cuál es su verdadero nombre…

—Es un viejo loco, es lo que es. Y no tengo la menor idea de por qué quieren que lo acompañemos a la ciudad. Esto ya me está realmente cansando.

—Cuidado.

Tony estaba caminando hacia ellos.

—¿Ya terminaron de comer? Vengan conmigo.

Los dos italianos se levantaron de sus sillas con las ganas de un anciano de noventa años que acababa de recibir una patada en los huevos.

Como era de esperar, ahí estaba resplandeciente en su total y desfondada belleza la vieja DeLorean color amarillo años ochenta. El motor estaba encendido, contaminando aquel paraíso con un humo negro y agrio que les recordó su primer día en ese país. Mr. Michael J. Fox estaba sentado frente al volante y fumaba una Parliament que ya iba por el filtro.

—Aquí los dejo, pues —anunció Tony.

—Espera —Cesare lo paró agarrándolo por un brazo—. ¿Por qué tenemos que ir a la ciudad con el jardinero? —Señaló al hombre en el asiento del conductor como si se tratara de un completo desconocido.

—Miren muchachos. Hoy es su último día de trabajo. Después les tocan sus gajes de la semana y al señor Sánchez no le importa si se quieren marchar o quedarse. Lo que necesitamos hoy, en particular, es que vayan con Bredio a comprar sus chucherías de floristería y lo ayuden a traerlas acá.

—¿Así se llama? —Preguntó Alberto—. ¿Bredio?

—Es correcto.

—¿Por qué se hace llamar Mr. Michael J. Fox?

—Hay dos razones: el viejo Bredio está más loco que una cabra.

Tony se rio abundantemente por su propio chiste. Este chino se ríe demasiado, pensó Cesare.

—¿Y la segunda?

—¡Es su actor favorito!

El Toyota Starlet se puso en marcha con un tirón, algo usual en el estilo de conducir de Bredio, AKA Michael J. Fox. Habrían tenido que acostumbrarse.

—Qué bien que decidieron acompañarme. Gracias muchachos.

Ninguno de los dos se atrevió a decirle que fueron prácticamente obligados.

—¿Está seguro que puede conducir? —preguntó Alberto—. ¿No quiere mejor que yo lo haga?

—No te preocupes. Todo está bajo control.

Alberto se dio por vencido. Cesare, sentado atrás, aprovechó el espacio para recostarse en los asientos; se ajustó la gorra en la cara para protegerse de la luz. La jaqueca estaba finalmente remitiendo. Él ya sabía lo que habrían hecho una vez llegados a la ciudad. Acompañarían al viejo loco a buscar sus flores y su abono o lo que fuera que necesitaba, y luego él, como siempre, habría tomado el asunto en sus manos y sin tanta charla y tanto cuento, le habría pedido al viejo que les indicara un lugar donde conseguir equipo de buceo sin entrar en detalles de por qué lo necesitaban.

No era un plan tan malo. Todo estaba encajando a la perfección. Así como había sido perfecto conocer a esas dos chicas. Sonrió: la gorra había sido un regalo muy apreciado. Pensó en Pam y en sus labios y en sus ojos. Ya la extrañaba y no habían pasado ni siquiera dos horas y no llevaba veinticuatro de conocerla. Querrá volver a verla. Claro que sí, esa misma noche. Y quizá esta vez la habría llevado a la playa y habrían hecho el amor otra vez, pero en la arena, con la resaca que les mojaba los deseos y la totalidad del Caribe testigo de aquel nuevo amor.

—Las curvas son muy estrechar por este camino —estaba diciendo Alberto al viejo Bredio.

—Sí, lo sé. ¿Sabes cuantas veces he conducido por estas vías?

—No… no sé, la verdad. Pero tenga cuidado. —Había preocupación en la voz de Alberto.

—Sí, no te preocupes tanto.

—No es que me preocupe. Sólo quería recordárselo, eso es todo.

—Es bueno que te preocupes. Está bien eso. Me gustan los muchachos precavidos.

—Gracias. Sí, siempre hay que serlo, sabe. Hay que serlo. Sobre todo por estas calles llenas de curvas. Nunca se sabe y podemos caernos en un barranco…

—Ay, no sea tan dramático. Llevo diez años manejando por esta carretera y nunca me ha pasado nada.

—¿Diez años? ¿En serio? Es mucho tiempo. Es casi un milagro que sigua aquí.

—¿Qué quieres decir con eso?

—No, nada, absolutamente nada. No me malinterprete. Es como decir, yo seguro habría tenido un accidente o algo.

—Nada por el estilo.

—Bueno, hay siempre que pelar el ojo.

—Sí, es cierto. Me gustan los muchachos precavidos. Eso está muy bien.

Cesare lo escuchaba todo y no escuchaba nada. Se dejaba llevar por el bamboleo del Starlet que lo mecía sosegadamente. Pronto las voces de los dos se hicieron más y más distantes y ya Cesare no prestaba atención. Pronto se habría dormido. Necesitaba otras dos horas de sueño, por lo menos. Sí, le habrían hecho bien. Se dejó llevar lentamente.

XXI

Estaba buceando pero no dentro de un océano, de un lago o ni siquiera dentro de una piscina, estaba buceando bajo tierra.

Llevaba un casco que le protegía la cabeza y un traje que evocaba los trajes de los buzos de principios de siglo XX, o un traje espacial, aunque era menos abultado.

Se movía sin empacho.

Movía las manos enguantadas dibujando arcos para nadar en aquella tierra parda y mientras avanzaba rozaba con gusanos, minerales, o una que otra raíz que se estiraba hasta quebrantarse tras su paso.

Después de un minuto aquello lo aburrió y le aportó una sensación de claustrofobia. Pensó que debía irse de ahí. Empezó a nadar hacia abajo y todo lo que veía rebozar contra la visera de su casco era tierra y más tierra y todo lo demás ya mencionado, y mientras al principio se movía con curiosidad apaciguada, pronto aquello dio paso a una ansiedad poco contenida. Se sentía casi sin aliento mientras avanzaba hacia abajo.

Pronto se dio cuenta que conforme avanzaba, el terrero cambiaba de consistencia y se hacía más difícil nadar a través de él. La tierra parda y fértil llena de bichos y materia orgánica fue substituida por una más antigua, seca y dura. Entonces se topó con fósiles de animales que vivieron millones de años atrás y eso lo cautivó distrayéndolo momentáneamente.

Nadó hacia la esquelética cabeza de un Tiranosaurio Rex, que lo miró a través de sus enormes órbitas vacías y empezó a mover sus enormes mandíbulas para hablarle:

—Cesare… Cesare… ¡Despierta!

XXII

El cañón de un revólver nueve milímetros completamente negro lo recibió tras su sueño. Vaya despertar sereno. Al otro lado de la pistola estaba la mano temblante de Bredio que lo encuadraba con mirada adusta.

—Despierta Cesare —estaba diciendo Alberto desde fuera del coche con el rostro pintado de pánico. Juan, el muchacho del depósito en Vía Tocumen, le apuntaba con una semiautomática contra las sienes.

Cesare se incorporó y enseguida reconoció el lugar como el depósito donde Juan los había llevado a ver el interior de la furgoneta. Sólo que esta vez no estaban con la furgoneta y nadie parecía con el estado de ánimo para echar cuentos.

—Bájate ahuevado —le ordenó Juan.

Cesare levantó las manos por instinto y se apeó del Starlet.

—¿Qué es lo que quieren de nosotros?

—Cállate —espetó Bredio.

—Los dos, muévanse —ordenó nuevamente Juan con la pistola apuntada hacia los dos italianos. Obedecieron y subieron unas escaleras que conducían a unas oficinas.

Bredio abrió la primera puerta a su derecha, una puerta de vidrio que conducía a un habitáculo de unos diez metros cuadrados aproximadamente. Pegado a la pared, un escritorio esgrimía una consistente capa de polvo frente a dos sillas simples de madera. El aire era rancio debido a la humedad y a la poco utilización de aquella estancia.

Juan empezó a cachear a Alberto, palpándoles la cintura y las piernas por encima de la ropa y revistándoles los bolsillos. De uno de estos extrajo una bolsa de plástico ziploc donde se encontraba el llavero y el mini transmisor. Blandió la bolsa delante de la cara de Alberto.

—¿Y esto qué es? —Sin esperar una respuesta le asestó un golpe en la boca con la culata de la pistola y Alberto se hizo para atrás. El italiano quiso reaccionar por instinto—. Ni lo pienses —le amenazó con el arma apuntada—. Revisa al otro.

—Es lo único que tenemos. Solamente nos dieron eso —dijo Cesare.

—No gastes saliva —dijo Juan.

Bredio hizo lo mismo con Cesare. Le cacheó de arriba abajo.

—Está limpio.

—Bien, siéntense.

Juan entregó su semiautomática a Bredio y abrió una gaveta del escritorio. Sacó un rollo grande de cinta adhesiva negra y tiró de ella con un gesto teatral, sacando una tira bastante larga.

—Aquí se quedan y aquí los vamos a maniatar bien.

Bajo la supervisión de Bredio, que ahora empuñaba las dos pistolas una en cada mano, Juan ató primero a Cesare y luego a Alberto a las sillas con tanta cinta adhesiva que al final no tuvo suficiente. Sacó otro rollo de la misma gaveta y siguió dándole vueltas al busto de Alberto.

—Parecen dos momias —se rio Bredio.

—Esa es la idea. De ahí créeme que no se van a mover ni que tiemble la tierra.

Hecho esto, Juan sacó de su bolsillo un iPhone con una caratula verde militar a través de la cual una inscripción al estilo graffiti decía: «El mejor».

Este pendejo me está empezando a caer peor que un té con cianuro, pensó Cesare.

—Aló, aquí estamos listos. Los dos italianitos están acomodados. —Juan hizo silencio antes de volver a hablarle soez al teléfono que ahora sostenía frente a la cara—. Está bien, está bien. Entendido.

Repuso el móvil en su bolsillo y extendió la mano hacia Bredio, quien devolvió la semiautomática a su dueño.

—Necesito que te quedes con estos dos.

—Está bien.

—Por favor Bredio, nada de distracciones. Ojo con estos dos. Si hacen cualquier movimiento en falso, dispárales a las piernas.

—Ya, está bien. Puedes irte.

—Me voy cuando me da la gana y cuando estoy listo para irme, ¿oíste viejo? —Bredio no dijo nada; su cara era una máscara de indiferencia—. *Ok*, me voy. Adiós muchachos. —Guiñó el ojo a los dos italianos a modo de burla y se marchó dándole un portazo a la puerta de vidrio.

—Pendejo… A ver, aquí estamos. No quiero tener que dispararles a las piernas así que se quedarán quietos y no me causarán ninguna clase de problema. ¿Está claro?

—Tengo un picor allá abajo —dijo Alberto—. ¿Cómo me rasco?

Cesare contuvo una carcajada.

—¡Ah! No obstante todo lo ocurrido tienes el coraje de hacer chistes… Ya veo.

Bredio cruzó el brazo que sostenía el arma y apoyó el revolver en la espalda como un James Bond villano y viejo que está pensando cómo infligir dolor por pura diversión. Se acercó a Alberto con la pistola apuntada. Éste se arrepintió enseguida de no haber callado la boca.

—Vamos a hacerlo divertido.

Meneó el cañón de un lado a otro y los ojos de Alberto se movieron siguiéndole el curso. Finalmente apuntó a la pared detrás de Alberto pegándole el cilindro al oído izquierdo y apretó el gatillo.

Alberto se echó hacia adelante y abrió la boca en una mueca de dolor. La explosión del disparo sonó como un aullido agudo cientos de decibelios más alto de lo admisible por el oído humano.

—¡Me has dejado sordo! ¡Ay Dios, estoy sordo!

—No, estás ahuevado. Ahora bien que te vas a callar esa boca de idiota que tienes—. Se volvió hacia Cesare—: Y tú, también calladito. No quiero oír volar una mosca.

—Aquí no hay moscas.

Bredio le propinó una colleja.

—Pareja de depravados que tengo que cuidar…

Se encaminó hacia la puerta de vidrio, la abrió y salió de la oficina, no sin antes cerrar la puerta con llave. Cesare lo oyó trastear con empacho la llave dentro de la cerradura en el intento de cerrarla. Al fin lo logró y le clavó una mirada hosca a Cesare a través del vidrio antes de marcharse.

Viejo maldito.

XXIII

Catherine estaba sacándose un chicle de la boca, estirándolo hasta el punto de ruptura y jugando con él con la lengua.

—Esta será para contarla a nuestros hijos.

—Totalmente —dijo Pam—. ¡Qué historia! Primero los agentes de la DEA nos pagan para entregarles un aparato que parece salido de una película de espionaje a dos italianos y luego nos metemos en la cama con los italianos.

—Te vi ayer…

—¿Y tú?

—Es que es tan adorable, con esa cara de tonto…

—¿Qué estarán haciendo?

—Y yo que sé. Con el viejo ese… No me dio buena espina ese tipo.

—A mí nadie me da buena espina aquí. Tenemos que irnos, pero no podemos irnos sin despedirnos, sin saber cómo termina esto. Quisiera poder hablar con los agentes de nuevo y preguntarles qué pasará de ahora en adelante. No podemos irnos sin saber el final.

—Sí, pero nos dijeron de largarnos apenas hayamos entregado el aparato. Fueron muy firmes en que deberíamos irnos por nuestra propia seguridad.

—¿Y qué hay con los demás turistas?

—No hay tantos, Pam. Yo no veo muchos turistas aquí, sólo empleados, indios, y ese chino con cara de zorro.

Se callaron cuando un empleado de la cocina pasó detrás de las hamacas donde estaban acostadas. Las hamacas, colgando por unos troncos de uno de los muelles del hotel, miraban hacia el océano; Catherine y Pam gozaban del panorama. El sol apenas se entreveía entre las nubes grisáceas en lo más alto del cielo, indicado que era alrededor del mediodía. Era un sol apagado, tenue.

Desde lejos, un barco a motor iba a toda máquina rebotando contra el agua y levantando ondas de espuma blanca. El barco torció hacia la derecha y siguió su curso bajando la velocidad, hasta que se detuvo muy cerca de una isla.

Catherine estiró el cuello y se paró.

—Voy al baño.

Los baños de las mujeres estaban situados frente a una puerta que conducía a la cocina. Una simpática chica vestida de marinero que sonreía y guiñaba el ojo estaba dibujada sobre una superficie lisa de madera pegada a la puerta. Catherine entró sin prestarle atención. Se miró en el espejo y se dirigió hacia uno de los inodoros. Se sentó y orinó dejando ir un suspiro de alivio.

Se sacudió un poco cuando la puerta de los baños volvió a abrirse demasiado fuerte. Escuchó los pasos pesados contra el piso de madera. Eran lentos y ominosos. Podía ver la silueta moverse por debajo de la puerta de su cubículo. Le dio un vuelco el corazón cuando la silueta paró justo en frente de su puerta. Aguzó el oído y mantuvo el aliento esperando a ver qué sucedería. Nada. Solamente el silencio nefasto que aquella presencia infundía. Dejó escapar un pedo.

Lentamente se puso de pie y volvió a subirse los vaqueros Kookai que había comprado en Downtown Daytona Beach con su ex novio Paul hacía dos veranos. A Paul se lo había llevado una mexicana con un trasero espectacular y con unos pelos negros como el carbón. Maldito Paul. Todos los hombres son unos malditos cerdos infelices.

La silueta seguía ahí.

—¿Hay alguien?

Silencio. Los zapatos rechinaron sobre la madera cuando la silueta trasladó su peso de un pie a otro sin moverse más de un centímetro. Catherine fue por la manija y la giró lentamente. No tuvo tiempo de hacer más nada ya que la puerta se abrió de golpe, empujada con una fuerza increíble por el hombre que ahora estaba de pie frente a ella, mirándola con un guiño cruel. Ni siquiera llegó a gritar, o si llegó no sirvió de mucho. La mano derecha de Pascadio le apretujó la boca y la acercó hacia él, atrapándola en sus brazos. Catherine no podía moverse y no podía gritar, apenas podía respirar. El corazón le estallaba en el pecho y sintió que iba a desmayarse. La vista se le nubló. Trató de liberarse pero fue completamente inútil.

Miró a su asaltante a los ojos. Lo había visto antes: el verraco con la cola de caballo que parecía un pirata. Inclusive le había parecido atractivo cuando ella y Pam acababan de llegar al hotel y cotilleaban alrededor de las cabañas y de las áreas comunes.

—No grites. —Pascadio esperó antes de retirar su mano. Cuando lo hizo, levantó el dedo índice amenazadoramente—. Te lo advierto, no grites. Colabora. Ahora vamos a salir de aquí y vas a caminar delante de mí y nos vamos a mi cabaña.

Catherine seguía mirándolo con terror vivo.

—¿Entendiste?

—S… sí.

Pam seguía observando el barco distraídamente. Estaba tan lejos que era del tamaño de una uña, sin embargo pudo distinguir una figura, un hombre con un suéter negro sin mangas moverse sobre la cubierta. Aquello le pareció extraño. ¿Quién era? No parecía un turista. Era de tez trigueña y se movía de acá por allá ajetreado. Se encogió de hombros sin prestarle demasiada atención.

Catherine se estaba demorando mucho. Quizá fue a hacer número dos, pensó. Dio la vuelta hacia la cocina y la vio. Caminaba frente a un hombre musculoso con una cola de caballo. Ya lo había visto antes por algún lado del hotel. Nunca habían hablado. La única vez que lo tuvo cerca, a menos de un metro, le dio la impresión de tener cara de pocos amigos, con esa expresión de engreído. ¿Qué estaba haciendo Catherine con ese hombre? Aquello olía a gato encerrado. Estuvo a punto de llamarla por su nombre pero los dos desaparecieron por el camino suspendido que llevaba a las chozas.

Pensó mejor no llamar la atención. Saltó de la hamaca y con pasos felinos caminó rápidamente para no perderlos de vista. Ahora la cara de pocos amigos la estaba empujando forzosamente. Definitivamente había algo que no andaba bien. El miedo se deslizó dentro de ella como un trago de agua fría. Tenía que hacer algo.

<h1 style="text-align:center">XXIV</h1>

Hubo un largo paréntesis de mutis general, en el cual Alberto todavía abría y cerraba la boca como quien trata de destapar los oídos por la falta de presión. Cesare escuchó un televisor transmitiendo lo que parecía tratarse de un partido de beisbol. El sonido no provenía de un cuarto directamente adyacente, sino que más lejano, probablemente la oficina al final del pasillo.

—Qué lío —dijo finalmente rompiendo el silencio.

—¿Qué? —gritó Alberto.

—¡Cállate!

—Lo siento, es que… no puedo oír bien.

—Dale tiempo. Es por el trauma recibido. Escucha, estamos en problemas.

—¿En serio? No me había dado cuenta. Si sólo pudiésemos avisar a esos estúpidos agentes. Fueron ellos los que nos metieron en esta situación.

Cesare se aclaró la garganta.

—Ellos… Nosotros mismos. Esto tenía que pasar. No hubiéramos tenido que aceptar el trabajo de conducir la furgoneta y punto. Escucha, tengo el transmisor dentro de mis calzoncillos.

—¡Ah! Me preguntaba cómo el viejo no había encontrado nada.

—Pues, aprendí de nuestra amiga la fula —dijo Cesare—. De algo sirvió. Aunque te estoy sincero, con este calor y esta humedad el plástico me está provocando una sauna ahí abajo.

—¡Hace un calor! —se lamentó Alberto echando la cabeza hacia atrás.

—Bien, a ver si puedo lograr mover los brazos, o por lo menos las manos y alcanzar mis fondillos.

Cesare empujó los codos hacia fuera y estiró los brazos donde pudo como primer intento de aflojar la presión sobre el pecho. No le era posible liberarse de la cinta adhesiva. Había demasiadas capas y Juan se procuró atarlo con el brazo pegado al respaldo de la silla, las manos tocando la parte trasera del asiento. Extendió los dedos y los movió inquieto.

—Nada, no se puede. Es imposible.

—Maldición Cesare, tenemos que pensar en algo y pronto.

—Estoy pensando, estoy pensando.

La voz del comentarista deportivo se alzó de repente. Alguien había bateado un *home run*.

—Ya sé. Tengo que sacarme de alguna manera los pantalones.

—Oh *ok*, Mr. Houdini, ¿y cómo piensas hacer eso?

Cesare lo miró de reojo.

—Fuiste tú quien dijo que teníamos que pensar en algo, ¿no? Bueno, ¿qué más queda? Si logro quitarme los pantalones y sacar el ziploc con el transmisor, quizá con nuestros pies podríamos activar el botón de llamada. Es lo único que se me ocurre ahora mismo.

—Está bien, intentémoslo.

Cesare tensó las piernas y empujó los glúteos hacia abajo. Cruzó las piernas y trató de tirar de los pantalones haciendo fricción con los mismos.

—Necesito que me ayudes.

—¿Qué quieres que haga?

—Usa tus zapatos para bajarme los pantalones.

—Eso sonó bien marica amigo.

—Cállate y muévete.

Alberto movió la silla de cara a Cesare raspando el piso y provocando un ligero rumor.

—¡Cuidado!

Los dos se quedaron inmóviles, los ojos como platos. El televisor seguía encendido y no se oyó más nada, nadie levantándose o abriendo puertas. Esperaron unos cuantos segundos más.

—Dale sigue —le incitó Cesare.

Alberto levantó las piernas y usó los pies como pinzas para hacerse con la extremidad de los pantalones de Cesare. No pudo engancharlos a la primera, pero sí lo logró a la segunda. Echó aire por la nariz en plena concentración. Haló los pantalones de Cesare una vez, luego una segunda. Sentía la presión de la cinta adhesiva contra el pecho mientras los pulmones se llenaban de aire. Haló una tercera y una cuarta vez.

—No sirve de nada —dijo Cesare.

—Rayos. Inténtalo nuevamente. —Alberto volvió a levantar las piernas. En todo caso, estaba haciendo ejercicios abdominales.

Esta vez Cesare se estiró aún más, empujando donde pudo la cadera hacia la extremidad del asiento. Dejó escapar un gemido. Los pantalones se movieron si acaso medio centímetro. La correa no los dejaba soltarse y la cinta adhesiva hacía aún más laboriosa la tarea.

—¡Inútil! —Cesare se dejó llevar por la rabia. Se agitó, arqueó el cuerpo de derecha a izquierda como un pez apenas sacado del agua y levantó la silla del piso. Forcejeó tanto que se cayó de lado, él y la silla. Y fue entonces cuando un fulgor de esperanza iluminó los rostros de los dos italianos.

En la caída, el respaldar se había despegado por completo, dejando libre a Cesare del resto de la silla, con el asiento y las patas tiradas a un lado cerca de su cuerpo. Se puso de pie. El fulgor se desvaneció cuando escucharon a Bredio blasfemar obscenidades desde el otro lado, levantarse de su silla y caminar rápidamente hacia ellos como solamente un cojo puede hacerlo.

—Mierda —espetó Alberto.

Cesare reunió coraje. Por una vez ya no era Cesare Monte, el italiano pánfilo de veintiocho años de edad que junto a su inseparable partidario de travesuras acababa de llegar a un continente nuevo y había sido enredado vilmente por un cártel de narcotraficantes. No, ya no era nada de eso. Su mente se expandió como una unidad de fuerzas especiales alrededor de un centro comercial asediado por delincuentes con AK-47 al hombro. Por un instante, y solamente por un instante, su tercer ojo, llámese Tilaka, o hiper-consciencia, o lo que sea que estaba tomando control de todo su ser, se abrió de improviso, y él pudo verse en cámara lenta desde el techo de esa mohosa estancia acalorada. Podía ver la cinta adhesiva negra alrededor de su busto y el respaldo pegado a su espalda como el caparazón de una tortuga ninja; podía ver el rostro desgañitado de Alberto y todas y cada una de las gotas de saliva que brotaban de su boca torcida en un grito congelado en el tiempo.

Señaló con la mirada y con instinto asesino a Bredio, que venía como una avalancha hacia la puerta de vidrio apuntando su arma y maldiciendo a la Virgen santísima y todos los santos. Y por los santos y la Virgen santísima, y siempre en cámara lenta, Cesare sintió la chispa que inició su ascenso a la gloria, que movió por impulso sus piernas exigiendo toda la potencia en los músculos y que lo abalanzó como un proyectil contra la puerta de vidrio. Todo aquello acompañado por un grito de guerra.

Bredio, alternando su mirada de Cesare a la cerradura en el intento de abrirla, apenas tuvo tiempo de entender lo que estaba pasando. El italiano tuvo la satisfacción de ver pánico en el rostro del viejo antes de cruzar la puerta de vidrio, haciéndola añicos y provocando un estruendo de vidrios rotos que salieron volando adentro y afuera.

Quizá por la pierna tullida, o por el miedo, o por las dos cosas, el viejo ni siquiera tuvo tiempo de apretar el gatillo. Se cayó hacia atrás y golpeó la cabeza contra la pared del pasillo, cerrando los ojos en el impacto y desplomándose como un saco de papas. Cesare seguía gritando mientras le pateaba la cara con sus botas una y otra vez, viendo cómo el cráneo del infeliz rebotaba contra la pared y la sangre empezaba a brotar desde la nariz y la boca. Siguió así unos quince segundos, dándole y dándole.

—¡Cesare!

Y golpeaba y gritaba, sacando una rabia reprimida y reivindicada que no sabía tener guardada.

—¡Cesare, ya!

Finalmente paró, jadeante, con el respaldo y la cinta que ahora le apretaban demasiado fuerte.

—Ya creo que se desmayó, si es que no se murió. Bien hecho, amigo.

Entonces fue cuando Cesare tuvo aquel sentimiento de profundo horror, la duda de que posiblemente había matado a alguien por primera vez en su vida. Miró el rostro salpicado de sangre tumbado de lado en el piso y buscó la más mínima señal de vida.

—¡Cesare! Tenemos que liberarnos.

Cesare se despabiló.

—Sí... —Fue hacia la oficina al final del pasillo. El televisor seguía encendido y la voz del comentarista gritaba: «A lo profundooo». De una manera extraña, ese grito reflejaba su estado de ánimo en ese momento.

XXV

Pascadio aseguró la puerta con llave. La choza estaba decorada con un gran póster de una banda de música llamada La Pestilencia pegada torpemente a la pared sobre la cama. Una fila de botellas vacías de vidrio entre cerveza, ron y tequila estaba dispuesta en fila contra el muro a la izquierda de la cabecera y recorría el perímetro del mismo, pasando por la esquina y llegando hasta casi la puerta.

Catherine se sentó en la cama después de que Pascadio la tirara empujándola. Ella no dijo nada y él tampoco. Se limitó a mirarla mientras agarraba, desde una repisa al lado de la puerta del baño, una botella de Ron Abuelo con apenas un dedo de líquido chapoteando adentro; bebió ávidamente y mientras lo que quedaba del líquido desaparecía en la boca del hombretón, Catherine observó cómo su manzana de Adán subía y bajaba. Todo en ese hombre estaba acentuado, los músculos, los huesos, la postura rígida y esbelta, definitivamente amenazadora.

Pascadio dejó escapar un regüeldo y se agachó hacia un pequeño arcón de madera con una tapa oxidada que chirrió cuando la abrió. Ahora sí que este tipo parece todo un pirata, pensó Catherine. Sacó otra botella de ron, una semiautomática y un paquete de Lucky Strike. Apoyó la nueve milímetros y la botella en la repisa y se metió un cigarrillo en la boca, encendiéndolo usando un encendedor Zippo que abrió y cerró con un movimiento avezado de la mano. Ladeó la cabeza con los ojos entrecerrados, cigarrillo humeante envuelto en su puño, y miró a Catherine como si fuera la primera vez que la veía.

—Qué kukita eres. ¡Bien bolla! —Y soltó una carcajada totalmente fuera de lugar y cruel. Se miró distraídamente el anillo dorado y grueso con una calavera en el anular y su expresión cambió improvisadamente. Había tarea pendiente. Sacó el móvil de su bolsillo y marcó los números con el mismo dedo anular, el cigarrillo entre el índice y el medio—. Quiubos... Tengo a la fula. —Pascadio puso una cara extrañada mientras escuchaba por el auricular—. ¿Cómo que dónde está la otra? ¿Yo qué sé? —Otra pausa—. Cuida lo que dices o te voy a patear el trasero. Yo no sé nada de otra fula. ¿Se multiplican las fulas o qué? —Con profundo desprecio repuso el móvil en el bolsillo y se paró de cara a Catherine—: ¿Dónde está tu amiga?

—N… no sé.

—Mira —Pascadio se agachó doblando las rodillas. Aun así, seguía más alto que Catherine—, no tengo paciencia —dijo echando humo de la boca—. No me gusta tener paciencia. La gente que me conoce bien sabe que cuando estallo soy capaz de hacer un desastre.

Catherine no tenía ninguna duda.

—Ella… Ella está… Se fue ayer.

Pascadio pensó si debía creerle o no. Podía ser que dijera la verdad, podía ser que no. Este nuevo dilema lo importunaba y como todas las cosas que lo importunaban, tenía que dejar de existir. Y pensándolo bien, ¿por qué debería irse una fula y dejar a su amiga atrás? No, esa tonta le estaba mintiendo y con desfachatez. ¡Qué coraje! Le agarró el pelo de la frente con una mano y la bofeteó con la otra. Catherine gimió y sollozó dejando caer la cabeza, pero él todavía la sujetaba con fuerza.

—No me hagas daño por favor, te lo suplico —imploró.

Pascadio la soltó y caminó hacia el baño. Se miró al espejo, estiró el cuello y se quitó el jersey. Le gustaba lo que veía. Los gruesos pectorales, los bíceps voluminosos y los músculos deltoides le hinchaban tanto el físico como la autoestima.

—Vamos a divertirnos un poco.

—Por favor no…

—Claro que sí amor, vamos… Te va a gustar.

La aferró por el cuello, una tenaza que salió disparada como la lengua de un sapo hacia una libélula desprevenida, y acercó su cara a la de ella.

Pam los había visto desaparecer dentro de una de las últimas chozas al final del camino suspendido. Ahí, el aire era más pesado y húmedo debido a la mayor cantidad de vegetación. Acercó el oído a la puerta y al principio no escuchó nada, hasta que el hombre habló. Su voz llegaba alta y clara no obstante la puerta cerrada. Aparentemente hablaba por teléfono. ¿Debería decirle a alguien lo que estaba pasando? ¿Y a quién? ¿En quién podía confiar? Habrían tenido que marcharse de ese maldito hotel cuando todavía tenían la oportunidad. Todo ese sinsentido tenía que llegar a su fin.

Improvisadamente escuchó muy claramente la voz de Catherine implorar e irse ahogando en un lamento desconsolador. Se le encogió el corazón.

—Catherine… —susurró.

—¡No! Suéltame —estaba gritando su amiga.

Lo primero que le pasó por la mente fue que el energúmeno estaba a punto de violarla.

—Dios...

Percibió la sensación de pesadez y angustia que se produce cuando se es consciente de que se debe actuar y no se da el coraje para hacerlo por puro miedo. Después de todo, ¿qué esperanzas tenía ella contra aquel hombre alto y musculoso? Impotencia era lo que sentía e impotencia era lo que la dejó pegada al piso. Se llevó una mano a la boca cuando oyó a Pam gritar nuevamente y entonces no se aguantó. Con todo el aire en sus pulmones gritó ayuda, corrió hacia la cocina y se resbaló, cayendo desastrosamente contra el camino suspendido y golpeándose boca y nariz.

Pascadio ya había abierto la puerta y el camino hacia el restaurante era muy largo. El colombiano se precipitó sobre ella y la alcanzó incluso antes de que pudiera volverse a levantar. Tony apareció al final del camino, una visión, una esperanza. Ella lo vio mirándola, presenciando todo, y sin embargo no haciendo absolutamente nada. Pascadio la levantó del piso y le tapó la boca con la mano. Tony simplemente se volvió y levantó las manos con desdén, hablando con alguien de que no era nada, de que todo estaba bien, mientras el energúmeno la arrastró con fuerza hacia la choza.

—Vaya, vaya, vaya. Viniste donde mí. Ni siquiera tuve que ir a buscarte. —Catherine estaba tirada en la cama inconsciente—. Se desmayó... Quizá la golpeé demasiadas veces demasiado duro —dijo Pascadio con voz atiplada, burlón—. No pasa nada, ya se despertará. El problema es que no tuve tiempo de hacer nada con ella, pero tú estás aquí.

—¿Qué es lo que quieres de nosotras?

—Yo personalmente, lo que quiero es un poco de diversión. Creo merecérmelo. Los otros... Esa es otra historia. Los otros están todavía pensando qué hacer con ustedes dos. Ya tenemos a los italianos bajo control. —Pam se agitó. Pensó en Cesare y Alberto. ¿Estarán bien?—. Como le decía a tu amiguita antes de que se noqueara prácticamente sola, yo no tengo paciencia, así que por favor, nada de juegos. —Fue hacia la puerta. Ya la había cerrado pero se cercioró de nuevo. No estaba de más ser precavido. Sacó la llave de la cerradura y se la metió en el bolsillo—. Inútil que grites aquí. Casi todas las cabañas por este lado del hotel están vacías y las que no lo están, créeme que tienen inquilinos a los que le va a importar un bledo que grites hasta el amanecer. —Aferró la botella nueva de ron y la abrió.

—Mi amiga y yo no sabemos nada, no hemos hecho nada. Nos íbamos a ir mañana mismo y nunca nadie habría sabido siquiera que estuvimos aquí.

—Sí, claro, toda paja —echó la cabeza hacia atrás y tragó el ron.

Pam pensó que no era completamente mentira. En cierto sentido era exactamente lo que iba a suceder. Claro, había una razón por la que seguían ahí, y era porque en el fondo querían saber cómo iba a terminar aquello. Ahora lo habría sabido en primera persona, tanto así que se imaginó los titulares de los noticieros en Estados Unidos hablando de dos norteamericanas violadas y asesinadas en Panamá, quizá después de un operativo que llevara a las autoridades a desenmascarar la actividad delictiva, matar a algunos de los malhechores y meter presos a los demás. Sospechó que ella y Catherine no sobrevivirían. Sintió desazón estomacal y nauseas. Los agentes les habían dicho que después de entregar el aparato transmisor a los dos italianos tenían que irse rápido de ese hotel e informarles. Uno de ellos había comentado que estaban detrás de esa pista hace muy poco, que apenas tenían agentes en cubierto y que toda la investigación estaba todavía muy incipiente. Era muy probable que subestimaran el peligro que corrían ella y Catherine. ¿Cuántas veces habrá pasado algo similar sin que el público se enterara? ¿Cuántos civiles había, los servicios secretos, explotado y dejado morir? Sabía que las películas eran una cosa y la realidad otra. No quiso pensar en lo que vendría.

Pascadio, que ya iba a pecho desnudo, empezó a desabrocharse el pantalón. Pam lo miró con disgusto y un profundo odio. No habría podido hacer nada. Habría sido inútil luchar. ¿Qué más quedaba?

La voluntad se perdió en un suspiro afónico cuando él se sacó el miembro de los pantalones, fofo, grueso, peludo. Una visión que en circunstancias diferentes la hubiera excitado y que ahora solamente le provocaba rabia y asco, volviendo a reavivar la sensación de impotencia.

—Ya sabes qué hacer —dijo Pascadio sórdido, dejando entrever un matiz de trepidación en su voz.

—Por favor —intentó Pam.

—Por favor —la imitó Pascadio con sorna, una pulla que le hirió y la hizo sentir pequeña e indefensa—. Por favor nada. Y si se te ocurre alguna locura, por ejemplo morder, ya sabes que esta mano te la voy a estampar en la cara tan fuerte que cuando despiertes, si es que despiertas, serás una vieja saliendo de un coma profundo.

¡Qué imaginación! Maldito infeliz. Le sale tan bien ser un pirata infeliz a este chabacano. De acuerdo, vamos a salir de esto.

Extendió una mano temblante hacia el miembro de él y lo agarró.

—Sigue…

Ella levantó los ojos enfadada mientras acercaba la boca cerrada. Se imaginó morderlo con toda la fuerza que podían permitirle las mandíbulas y desprender la banana, escupirla mientras se levantaba sobre él con una sonrisa diabólica, arroyuelos de sangre escurriéndole por la comisura de los labios. Se imaginó gritarle, «¿Te gusta? ¿Te gusta maldito infeliz? ¿Y ahora quién es el verraco? No podrás volver a usarlo porque ya no lo vas a tener más, no lo vas a tener más. ¡Nunca más!».

Cerró los ojos y abrió la boca.

—No, por favor. No quiero —dijo al fin echándose para atrás.

En un abrir y cerrar de ojos, Pascadio le asestó un manotazo tan fuerte que Pam se fue volando con un grito y Catherine se desplazó de la cama hasta casi caerse. Pam se tocó la mejilla, que ahora le ardía en las manos.

—¿Qué te había dicho acerca de mi paciencia? ¿No te había dicho que no tenía? ¿Ves lo que me obligas a hacer? Se me estaba poniendo a tono y ahora se volvió a poner como una babosa muerta. Y todo lo que quería era un poco de tu amor.

Este tipo está loco.

Por la rabia, Pam se levantó disparada y se abalanzó sobre él. Era de la mitad de su tamaño y parecía una muñeca de juguete mientras le golpeaba el pecho con los puños cerrados.

—¡Maldito, te dije que me dejaras en paz!

—¡Ya! —El grito de Pascadio fue tan alto que ella se sacudió y lo miró con terror mudo—. Me importa un bledo. Ya sé lo que voy a hacer contigo. —Caminó hacia el arcón, lo abrió y sacó una navaja con una hoja de tres centímetros de gruesa y de larga por lo menos diez—. Te voy a filetear, hacer pedazos, y después te comeré, de una forma u otra. ¿Quieres saber qué se siente cuando una cuchilla te atraviesa por el costado? —preguntó sardónico mientras movía el arnés en el aire.

Viéndolo bien, le recordó a Pam los cuchillos que usaba Sylvester Stallone en las películas de Rambo. Sí, esa navaja era gigante. Sollozó de miedo mientras veía acercarse al verdugo que habría sido responsable de su lenta muerte en el paraíso. «Muerte en el paraíso», pensó. Un buen título para una película de terror. Cómo hubiera querido poder despertar de esa pesadilla, estar en casa con sus padres y su hermano menor, y los amiguitos de él, que eran unas pestes y la molestaban cada dos por tres; habría preferido una eternidad con esos pilluelos que los próximos cinco minutos con ese criminal.

Catherine se despertó en ese preciso instante. La escena que tenía delante no se habría, seguramente nunca más, borrado de su mente. ¿Debía importarle eso? No, no debía, si de todos modos se iban a morir aquí y ahora mismo. Gritó presa del pánico:

—¡No! ¡Pam! ¡Dios, ayúdanos! —y lloró, la voz ahogándose en un gorjeo.

Pascadio echó el brazo que aferraba la navaja hacia atrás hendiendo el aire con la intención de atacar a la muchacha tan fuerte como podía. La habría matado de un golpe o el corte la habría desangrado en menos de quince minutos. Se habrían ensuciado piso y pared y aunque la idea no le gustaba, tampoco le desagradaba por completo. No lo habría limpiado él.

Pam cerró los ojos.

XXVI

Cesare pasó revista a toda la estancia: el televisor estaba sobre una mesa dispuesta diagonalmente contra la esquina opuesta a la puerta; había una silla con ruedas reclinable desgastada, y no había mucho más. Inmediatamente su mirada cayó sobre unas tijeras industriales con el mango de goma antirresbaladizo, de esas que sirven para cortar láminas de acero. No necesitaba más nada. Se volvió para agarrarlas, la cara mirando hacia la puerta, y así mismo se fue de ahí.

—Encontré estas —dijo sin aliento y dándole la espalda a Alberto.

Alberto se movió con empacho, cavilando por un momento cómo habrían tenido que proceder.

—¡Ya sé! —dijo—. Dámelas. —Los dos se dieron las espaldas el uno al otro y Alberto agarró las tijeras después de la segunda tentativa. Movió las hojas cortando el aire y sintiendo el agarre seguro en sus dedos contra el mango de goma—. Excelente, puedo usarlas sin ningún problema. Ahora agáchate, voy a cortar tu cinta adhesiva empezando desde abajo.

Cesare se agachó y se movía inquieto.

—¡No te muevas! —le regañó Alberto—. Como si esto ya no fuese difícil, te pones a moverte.

La escena era algo cómica: Alberto cortando el aire con las tijeras dándole la espalda a Cesare, que trataba de posicionarse de manera que las hojas agarrasen el adhesivo. Cuando Cesare finalmente tocó con su panza las abultadas hojas frías y sintió cómo éstas atravesaban la cinta, no le pareció cierto. Ahí estaba Alberto cortando lento pero seguro el camino hacia la libertad. Todo fue gracias a su propio instinto de sobrevivencia. El hombre puede salir de cualquier enredo si se lo propone con determinación, el secreto es no dejarse llevar.

Tuvo que doblar las rodillas y casi se cayó para que Alberto, que se había puesto de pie a medias, siguiera cortando hasta arriba. Cuando finalmente lo logró, la cinta se despegó de un tirón.

—¡Al fin! —exclamó Cesare rebotando de alegría—. Ay Dios, ¡qué sensación! Libertad al fin.

En menos de diez segundos, Alberto también gozaba de su libertad. Lo primero que hizo Cesare fue dirigirse hacia el viejo tendido en el suelo. Le apretó la mano alrededor del cuello y no sintió nada. Era la primera vez que comprobaba el pulso de alguien. Lo había visto hacer innumerables veces en la TV, pero aquello no se trataba de una película y él no tenía un doctorado en medicina.

—No siento nada —dijo.

Alberto se agachó y acercó un oído hacia la boca ensangrentada.

—Me parece que está respirando.

Cesare probó nuevamente, esta vez usando los dedos índice y medio para presionar la arteria radial de la muñeca. Sintió el pulso.

—¡Está vivo!

—Gracias a Dios. —Alberto se levantó, se dirigió hacia la oficina pasando a través de la puerta que no hacía mucho contaba con vidrios, y regresó con la cinta adhesiva negra—. Tiempo de devolver el favor...

Lo arrebujaron con cinta adhesiva hasta que el último centímetro se despegara del rollo de cartón. Alberto se levantó jadeante y fue a buscar más sin suerte.

—Así está bien. —Cesare se puso de pie y observó complacido el trabajo hecho. Dio con la suela del zapato al hombro del viejo, que todavía estaba noqueado y que se movió apenas dos centímetros—. No podrá liberarse. — Se agachó de nuevo y despegó un trozo de la cinta que envolvía al viejo, cortándolo con los dientes, y lo usó para taparle la boca. A continuación se metió una mano en los pantalones y extrajo el bolso de plástico con el transmisor—. Vamos a contactar a los agentes.

—Espera —bisbiseó Alberto. Tenía los ojos como platos, y de igual forma se pusieron los de Cesare cuando escuchó los ruidos provenir desde abajo. Alguien había entrado en el depósito.

Alberto se llevó el dedo índice a la boca y miró a Cesare. Se agachó para agarrar el revolver de Bredio y los dos se ocultaron detrás de la pared dentro de la oficina. Quienquiera que hubiera entrado no habría tomado mucho tiempo para darse cuenta de que algo andaba mal. Habría visto enseguida el cuerpo de Bredio en el pasillo junto a los vidrios rotos.

Escucharon los pasos subir los peldaños rápidamente y luego más despacio. La voz de Julieta sonó fría y llena de sorpresa:

—¿Bredio?

Los dos italianos salieron de su escondite. Alberto cogió con fuerza la puerta de la oficina y lo que quedaba de vidrios rotos terminó de despegarse por completo.

—Mira, mira, mira —dijo Alberto apuntando con la pistola.

—¿No te ibas a E*ch*paña, joder, tía?

Alberto miró a Cesare con una sonrisa divertida.

—Así que estás metida en esto también… —continuó Cesare.

—Muchachos… ¿Cómo están?

—Aquí bien, disfrutando de las vacaciones. ¿Qué pregunta es esa?

—Se hace la inocente. Clásico… Cesare, vamos a necesitar más cinta adhesiva. Busca bien, tiene que haber por algún lado.

—No, esperen muchachos. Yo sé perfectamente lo que está pasando aquí. Trabajo encubierta para la Interpol. Vine a ayudarlos. —Julieta no mostraba nerviosismo, mantenía el control total de sus emociones y cuando hablaba usaba un tono persuasivo, casi hipnótico. Llevaba puesta una chaqueta marrón de mujer que le daba un aspecto profesional.

Cesare no se dejó engatusar:

—¿Crees que somos estúpidos? A ver tus documentos, pues.

—No los tengo conmigo. ¿Crees que un agente encubierto ande con su distintivo? Esto no es un juego.

—Lo sabemos muy bien que no es un juego —dijo Alberto con la pistola todavía apuntando y firme en su mano—. Mira a Bredio. Mírale la cara. ¿Crees que pensamos que se trata de un juego?

—Nos ataron y nos amenazaron. Nos liberamos de milagro. Y ahora vienes a decirnos que trabajas para la policía internacional y que estás aquí para ayudarnos…

—Sé que suena a locura, pero piénsenlo muchachos, ¿no creen que toda esta situación es una locura?

—Totalmente.

—Voy a seguir con lo que estaba haciendo —dijo Cesare sacando el transmisor de la bolsa de plástico.

—Sí, por favor. ¿Qué es lo que estabas haciendo? —preguntó Julieta.

—Voy a llamar a los agentes de la DEA.

—¿Agentes de la DEA? Sabía que ellos también estaban metidos en esto. Nuestras agencias nunca logran ponerse de acuerdo y trabajar en conjunto, ¿pueden creerlo?

Ninguno de los dos contestó. Alberto no dejaba de mirar a la mujer con una desconfianza que iba en aumento.

—Llámalos, por favor, llámalos. Vamos a necesitar toda la ayuda que podamos conseguir. Miren, muchachos, yo también tengo algo parecido. —Julieta abrió la chaqueta e introdujo una mano que desapareció inclusive antes que Alberto se diera cuenta. Cuando la sacó ya era demasiado tarde.

Alberto pudo a malas penas distinguir una pequeña pistola plateada del tamaño de una mano que apuntaba hacia él. El disparo llegó fuerte pero no tan alto; llegó y punto. No de la misma intensidad del revolver cuando el viejo disparó, pero a diferencia de la última vez, la bala no impactó con la pared sino con su hombro izquierdo.

Cesare, que no estaba prestando atención, se agachó por instinto. Alberto gritó por el dolor y logró apretar el gatillo. El revolver sonó mucho más poderoso que la pequeña pistola, pero la bala falló y fue a darle a la pared del pasillo, cinco centímetros sobre las piernas de Bredio. Julieta desapareció detrás de ese mismo pasillo y Cesare escuchó cómo saltaba los peldaños de dos en dos.

—¿Estás bien? —preguntó Cesare a Alberto, que estaba tendido en el piso agarrándose el hombro con una mueca de dolor.

—Estoy bien. ¡Duele, maldición!

Cesare cogió la pistola de la mano de Alberto y fue detrás de Julieta.

XXVII

El porrazo fue lo que oyó porque tenía los ojos cerrados. No vio nada, solamente se produjo un golpe tan fuerte que el corazón le saltó en el pecho y las rodillas le chocaron, dejándola parada como una patita indefensa.

Catherine oyó el mismo porrazo pero vio de dónde provenía. Vio al barman Dylan tumbar la puerta de una patada y entrar con la pistola sostenida por ambas manos como un agente de policía altamente entrenado, un héroe que vino a salvarlas. Los ojos se le humedecieron, el pulso y la respiración se le aceleraron.

El rostro de Pascadio se pintó de una sorpresa mezclada de furia; sin pensarlo se abalanzó contra el barman. Catherine se echó a un lado con la cabeza baja. Pam seguía con los ojos cerrados.

Se oyó otro ruido, seco, como el esputo de un pitcher antes de lanzar la pelota hacia el receptor. Pascadio cayó de bruces, los brazos pegados al cuerpo, los ojos apagados y perdidos en el vacío, el hueco de una bala en medio de la frente. El cuchillo rebotó y se perdió debajo de la cama.

—*Fucking asshole...*

Catherine emitió un gritito y se llevó las manos al nivel de la cara, los puños cerrados con las palmas hacia arriba. Un hilo de humo escapaba por la pistola de Dylan, que estaba desenroscando el silenciador.

—No, no, no. No hagas eso. Quédate callada.

Pam finalmente abrió los ojos.

—¿Dylan...?

—Shhh... Tienen que mantener el silencio —dijo arrimando la puerta.

Unos pasos estaban recorriendo el camino suspendido en dirección a la choza del ahora difunto Pascadio. Reconocieron la voz de Tony justo afuera de la puerta entornada:

—Pascadio... ¿Estás ahí?

Dylan guardó la pistola detrás de su espalda por debajo de la camisa hawaiana, dentro de los shorts, y esperó. La puerta empezó a abrirse lentamente. Cuando ya estuvo abierta unos quince centímetros y el sol que entraba delineaba parte de la silueta del chino en medio de un haz de luz reflejada contra la pared, Dylan empujó con fuerza lo que quedaba y asestó un golpe rápido con el dorso de la mano sobre el cuello del desprevenido, que cayó hacia adelante. Lo sostuvo y se agachó detrás de él con destreza, envolviéndole el cuello con el brazo derecho para comprimir las arterias carótidas.

—¡Lo vas a matar…! —dijo Pam con voz trepidante en lo que oscilaba entre una pregunta y una afirmación.

—No, solamente le estoy bloqueando el paso de la sangre al cerebro. —La cabeza de Tony cayó de lado sobre el brazo de Dylan, los ojos cerrados—. Se desmayó. Cierra la puerta —le ordenó a Catherine. Se puso de pie de un salto y cogió las sabanas de la cama, arrancando un trozo largo y atando las manos del chino detrás de las espaldas. Se movía rápidamente. Pam y Catherine lo observaban fascinadas mientras arrancaba otros dos pedazos, hacía una bola con uno y lo insertaba en la boca de Tony y con el otro le tapaba la boca amarrándolo con un nudo en la nuca. Seguidamente arrastró el cuerpo de Tony por los pies y lo llevó hacia el baño, dejándolo dentro de la ducha, y lo mismo hizo con Pascadio—. Tenemos que irnos de aquí. —Revisó la cerradura de la puerta: el pestillo había abollado el marco debido a la patada y no había forma de volver a cerrarla con llave. Se miró alrededor circunspecto limitándose simplemente a dejarla cerrada sin llave e hizo señas a las dos chicas para que lo siguieran.

—Quiero un trago de ron —dijo un hombre de trecientos kilos con una boina blanca en la cabeza cuando vio al barman caminar rápidamente hacia él. Notó que llegaba caminando de prisa con dos jóvenes fulas pisándole los talones y sonrió complacido. Dylan se estiró para agarrar una botella de Ron Bacardi detrás de la barra y la asentó con energía al lado del hombre, que se quedó mirándolo completamente enmudecido.

—Hoy es open bar.

Los tres caminaron rápidamente hacia el pequeño puerto improvisado donde estaban los indígenas con sus lanchas. Se les acercó un hombre de tez blanca que parecía un turista americano, con su traje de baño a rayas y un Panama Hat sobre unos anteojos de sol aviador. Dylan le habló como si ya lo conociera:

—Llévalas a tierra firme y asegúrate de no perderlas de vista.

El turista que no era un turista silbó en dirección a Fredy, que se activó enseguida y acercó una lancha.

—*Ready boss* —dijo Fredy.

Las chicas subieron en la lancha ayudadas por el turista que no era un turista y levantaron la mirada hacia el barman que no era un barman. ¿Qué habría sido de ese hombre que les salvó la vida? Lo vieron caminar desenvuelto por el camino suspendido, de vuelta a la cocina, y hacerse pequeño mientras la lancha se alejaba. Para ellas, aquella aventura había terminado.

XXVIII

Cesare vio a Julieta abrir la puerta del depósito —que estaba a oscuras y que se avivó con algo de luz— y salir rápidamente. Bajó las escaleras a saltos y se congeló cuando la puerta volvió a abrirse, golpeando la pared con fuerza.

—Fantoche estúpido —gritó la mujer mientras apuntaba la pequeña semiautomática plateada.

Estoy acabado, pensó Cesare. Entre la puerta y las escaleras había apenas unos ocho o nueve metros, que era lo mismo que decir que muy poco separaba el cañón de la pistola de ella y el cuerpo de Cesare. Al menos que tuviera muy mala puntería, la bala acertaría el blanco. Levantó el brazo pero antes de lograr nivelar el revólver, el disparo de la pequeña semiautomática ya había retumbado en la penumbra del depósito. Sintió un dolor agudo en la oreja derecha. Gritó por el dolor y se agachó, teniendo la presencia de ánimo de cubrirse detrás del Toyota Starlet. Se tocó el oído. La oreja tenía un hueco. Se lo tocó nuevamente: ¡la maldita infeliz le había abierto un hueco en la oreja! La sangre le cubría el cachete derecho y el cuello y no paraba de fluir. La mano ensangrentada le temblaba mientras se la contemplaba en estado de shock. El depósito quedó en completo silencio y Cesare volvió a levantarse con extrema precaución.

—¡Cesare! —estaba gritando Alberto desde arriba.

Julieta había desaparecido.

—¡Estoy bien! Estoy bien…

Volvió a palpar la oreja, esta vez con la mano izquierda. Aparentemente la bala le había arrancado un trozo, dejándola como una rebanada de queso suizo. Cojeó hacia la puerta que había quedado abierta y se dijo que no había razón para cojear; era la cojera de alguien que acababa de ver su vida pasar delante de sus ojos. Estuvo tan cerca de morir que la idea lo azotó como una ducha fría.

—¡Cesare!

Hizo caso omiso de Alberto. Se asomó por la puerta con una lentitud desesperante, pistola frente a la cara, y reunió todo el coraje que pudo para echar un primer vistazo a la calle. Julieta estaba arrancando un Hyundai plateado como su maldita pistola y lo divisó a través del parabrisas. La vio agarrar algo en el asiento del pasajero y extender el brazo afuera de la ventanilla.

—¡Dios! —imprecó Cesare refugiándose detrás del umbral de la puerta antes de que un par de balas impactaran contra la pared exterior y levantaran grava de cemento. La gente en la calle empezó a gritar y a correr a lugares más seguros. Cesare apuntó, cerró el ojo derecho y disparó. ¿Dónde había terminado la bala? No había impactado contra el Hyundai y al parecer no había impactado contra nada. Vaya, pensó, esto es más difícil de lo que parece. Lo intentó una segunda vez y esta vez le dio al parabrisas delante del asiento del pasajero. Mucho mejor. Ahora había que calibrar un poco la puntería hacia la derecha.

El Hyundai chilló contra el asfalto y avanzó muy rápidamente hacia él. Disparó una tercera vez abriendo un hueco en la carrocería, algo que no sirvió de nada. Julieta pisó el pedal del acelerador y disparó en dirección de Cesare, pero éste ya estaba al seguro dentro del depósito.

—¡Alberto!

—¡Cesare!

Cesare subió las escaleras volviendo a cojear sin razón aparente.

—¿Qué te pasó?

—Me disparó. ¡Me disparó!

—*Ok*, no grites. —Alberto estaba todavía tirado en el piso del pasillo—. Ayúdame, tenemos que ir a un hospital.

—¿Un hospital? —inquirió Cesare. Fue la primera vez que Cesare pensó en un hospital. Debían ir a un hospital, no cabía duda. Sin embargo, ¿qué habrían dicho a los doctores? ¿Y si los hubiesen buscado en el hospital para matarlos ahí mismo?

—Sí, un hospital. Por si no te habías dado cuenta, nos dieron a los dos. —Alberto no dejaba de tocarse el hombro—. Me está doliendo mucho, Cesare. —Se contorsionaba en lo que llegó a ser un charco no indiferente de sangre.

A Cesare le entró el pánico. Su amigo podía desangrarse o perder el conocimiento en cualquier momento. Un quejido y el ajetreo impaciente de zapatos contra la pared lo sacaron de sus pensamientos. Se volvió para ver a Bredio que se movía agitadamente y los miraba con un odio intenso en los ojos. Tal vez por la adrenalina de haber recibido una bala en la cabeza, tal vez por la sobredosis de odio que había recibido de parte de aquellos maleantes en las últimas horas, tal vez por esos ojos llenos de antipatía, Cesare no se contuvo. Caminó lentamente hacia Bredio, se agachó y comenzó a darle puñetazos en la cara, uno, dos, tres, cuatro, y finalmente, después de una pequeña pausa, cinco y seis. Sintió lastima cuando Bredio, ojos cerrados y cubiertos de sangre, echó la cabeza hacia atrás impotente. Le arrancó la cinta adhesiva de la boca y dijo:

—Las llaves del Toyota, ¿dónde están?

Bredio no contestó la primera vez. Cuando lo hizo, su voz llegó débil y ahogada.

—El bolsillo derecho.

Cesare se apresuró a revisarle los bolsillos, luchando contra la cinta adhesiva que envolvía al viejo como un salame.

—¡Bingo! —dijo agitándolas en el aire. Ayudó a su amigo a pararse y bajaron las escaleras lentamente, Alberto apoyándose en su hombro, luego entraron en el coche.

Ahora había un solo problema: ¿cómo abrir el portón del depósito? Cesare giró la llave en el cilindro y pisó el acelerador en neutro a cinco mil rpm. Veía la aguja bajar y responder obediente cuando volvía a pisar el acelerador, subir a tres mil rpm, cuatro mil rpm, cinco mil rpm otra vez, hasta que engranó la primera y soltó el cloche. El Toyota Starlet chilló como una gata en celo. La aceleración fue brutal para las heridas de Alberto, inclusive por un viejo trasto como ese. El capó se abatió contra el portón y lo destruyó con un gran estallido. Los pocos transeúntes en la calle bajaron la cabeza asustados y quedaron con el rostro petrificado. Primero los disparos y luego esto, pensó Cesare. Pobres…

—¡Hurra! —gritó Alberto.

La adrenalina bombeaba sin reservas.

—Tenemos que alejarnos de aquí antes que la policía nos pare —dijo Cesare—. Seguramente ya llamaron a la policía cuando escucharon los disparos.

—¿Y a dónde vamos?

—Agarra. —Cesare pasó el revolver a Alberto.

—Cuidado con esa cosa.

Cesare se sacó el transmisor del bolsillo de sus pantalones y se lo colocó, por primera vez, en el oído izquierdo. Presionó el botón amarrillo.

—Más vale que no estén en su hora del almuerzo —Escuchó el bip bip bip electrónico de aviso de llamada y esperó. A un par de manzanas, la sirena de un coche de policía avisaba de su acercamiento al área. Habrían encontrado un viejo medio muerto y envuelto en cinta adhesiva y el portón de un garaje completamente desmoronado—. Aló… sí. Es Cesare.

—¡Cesare! Hemos tratado de ponernos en contacto con ustedes todo el día —dijo la voz notablemente preocupada del agente Foster—. ¿Dónde están?

—Estamos saliendo del depósito ahora mismo. Fuimos tomados como rehenes pero logramos liberarnos.

—¿Ah sí? Vaya, deberíamos contratarlos para trabajar con nosotros.

—Escúcheme bien, agente Foster, no es el momento de ironizar. Mi amigo tiene una bala en el hombro, está perdiendo mucha sangre y yo tengo un hueco demasiado grande para cualquier arete.

—¿Cómo?

—No importa. Necesitamos atención médica y pronto.

—Listo, tengo dos agentes encubiertos en la ciudad de Panamá. Lo único que tienen que hacer es dirigirse hacia la zona del canal y ellos se encontrarán con ustedes en el camino. ¿Sabes cómo llegar a la zona del canal?

Cesare hurgó en los recuerdos que se remontaban a los primeros días en la ciudad.

—Vagamente —contestó.

—Toma la misma calle que usabas para ir al hotel. Los agentes sabrán como hallarlos, ¡pero no vayas al hotel! Sólo toma esa misma vía y me avisas cuando estás saliendo de la ciudad. ¿En qué coche andan?

—Un Toyota Starlet amarrillo años ochenta.

—Recuerda, no entren en ningún hospital antes de estar con nuestros agentes. Escúchame bien Cesare, nuestros agentes infiltrados en el hotel de playa tuvieron que activarse porque las chicas estaban en peligro. Nuestro plan cambió radicalmente. No podemos seguir investigando encubierto. Ahora tenemos que hacer arrestos y confiscar lo que podamos.

—¿Cómo se encuentran las chicas?

—Gracias a Dios muy bien. Asustadas pero sanas y a salvo. Acabo de recibir confirmación de que están en tierra firme y bajo la protección de nuestros agentes en Panamá.

—Qué bien. —Cesare respiró un suspiro de alivio.

—Me llamas si encuentran inconvenientes. Me llamas para cualquier cosa, ¿entendido?

—Entendido, señor. No creo que tengamos ulteriores problemas.

En el preciso instante en que Cesare expresó esas ultimas consideraciones, el capó de otro taxi, otro Toyota (un Tercel pintado mucho más recientemente) chocó violentamente contra la parte trasera del Starlet. En el impacto, el transmisor salió volando hacia la calle a través de la ventanilla que estaba abierta por la mitad. Si solamente hubiese estado cerrada…

Alberto, que estaba escuchando atento y tenía un rostro demacrado por la pérdida de sangre, gritó de dolor. No fue un grito muy alto. Cesare se dio cuenta de que su apariencia no pintaba nada bien. Se veía cansado.

—¿Estás bien?

—No —contestó Alberto débilmente.

El taxista del Tercel salió de su coche gritando y gesticulando muy agresivamente. Cesare se bajó para encararlo. Era un hombretón de tez trigueña y con un suéter a rayas sucio sobre unos vaqueros tan increíblemente limpios que parecían nuevos. Eso sorprendió mucho a Cesare.

—¡'Tas ahueva'o! —estaba gritando el sujeto.

Un negro con el rostro cadavérico se unió a la reprimenda desde su coche mientras pasaba lentamente cerca de los accidentados y se dirigió a Cesar, si no más, igual de agresivo:

—¡Mira por dónde vas!

—Yo pasé en verde —dijo Cesare no muy convencido. Su atención fue capturada por un Hyundai plateado al otro lado de la carretera, a unos cincuenta metros, parado frente a una fila de coches esperando el semáforo. ¡Era Julieta!

Como si le hubiese escuchado el pensamiento, Julieta se volvió y lo vio. Se alarmó y empezó a tocar el claxon para que los demás coches se apresuraran.

—Oye fulo, te estoy hablando. —El taxista se meneaba de la misma manera que los raperos negros de Estados Unidos frente a la cámara en un vídeo de música. ¿Este quien se cree, 50 Cent?— ¡Tienes que mirar! —Estaba apuntando a sus propios ojos con los dedos—. Regresa a tu país a provocar choques.

Cesare ya no lo escuchaba. Agarró el revólver de la mano de Alberto, que se veía siempre más débil, y consideró si debería correr hacia el Hyundai disparando al estilo de Al Pacino en Heat.

Cuando el taxista vio el arma estiró los brazos hacia el cielo.

—¿Estás loco?

—Sí —dijo Cesare conciso. Su mirada no se apartaba del Hyundai plateado. Imprecó para sus adentros cuando la fila de coches empezó a moverse—. Dame tu carro —dijo al taxista.

—¿Qué quieres mi carro? Chucha de tu madre…

Cesare disparó al aire.

—¡Dame tu maldito carro!

—Toma —dijo el taxista poniéndose a un lado—, es todo tuyo.

—Alberto, muévete. Vámonos de aquí.

Cuando ya estaba largándose de ahí, Cesare se acordó de que no había buscado el transmisor. Ya era demasiado tarde y desde luego que no habría regresado a esa intersección con ese tipo todavía tratando de entender qué había sucedido.

XXIX

Dylan abarcó la totalidad de aquel lugar con una mirada atenta. El turista gordo con la boina blanca estaba sirviéndose ron de la botella junto a un par de amigos de la misma edad —alrededor de cincuenta años— todos riéndose completamente a oscuras de lo que habría sucedido próximamente. Por suerte aquella era temporada baja y los turistas podían contarse con los dedos de dos manos. No iba a ser demasiado difícil evacuar el área.

Unos meseros salían de la cocina con bandejas llevando pescados fritos, patacones y chichas a una familia de tres en las mesas del restaurante. Ahí estaban seis: la familia de México y los tres payasos de Canadá que pasaban como irlandeses. Faltaba una pareja joven de recién casados australianos que a lo mejor estaba en una isla lejos de ahí; y otra joven pareja, dos amigas que lucían como modelos de traje de baño y que eran bisexuales declaradas de Texas: dos "chupeteras" que lo miraban lascivas cada vez que les servía tragos. Dylan no se avergonzaba en decir que había dado de comer al monstruo con las dos al mismo tiempo. De hecho estaba orgulloso de eso. El caso es que no sabía dónde estaban en ese momento los australianos y las norteamericanas. ¿En las islas? ¿En sus cabañas? ¿En un disco volador?

La oficina del señor Sánchez, la única estancia en tierra firme, tenía las luces encendidas. Dylan había visto unos hombres entrar y un ajetreo confuso tanto alrededor de la oficina como en la cocina. Ya sabían todo. Sabían de los italianos y sabían de las chicas. En pocas palabras, sabían que las autoridades sabían. Todo el mundo sabía algo. Lo más seguro era que el gerente estuviese preguntándose dónde estaban metidos sus dos hombres más importantes. Uno estaba muerto y el otro aturdido y bien atado, los dos juntitos haciéndose compañía dentro de la ducha.

Dylan contaba con una ventaja muy grande: nadie sabía, sin embargo, que era un agente encubierto. Planeaba mantenerlo en secreto durante el mayor tiempo posible.

Los indios charlaban en dulegaya cada uno en su lancha al extremo este del hotel, al final de uno de los caminos suspendidos que llevaba a un puerto improvisado. El sol estaba lentamente cayendo hacia el horizonte, asistido por unos cúmulos de nubes perezosas. En menos de dos horas, ayudado por la oscuridad, un equipo formado por agentes de la DEA y autoridades panameñas irrumpiría en el hotel para detener todos los sospechosos, el gerente ante todo, confiscando pruebas y demarcando el área que cubría el hotel como área restringida. Mientras tanto, la autoridad marítima colombiana, en conjunto con la DEA, había seguido al pequeño submarino que viajaba de Colombia hacia San Blas, actualmente estacionado en las afueras de Villa Hermosa, al noreste de Colombia.

El operativo había sido bautizado «Panama Hat». A Dylan le dio rabia que las vicisitudes habían precipitado el Operativo Panama Hat hacia un final tan apresurado. Con apenas un puñado de meses, lograron averiguar bastante gracias a la inesperada audacia de los dos italianos en Panamá. Sin embargo, habrían podido indagar muchísimo más, infiltrar más a fondo la organización, conocer a los cabecillas principales. Ya la coartada no se sostenía. No habría llevado mucho tiempo antes de que empezaran a sospechar que el barman con la sonrisa fácil y con un acento demasiado aparente era efectivamente una rata norteamericana. Por eso mantenía un ojo muy vigilante.

Vio al gerente salir de su oficina acompañado por dos trabajadores. Los conocía muy bien: Osvaldo y Roberto, el primero de Colón, piel negra, metro y ochenta y algo más, veintitrés años, muy divertido, pero ahora caminaba con el mentón rígido; el segundo un poco más alto, de la capital, un poco más claro de piel y un poco más viejo, quizá rozando los treinta, carácter amargado por lo general. No eran muchos los que trabajaban para el cártel en el hotel. A ver, Tony y Pascadio, que ya estaban fuera del camino; el colonense y Roberto el amargado; otro negro alto y corpulento, un africano que tenía la misma cara de Samuel Jackson y que trabajaba en la cocina; un tal Juan, apasionado por el equipo de Brasil, que la mayoría de las veces se quedaba en la ciudad; Julieta, la sobrina del gerente; y por supuesto, el gerente mismo, el señor Sánchez. Los demás no tenían la menor idea de lo que ocurría de noche, cuando nadie veía y bulto tras bulto de cocaína era trasladado desde las islas hacia el hotel y de ahí a la capital. La mayoría del personal trabajaba para el hotel desde que el dueño original, un japonés ecologista, murió y el hijo vendió el hotel hacía apenas unos trece meses a una sociedad anónima en Panamá. En proporción, había cerca de un beneficiario de la sociedad con trasfondos ilícitos trabajando en el hotel por cada cuatro empleados limpios trabajando sin tener conocimientos de la actividad criminal.

El señor Sánchez y los dos secuaces se pararon frente a la puerta de Pascadio y el gerente aporreó la puerta con impaciencia, gritando, pidiendo que le abrieran inmediatamente, que era importante.

Dylan suspiró.

—¡Pascadio! Abre esta maldita puerta —imprecó el señor Sánchez antes de sacar su móvil y marcar un número. Tanto Osvaldo como Roberto acercaron el oído a la puerta.

—Oigo un celular sonando adentro —dijo Osvaldo enérgico.

—Señor, la puerta está abierta —señaló Roberto.

Dylan sintió la seguridad que el peso de la Beretta escondida en su cadera le otorgaba y la trepidación típica en momentos como aquellos. Llevó un dedo al oído izquierdo:

—Tío Scrooge, aquí Donald Duck, cambio.

—Aquí tío Scrooge. Habla Pato, cambio.

—Los Golfos Apandadores encontraron el botín. Hay que precipitar Operativo Panama Hat. Cambio.

—Negativo Pato. Las autoridades colombianas y los demás patos en Colombia no están listos para atacar el submarino. Cambio.

—No entiendo. Pensaba que los Golfos Apandadores en Colombia ya habían sido avisados por aquellos en Panamá. Cambio.

—Negativo. Nuestra inteligencia en Colombia nos indica que los Apandadores ahí todavía no han sido alarmados. Queremos tomarlos por sorpresa. Necesito que ganes tiempo Pato, aunque sea una hora. Cambio y fuera.

¿Cómo que cambio y fuera? Fácil decir cambio y fuera cuando no eres un agente de campo en directo contacto con narcotraficantes que te degollarían sin pensarlo demasiado». Vio al gerente y los otros dos entrar en la choza de Pascadio. Se imaginó lo que habrían encontrado: salpicaduras de materia gris en la pared y en el poster pegado a la pared sobre la cama; además de los dos sujetos amarrados, uno con un hueco en la frente y el otro desmayado a su lado. El problema era Tony. Tony le vio la cara y se habría despertado pronto. Se acercó a los canadienses y a la familia mexicana.

—Gente, necesito que liberen el área. Cada uno de ustedes tiene que venir conmigo. —Se tocó otra vez el oído—. Snow White, aquí Pato Donald. ¿Me escuchas? Cambio.

—Fuerte y claro Pato. —Hubo silencio en la línea—. Pato, ¿me escuchas?

—Sí, estaba esperando que dijeras «cambio».

—Cambio.

—Necesito que reúnas a Cinderella y Pluto y vengan a trasladar a los turistas a tierra firme, lejos de aquí. Hay que evacuar el área. Cambio.

—Está bien, cambio.

—Cambio y fuera. Gente, un colega vendrá a llevarlos a tierra firme. Esta es una operación de inteligencia del servicio antidrogas norteamericano. Yo soy un agente encubierto.

—¿Tu eres un agente de inteligencia? —preguntó el niño mexicano echándose a reír.

—Mira mocoso, hablo muy en serio.

—No le hable así a mi hijo. —El padre del mocoso se levantó rabioso.

—¿Qué está pasando aquí? —El gordo con la boina blanca se levantó y se acercó.

—Necesito que vengan conmigo —insistió Dylan.

Snow White, un afroamericano robusto con unas espaldas de un metro de hombro a hombro, estaba caminando rápidamente hacia ellos acompañado por Cinderella, de origen asiática, y Pluto, un novato de tez clara que estaba en su primera experiencia de campo. Todos llevaban anteojos de sol, camisas hawaianas, trajes de baños de rayas y un Panama Hat.

—¿Esto qué es? —preguntó uno de los tres amigos del gordo, un hombre alto y flaco con el rostro de un viejo Basset Hound.

—Vaya, sí saben pasar desapercibidos —dijo el mocoso—. Están todos vestidos iguales.

Snow White se acercó al niño que estaba sentado con el brazo apoyado en el peinazo de la silla y que se sintió improvisadamente tan pequeño como un mosquito. El padre del niño se quedó muy quieto.

—Vengan conmigo —dijo al fin Snow White. Hablaba como si hubiese tragado un emparedado y nunca pudo bajarlo del todo.

—Seguro —dijo el padre del niño.

—Por lo menos si hay otros agentes los vamos a identificar de una vez —dijo el niño en voz baja y levantándose con la cabeza baja.

—Ustedes también —los incitó Dylan—, váyanse todos con Snow White.

—¿Snow White? ¿En serio? —preguntó el tercero del grupo de canadienses, un hombrecito simpático con la cara roja por el sol o por los tragos o por las dos cosas. Los canadienses estaban todos muy achispados, pero éste último casi no se sostenía en pie.

—Mejor no. Snow White, tú y Cinderella quédense conmigo. Pluto se llevará a los turistas.

—¿Dónde estamos, en Disney World? Vaya si tomé demasiado… —se mofó el hombrecito.

—Suficiente con las payasadas —dijo cortante el novato agarrando al hombrecito por un brazo e invitando a los demás turistas a seguirlo.

XXX

Alberto no lucía nada bien. El rostro se le había emblanquecido notablemente y se agarraba el hombro con los ojos cerrados.

—Aguanta Albert. Ya vamos a un hospital. Pero tenemos un problema, perdí el auricular y se suponía que me iba a meter en contacto con unos agentes en la ciudad. Alberto… —Alberto soltó el hombro y apoyó la cabeza en la ventanilla del auto con los ojos cerrados. Cesare no tenía duda de que se había desmayado por el dolor y la pérdida de sangre. Respiró hondo—. Alberto, dime que no te desmayaste amigo. Por favor contesta. —Silencio—. Alberto… ¡*Ma vaffanculo*! —Cesare pisó el acelerador a fondo y engranó la tercera. El Tercel rugió patéticamente y Cesare agarró el volante con las dos manos; viró hacia la izquierda, provocando un leve chirrío de neumáticos. Los autos que tenía a los lados empezaron a pitar histéricamente—. Que piten, pues. ¡Piten lo que quieran! —Dijo esto con la mirada clavada en el Hyundai de Julieta, que no prestaba atención e iba por el carril perpendicular al suyo. Julieta lo vio cuando ya era demasiado tarde. El capó del Tercel fue a estrellarse contra la parte izquierda delantera del Hyundai plateado. En el estruendo, también se oyeron gritos de una mujer que no era Julieta y que provenían de la acera. Julieta nunca tuvo tiempo de gritar. Nunca tuvo tiempo de nada, solamente de ver la muerte llegar a noventa kilómetros por hora un segundo antes del impacto.

Cesare golpeó la cabeza contra el volante. Alberto se despertó de sobresalto.

—¿Qué ocurrió? —preguntó Alberto. Vio a Cesare bajarse del automóvil con un arroyuelo de sangre en la frente—. ¿Puedes conducir sin chocar cada diez minutos?

Pero Cesare no lo oía; estaba renqueando en dirección al Hyundai. Cuando vio que su propio taxi obstruía el paso, se dirigió hacia el asiento del pasajero. Julieta perdía sangre de la cabeza y parecía estar muerta, casi seguramente estaba muerta. Mientras tanto, los transeúntes que se habían quedados atascados por el accidente y los que caminaban en la acera iban acercándose a Cesare como una horda de zombis carnívoros. Algunos de ellos reprendían a Cesare muy avivadamente, insultándolo y poniéndose en posición de ataque. Alberto hizo un esfuerzo sobrehumano para abrir la puerta del auto y bajarse, revolver en mano. Uno de los transeúntes, el dueño de un pickup Toyota, un joven de tez trigueña que según se podía apreciar por los músculos podía levantar por lo menos cuatrocientos libras, fue acercándose hosco a Cesare. Alberto sabía que lo golpearía, tiempo cinco segundos.

—¡Oye! —gritó Alberto, pero la voz salió demasiado tenue y nadie lo oyó. Se llevó las manos a la cabeza, el revolver chocando contra ésta, y vio que el tipo zarandeó a Cesare e intentaba romperle la cara a golpes. Cesare no pudo defenderse; ya estaba demasiado extenuado por todo lo que había ocurrido en las últimas dos horas—. ¡Oye! —Y esta vez la voz llegó alta y clara. Todos se volvieron, excepto el transeúnte que ya había colocado una serie de puños en el rostro del desprevenido Cesare. Entonces se le ocurrió hacer algo que le hizo sonreír, algo que sabía habría surtido efecto. Llevó el revolver a unos centímetros del oído del transeúnte musculoso y apretó el gatillo. El muchacho chilló, las manos hacia el oído, alejándose de una vez de Cesare—. Si se mueven les abro un segundo obligo en el estómago —amenazó Alberto.

—¡Llamen a la policía! —dijo cortante una mujer.

Cesare se levantó tocándose el labio roto. Ahora tenía sangre escurriéndole del oído, de la frente y de la boca. Faltaban los ojos.

—Dame la llave del pickup —dijo Alberto al joven atlético con músculos de gimnasio.

—Están adentro —dijo éste incrédulo, pareciendo un chiquillo de trece años que ve el amor de su vida arropándose con otro en una banca del parque frente a su casa.

—Vamos Cesare.

Cesare, todavía tocándose la boca, se movió por inercia. Los transeúntes se quedaron todos atónitos con las manos levantadas hasta los hombros. Desde lejos se escuchaba la sirena de la policía aullar como un lobo en medio de un rebaño de ovejas imbéciles. Cesare y Alberto entraron en el pickup y se marcharon tan misteriosamente como habían llegado.

—Por todos los diablos… —imprecó Cesare cuando ya estaban alejándose.

—Mejor si te apresuras y pisas el acelerador, hermano.

—Olvídate de ir a un hospital ahora mismo. ¿Puedes aguantar?

—Sí, ¿por quién me tomas? —Alberto encendió la radio y sintonizó en la primera estación en que escuchó algo bueno que no era estática blanca entrecortada y ruidosa. La 98.9 FM ofrecía un clásico de Bee Gees que acababa de empezar: «¡Ah, ha, ha ha, siguiendo con vida!».

—Vámonos al hotel —dijo Cesare engranando la tercera. El pickup respondió disoluto partiendo el aire y dejando atrás las sirenas, las ovejas y los imbéciles.

XXXI

La choza olía a humo de cigarrillo y algo más, algo que el señor Sánchez conocía muy bien: el olor a muerte. Eso le preocupó. Rayas de sangre en el piso llegaban hasta el baño. Caminó hacia él y Osvaldo se interpuso en su camino, chocando contra su gran estómago.

—¡Quítate de aquí! —le reprendió. No soportaba a esos ineptos estúpidos, pero los necesitaba.

—Disculpa, jefe.

Entraron al baño, primero el señor Sánchez, que jadeaba a cada paso, luego Osvaldo y entonces Roberto, que se apoyó en el marco de la puerta.

—Por todos los santos —dijo el señor Sánchez agachándose. Tony estaba tendido boca arriba con la cabeza en el lado del grifo mientras Pascadio descansaba sobre su lado izquierdo en la dirección opuesta. Una herida en la frente que le hizo enderezar los pelos de los brazos a Osvaldo dibujaba un círculo arrugado como el culo de un gato. El señor Sánchez volvió a enderezarse agarrándose por el brazo de Osvaldo, que se doblegó por el peso—. Revisa si está muerto.

—¿Quién?

—¿Cómo que quién? Tony.

Osvaldo puso una mano sobre la frente de Tony.

—¿Qué estás haciendo? —preguntó enfurecido el señor Sánchez. Se dirigió a Roberto—: El imbécil está revisando si tiene fiebre. —Roberto prefirió no decir nada. Osvaldo quitó el paño que tapaba la boca a Tony mientras el gerente volvió a agacharse con un elevado rezongo y lo cacheteó energéticamente—. ¡Despierta Tony! ¡Despierta! —Tony no dio señal de querer despertar, simplemente seguía con los ojos cerrados, la boca cerrada y todo su cuerpo cayéndose contra los azulejos baratos de la ducha—. Vengan huevones, ayúdenme. —Los huevones respondieron enseguida siguiendo al jefe hacia el cuarto—. Levanten la cama. —Osvaldo y Roberto levantaron la cama con mucha facilidad dado que pesaba menos de lo que aparentaba. La dejaron apoyada en la pared, la cabecera tocando el piso. El señor Sánchez suspiró profundamente y luego se acercó a la mesita de noche. Abrió una gaveta—. Bájenla. Me acabo de acordar que lo que busco está aquí. —Los dos se miraron a los ojos y bajaron la cama.

—¿Qué es lo que estás buscando, jefe?

—Esto —le contestó el señor Sánchez a Osvaldo sacando una bolsa de cocaína. Era una bolsa blanca como la primera nevada de noviembre sobre una colina incontaminada, una colina de nieve donde nadie caminaba, ni siquiera los ciervos o los gatos de montaña hambrientos y cansados de fornicar en el calor de sus madrigueras. El gordo abrió con el meñique el plástico que envolvía el kilo de substancia estupefaciente y se pasó el dedo debajo de las narices, que se cerraron al aspirar con fuerza, luego se cepilló los dientes delanteros. Osvaldo y Roberto se miraron indecisos antes de agacharse y hacer exactamente lo mismo.

—Está buena —dijo Roberto.

—Vengan —dijo el gerente—, buscadme una superficie plana, una revista o algo.

Osvaldo se levantó y buscó por todos lados sin encontrar nada.

—Pascadio no era exactamente un lector.

—¿Ni siquiera un Play Boy?

Osvaldo buscó en el baño: sobre el inodoro descansaba una revista con el título Sangre Caliente.

—Sangre Caliente —dijo.

—Está bien, dame —el gerente dio vuelta a la revista—. ¿Qué hace esta revista mexicana aquí?

—Pascadio vivió dos años en Guadalajara antes de venir a Panamá —informó Roberto.

—Qué importa, Pascadio ya está muerto. —El jefe aprestó una cantidad de cocaína sobre la revista porno y enrolló un billete de cien con los dedos índice, medio y pulgar presumiendo la agilidad de un guitarrista al afinar su instrumento. Estiró el hueco en la bolsa con el dedo para sacar un cumulo que empezó a dividir en varias líneas de unos cinco centímetros de largo y ayudándose con la tarjeta de descuentos del Súper 99 que había sacado de su gruesa cartera negra. Cuando había hecho unas seis, usó el billete enrollado para inhalar una línea con una fosa nasal y la segunda con la otra—. Dele —dijo pasando el billete a Roberto. Al terminar las seis líneas, el señor Sánchez aliñó otra ronda y otra después de esa, hasta que los tres se habían metido seis líneas cada uno y solamente quedaba la mitad del cumulo de cocaína.

Osvaldo estaba muy arrancado. No paraba de mover la boca y pasarse la lengua por los dientes. Roberto respiraba muy deprisa por la nariz y de vez en cuando inhalaba enérgicamente.

—Me siento como si pudiera comerme el mundo —dijo Osvaldo.

—Tranquilízate *pana* —le dijo Roberto, pero Roberto estaba igual de activado.

Escucharon un gemido provenir del baño y los tres se apresuraron hacia Tony, que abrió los ojos lentamente, primero parpadeando y luego entornándolos como si la luz le molestara, aunque estaban en la penumbra.

—Jefe… —llegó a decir.

—Ayudadme —dijo el señor Sánchez y esta vez fue Roberto quien se ofreció a ayudarlo; juntos levantaron a Tony y lo desataron—. ¿Quién hizo esto?

Tony se tocó el cuello entumecido.

—El maldito barman. —Miró a su jefe y luego a los otros dos—. ¿Qué les pasa? Tienen una cara como si hubiesen sido violados por un fantasma.

—¿Dijiste el barman? Bien. —El señor Sánchez sacó una semiautomática de su cintura y miró a Roberto y a Osvaldo, que lo copiaron y cogieron cada uno del cañón de las suyas—. Vamos por un trago.

XXXII

—Tenemos la policía pisándonos los talones —dijo Alberto con la cabeza fuera de la ventanilla.

La sirena llegaba alta y fastidiosamente más y más cercana.

—¿Y ahora qué quiere la policía?

—¿En serio, Cesare? ¿En serio me preguntas por qué tenemos la policía persiguiéndonos?

—No, era una pregunta retórica. Ya sé la respuesta; les voy a dar una razón más para joder.

Alberto quedó en silencio esperando lo que vendría.

—¿Qué vas hacer?

—Nada, simplemente no voy a parar.

—Pensaba que ibas a decir algo como por ejemplo, dispararles a las llantas.

—Ahora no exageres. —Cesare miró a través del espejo retrovisor—. Se están acercando demasiado. Quizá dispararles no sería una mala idea después de todo.

—¿Y si paráramos?

—No, qué va… Nos quedaríamos horas y horas en la estación de policía, puede que incluso días, antes de que la DEA haga algo para liberarnos, y pensándolo bien, quizá ni siquiera lo harían. Acuérdate que no tenemos pruebas de que hemos trabajado en el hotel de playa, no somos gringos. Si le da la gana, la DEA nos dejaría podrir en la cárcel para siempre. Tenemos que hacer cualquier cosa para evadir a las autoridades.

El megáfono de la policía graznó de repente:

—El Toyota pickup tiene que detenerse inmediatamente. Pare inmediatamente el Toyota verde. Deténganse al lado de la carretera.

—Parece que quiere vender neveras o recoger chatarra —dijo Cesare.

—Es verdad, tiene la misma voz de Giovannino de Trastevere.

—¿Quién es Giovannino?

—¡Giovannino! Acuérdate… El tipo de cuarenta y cinco años que nunca terminó la primaria que conducía la Fiat Punto del noventa y algo con un megáfono en el techo recogiendo chatarra o vendiendo chatarra de segunda mano.

—¡Ah, *Giovannino*! Sí claro. Igualito.

—El pickup de la Toyota: deténganse ahora mismo al lado de la carretera.

—El pickup de la Toyota… —se burló Cesare mirando a Alberto.

—Ya no lo soporto —dijo Alberto.

—No se te ocurra dispararles o nos van a agujerear y hasta aquí llegamos.

—Yo creo que ya están considerando esa opción —notificó Alberto ajustando el espejo retrovisor.

—Por Dios… —Cesare giró a la derecha y el auto de la policía seguía pegado al maletero del pickup.

—El pickup de la Toyota… —seguía el policía a través del megáfono.

—¡Ya entendimos! Me parece bastante claro a cuál pickup de Toyota te refieres.

—¡Cuidado! —gritó Alberto.

Cesare frenó bruscamente: un bus se les cruzó tan inesperadamente que los pasajeros sentados en el bus miraron a los dos italianos con caras de miedo infinito, como si el viaje llevara al patíbulo y no a cualquiera que fuese sus destinos finales.

—Dios mío, ¿dónde fuimos a parar? —preguntó Cesare a nadie en particular.

Uno de los dos policías se bajó del vehículo con el arma apuntada mientras el megáfono seguía estridente y repetitivo:

—El pickup de la Toyota: deténganse.

—¡Ya nos detuvimos! —gritó Cesare fuera de la ventanilla.

Una ola de cláxones se levantó al unísono y se interrumpió cuando el policía a pie hizo su aparición en la escena, caminado lentamente.

—¡Apaguen el vehículo! —ordenó.

—¿Qué hacemos? —preguntó Alberto en voz baja. Sin darse cuenta, los dos italianos tenían las manos abiertas delante de sus caras como si estuviesen rezando el padrenuestro. El revolver descansaba abandonado sobre el salpicadero del Toyota. Ni a Cesare ni a Alberto se le pasó por la cabeza agarrarlo, especialmente cuando el policía llegó gritando y apuntando el arma.

—¡Bájense del vehículo ahora mismo!

—No somos sordos —dijo Cesare llevando una mano al hombro de su amigo—. A Alberto le dispararon, como puede ver…

—¡No te muevas! Pon las manos donde pueda verlas.

—Está bien, las puede ver, aquí están. A mi amigo le dispararon.

—¿Quién le disparó?

—Es complicado.

—¿Cómo dijiste?

—Dije que es complicado.

—¿Qué es complicado? ¿Quién eres tú?

—Es complicado porque… bueno, es una historia larga. Yo soy Cesare, este es Alberto.

Alberto saludó con la mano.

—Hola.

—¡No se muevan! ¿Qué es complicado?

—Como le decía, es complicado pero podemos explicárselo.

—¿Pero qué es lo que es complicado?, no entiendo —insistió el policía con el arma todavía levantada.

Cesare miró a Alberto pasmado como quien dice: «¿Y este?»

—Necesito que los dos salgan del vehículo —ordenó el policía.

Cesare extendió una mano hacia el tirador de la puerta para abrirla y bajarse.

—¡No se muevan!

Cesare quedó pasmado otra vez, y más que la primera. Llevó la cabeza hacia atrás.

—Nos acaba de decir que nos bajemos del vehículo…

—Sí, es verdad —coincidió Alberto—, nos pidió que nos bajáramos. No podemos bajarnos sin movernos, es… es complicado.

—Tenemos dos payasos aquí —dijo el policía dirigiéndose al colega que se había quedado dentro de la patrulla, detrás del pickup—. Tenemos dos payasotes. —La bocina de un camión los hizo saltar en sus asientos. Tenía la intensidad de una corneta de aire de una naviera transatlántica. Probablemente lo era, pensó Cesare. Al policía no parecía importarle lo más mínimo—. Bien, payasotes, bájense ya.

—Por favor, nosotros somos inocentes —intentó Alberto mientras Cesare se bajaba, esta vez sin recibir órdenes de lo contrario.

—Si eres inocente yo soy el presidente —dijo el policía a Cesare—, ¿te dio risa esa?

—No —respondió Cesare.

Y después de aquel «no», algo repentino y totalmente inesperado ocurrió. Algo que dejó a Cesare sin saber de dónde ni cuándo. Vio que algo escupido desde unos cuantos metros a su derecha se pegó al cuello del policía. Después de un rápido examen reconoció las agujas de una pistola inmovilizadora. El policía cayó al piso, se sacudió, convulsionó, se sacudió un poco más y finalmente cerró los ojos, quedando inmóvil y sin hacer absolutamente nada.

—Ahora sí que te pareces al presidente.

—¿Estás bien Cesare? —Era el agente Foster, apareciendo de la nada. Llevaba los anteojos de sol y el saco y corbata como la primera vez que lo habían visto.

Alberto finalmente se bajó del pickup.

—¿Agente Foster?

—Tenemos que irnos, apresúrense muchachos.

Se dirigieron hacia la patrulla y reconocieron al otro agente, Mr. Smith, anteojos y saco igual que el colega, inmovilizando con otra pistola eléctrica al agente de policía que estaba sentado en el asiento del conductor.

Un Diablo Rojo pitó histéricamente varias veces hasta quedarse pegado a la bocina durante unos quince segundos seguidos. Cesare y los dos agentes subieron al coche patrulla y Alberto regresó al pickup.

—¿A dónde vas? —gruñó el agente Foster sacando al policía aturdido del coche y dejándolo caer al piso como un saco de papas. Tanto el escándalo del bus, como las demás bocinas que habían decidido acompañarlo, como el italiano con la bala en el hombro que estaba atrasándolos, todo aquello estaba fastidiándolo sobremanera—. ¿Ahora qué?

—Se me había olvidado algo. —Alberto aferró el revólver y corrió hacia la patrulla; antes de subir se paró frente al Diablo Rojo y disparó a la llanta delantera izquierda. Los pitidos del bus y de los demás coches se interrumpieron—. Vámonos —dijo cerrando la puerta.

El agente Foster accionó la sirena y le dio al claxon, acelerando con un chillido y dejando atrás al Diablo Rojo, al pickup y a los dos policías desmayados.

—Tenemos que llegar al Miramar —dijo.

—¿El hotel Intercontinental Miramar? —preguntó Cesare que estaba sentado adelante.

—Es correcto. ¿Sabes cómo llegar?

—Nunca había estado en un coche de la policía —dijo Alberto mirando al agente Smith. El agente Smith echó un vistazo a la herida de Alberto.

—Sí, agarre por aquí —dijo Cesare.

—Este perdió mucha sangre —informó el agente Smith mirando hacia el agente Foster—. Tienes suerte, muchacho, la bala entró y salió.

—Si vamos por aquí deberíamos llegar en unos minutos. El problema es el atasco —dijo Cesare.

—Eso lo resolvemos. —El agente Foster se subió a la acera con toda la tranquilidad del mundo.

—Hay… hay… hay un viejo… —balbuceó Alberto desde atrás.

Por suerte suya, el viejo se quitó justo a tiempo. Cesare vio al agente Foster conducir detrás de los lentes oscuros con la seriedad indiferente de Elwood J. Blues llevando al Dodge Monaco del setenta y cuatro por las carreteras y los centros comerciales de Chicago. Sólo faltaba el sombrero.

—Ojo con los conos —dijo, pero el agente Foster se los llevó unos después del otro y los conos salieron volando y rebotando contra el parabrisas y el techo.

Otra sirena arrancó a un par de manzanas. Cesare vio la otra patrulla como si una lente en su cabeza se hubiese estirado para hacer zoom hacia el puente de luces que acababa de prenderse en el techo. La adrenalina en su sangre estaba en ebullición.

—¿Y ahora qué? —dijo dirigiéndose al agente Foster.

—Nada, ahora seguimos. No falta mucho para el hotel Intercontinental, ¿no?

—Gire por esta calle.

El agente Foster obedeció dibujando un ángulo de noventa grados que hizo que el agente Smith se aplastara contra Alberto. Alberto gritó por el dolor sobre su hombro. Cesare aferró la manija sobre su cabeza e hizo una mueca de terror cuando el capó del auto estuvo a punto de estrellarse contra un Mercedes. El agente logró evitarlo por un pelo y siguió el camino levemente alterado, pisando el acelerador hasta el fondo. Finalmente llegaron a la Vía Federico Boyd y Cesare divisó el hotel en el horizonte. ¿Qué había ahí?, se preguntó. Prefirió no distraer al agente que conducía como un desequilibrado. Si iba tan de prisa había una razón. Se limitó a apretar con más fuerza la manija.

Le pareció estar de copiloto en una aeronave que ve la pista de aterrizaje a medio kilómetro con un motor en avería. El aterrizaje fortuito se traduciría en el coche patrulla pasando sano y salvo por la entrada sin primero destruir otros coches por el camino. Y eso fue lo que pasó. Cesare compararía aquella travesía a una mosca pasando por las hélices de un ventilador encendido a máxima velocidad. El coche saltó y rebotó cuando la calle que era cuesta abajo llegó a su fin y el parachoques se prendió de esquirlas al raspar contra el asfalto; el agente Foster engranó una marcha más baja para controlar el vehículo que bailoteó de derecha a izquierda antes de enderezarse. Inmediatamente, una horda de cláxones se levantó acompañada por unos chillidos de neumáticos cuando el auto saltó nuevamente y pesadamente a través de la división de cemento que separaba los carriles. Fue un milagro, por decir lo menos, que lograran pasar sin colisionar con nadie. Dos empleados del hotel Intercontinental gesticularon inútilmente para que el agente Foster detuviera su avalancha y tuvieron que hacerse a un lado para no ser atropellados. El coche de policía conducido por el agente Foster entró disparado en contravía y Cesare entendió cuál era su destino: un helicóptero negro estaba aterrizando en el helipuerto del hotel al final de una franja de tierra que colindaba con el puerto donde estaban estacionados yates y lanchas de más de treinta pies frente a las torres del Miramar.

—¡Bájense todos! —ordenó el agente Foster al detener el coche patrulla todavía aullando con las sirenas prendidas.

Los cuatro salieron de prisa y corrieron hacia el helicóptero.

XXXIII

Oyeron los pasos pesados del gerente y éste gritando hacia las cocinas:

—¡Zev! Mueve el culo y lleva tu pieza.

La voz del africano llegó enérgica y decidida como el mugido de un toro de quinientos kilos de músculos.

—¡Voy jefe!

—Ahí van —dijo Dylan sacando la nueve. Los tres agentes se volvieron cuando el motor de una lancha iba acercándose desde el extremo este del hotel. Un indio regresaba de las islas con los turistas australianos—. Cinderella, ve al encuentro del indio y llévalos al seguro.

—*Yes sir.*

Un disparo les hizo agachar y buscar reparo detrás de las mesas. La bala impactó contra la botella de Ron Bacardi, rompiéndola en mil pedazos. Dylan vio al jefe correr gofo con el brazo levantado. Otra bala mandó por los aires a los platos con el pescado frito. Dylan tumbó una mesa para cubrirse. No estaba seguro de si el espesor pudiera detener una bala pero algo era mejor que nada.

Snow White   se cubrió detrás de una columna y disparaba a los atacantes para cubrir al colega asiático que estaba corriendo hacia el puerto improvisado.

—¡Necesitamos respaldo! —gritó dirigiéndose a Dylan.

Dylan apuntó hacia el africano que había salido de la cocina y estaba disparando desde la barra del bar, esa misma barra donde él había pasado la mayoría de su tiempo en esos últimos meses. Zev se agachó a tiempo para esquivar un proyectil que seguramente habría dado con su pecho. Dylan se llevó un dedo al oído.

—Tío Scrooge —empezó a decir gritando—, aquí Pato Donald. La situación se agravó. Estamos bajo ataque. Repito, estamos bajo ataque. Cambio.

Dylan oyó la voz de Tio Scrooge llegar a gritos para imponerse al ruido de las hélices del helicóptero:

—Aquí tío Scrooge. Copiado. ¡Resiste Pato! ¡Resiste! Dame unos diez minutos. Cambio.

—¡No tenemos diez minutos! Cambio.

—Tienes que entender, no puedo hacer nada ahora mismo. El equipo especial de asalto está llegando a toda máquina. Tienes que darles tiempo, máximo siete minutos. Yo estoy con los italianos y nos dirigimos hacia el hotel de playa ahora mismo. Cambio y fuera.

Por todos los patos mojados. Siempre cambio y fuera en el momento en que quería añadir algo más. Pero en verdad ya había dicho todo lo que había que decir y la situación no iba a cambiar hablando. Aquella era una de esas situaciones que sólo mejoraría apretando el gatillo, y eso fue lo que se dispuso a hacer. Agarró el arma con ambas manos y descargó una andanada de disparos hacia el bar.

—¡Ahorra las municiones, Pato! —le abroncó Snow White desde la columna. Por suerte era una columna de buen tamaño, pero no habría sido suficiente por mucho más tiempo y tampoco lo era la mesa donde tomaba refugio Dylan.

La andanada sirvió de algo. El africano emitió un grito cuando una bala le atravesó la mano que cargaba el arma. Mientras tanto, el señor Sánchez y Osvaldo estaban recargando, y Roberto había recibido una bala en el rostro por parte de Snow White. Quedó prostrado en el piso con la boca y los ojos abiertos, las manos rígidas como ganchos. Estaba demorando en morirse. El espectáculo era tétrico cuando menos.

—¡Pato! —gritó Snow White de repente.

Dylan se volvió hacia donde estaba indicando el colega y vio a Juan corriendo y disparando hacia ellos. ¿Y ahora de dónde había salido este imbécil? La bala de Juan le rozó el costado y dibujó una raya roja en la camisa hawaiana. Gritó y disparó hacia Juan, quien se cobijó a tiempo. Echó un vistazo al puerto suspendido: Cineralla estaba alejándose con el indio y los siete turistas apiñados dentro de la lancha. Él y Snow White estaban en inferioridad numérica pero Cinderella había hecho lo correcto en seguir sus órdenes de no dejar los turistas —potenciales rehenes— a merced de los narcotraficantes. Consultó el reloj de pulsera, siete minutos podían ser una eternidad. También podían ser los últimos de su vida.

Tony estaba llegando tambaleándose, una mano todavía agarrándose el cuello. Fue a esconderse inmediatamente a la cocina, detrás de la estufa, lejos de los disparos. Los demás trabajadores del hotel corrían y gritaban con las manos levantadas. Una muchacha trigueña con el pelo rizado cayó desastrosamente contra el piso de madera luego de tropezar con Roberto, que ya había muerto del todo. Uno de los camareros recibió una bala en la espalda. La situación había salido fuera de control. Dylan sudaba frío a pesar del calor agobiante. Vio lo que sucedía en cámara lenta: veía Juan salir de su escondite para disparar hacia él, el gerente y Osvaldo disparar contra Snow White y éste respondiendo a fuerza de plomo con la boca abierta y el rostro contorsionado en una mueca de rabia. Consideró las alternativas: tirarse al agua no era una; correr para encontrar mejores amparos tampoco lo era, demasiado peligroso. Sacó el cargador. Había quedado casi sin balas. Entonces se le ocurrió:

—¡Paren ya! —gritó a todo pulmón—. ¡Paren ya! ¡Alto! —Finalmente logró conseguir el silencio y armisticio que deseaba. Todo el mundo paró de disparar como vaqueros del Viejo Oeste—. Sánchez, vamos a salir, nos rendimos. Por favor deja ir a los trabajadores que no tienen nada a que ver con todo esto. Nosotros saldremos y podrán hacer lo que quieran con nosotros.

—¿Estás loco? —le preguntó Snow White en voz baja.

—Confía en mí.

—¿Crees que somos estúpidos? —gritó el gerente desde la cocina. Dylan se demoró en contestar. Cada segundo que ahorraba era un segundo menos en medio de balas volando hacia ellos—. ¿Me estás escuchando, rata?

—No creo para nada que seas un estúpido. Por haber montado un esquema tan complicado para transportar la droga dentro de tanques de gasolina y neumáticos de furgones... Y usando un hotel de playa como fachada... No, yo sé que no eres ningún estúpido.

—¿Dónde quieres llegar? No quiero perder el tiempo.

Yo sí, pensó Dylan.

—Mi punto es muy simple. Deja ir a los trabajadores que no saben nada y solamente quieren regresar a sus casas con sus familias. Yo y Snow White tiraremos las armas y saldremos con las manos arriba.

—¿Quién es Snow White? —preguntó el gerente irritado.

—Nos están tomando el pelo —comentó Tony—. Maten a esos imbéciles y a los rehenes, ¡qué coño!

—Sabía que no era buena idea usar nombres de Disney —suspiró Dylan en voz baja.

—Demasiado tarde para eso —dijo Snow White—. ¿Estás seguro de lo que estás haciendo, Pato?

—¿Pato? ¿Ese es tu nombre encubierto? —se rió Tony.

Dylan se levantó rápido como una serpiente impulsada por la cola, tomó la mira, todo en un puñado de segundos, y apretó el gatillo una sola vez —un ataque rápido antes de volver a refugiarse detrás de la mesa. El señor Sánchez, rostro violáceo por la sangre que le subió a la cabeza tan improvisadamente, gritó rabioso cuando vio la bala en medio de la frente de Tony, que ahora estaba tirado en el piso boca arriba con los ojos perdidos hacia el enorme ventilador de techo prendido de Big Ass Fans. Mismo destino que Pascadio, pensaron tanto el gerente como Dylan. No tenía que haberse expuesto tanto. Estaba en toda la puerta como la silueta de cartón blanco en un campo de tiro. Muy estúpido de su parte, muy estúpido.

La furia del gerente no se hizo esperar.

—¡Maten a esos hijos de puta!

La ráfaga de disparos fue tan violenta como la voz del gerente, como si con el poder de la misma pudiera controlar cada uno de ellos. La mesa se movió levemente mientras Dylan estaba agachado con la cabeza casi tocando el piso. La columna estaba tomando la forma de un tótem africano, esculpido con cada impacto de bala. En ese preciso instante, Snow White deseó ser más pequeño y menos ancho.

Presos por la rabia, el gerente y Osvaldo empezaron a dispararles también a los trabajadores del hotel que corrían por sus vidas. Juan había tratado repetidas veces de darle al barman. El imbécil no tenía ningún entrenamiento y mucho menos estrategia. Salía de su refugio desprevenido sin ni siquiera disparar y volvía a repararse inmediatamente. Sacaba una mano con el arma de vez en cuando para dispararle sin ni siquiera mirar. Dylan estaba harto. Hubiera terminado con él tiempo atrás si no fuese por el gerente y el otro inútil.

—Cúbreme —gritó hacia Snow White.

—No tengo balas para cubrir a nadie.

—¡Hazlo!

Dylan corrió en dirección a Juan, que no era tan mala idea porque estaba ubicado en un lugar estratégicamente ventajoso. Desde allí habría podido cubrirse sin demasiada dificultad detrás de las pesadas y gigantes macetas de terracota y disparar con mejor visibilidad hacia el gerente que estaba en la cocina, en diagonal a las palmeras y las macetas.

De la nada, las bocinas en el techo del restaurante empezaron a tocar una canción que era más vieja que ese lugar, más vieja inclusive que el gerente. Una canción interpretada por los Animals en su versión más famosa. Fue la primera canción que Dylan había aprendido a tocar con la guitarra cuando era un joven granuja de quince años. El viejo tío Pimp le había traído una guitarra en un día cualquiera de julio, con un sol que le pegaba al asfalto y a las señales de tráfico de su calle en la periferia de Chicago donde vivía con su madre y su hermana menor. Su padre había muerto antes de que él naciera. Esa canción le recordaba siempre ese día de verano con el sol que le pegaba a todo sin pedir permiso a nadie, a todo el vecindario y a la cabeza calva del tío Pimp. Animals… Acertado. Animales, eso es lo que eran. Solamente animales disparaban sin parar; sólo animales se mataban el uno al otro. El hombre evolucionó mejores maneras de matar sin realmente aprender a desarrollar formas de vivir en paz.

En la canción, Eric Burdon cantaba acerca de una casa en New Orleans, una maldita casa en New Orleans, mientras Dylan estaba esquivando balas como Neo en *The Matrix*. Estaba fuera de contexto: Eric Burdon y su casa en New Orleans, y su madre, y los blues jeans.

Dylan se deslizó sobre el piso de madera como un actor de Hollywood, excepto que las balas eran de verdad y el deslizamiento fue desastroso. Decidió entonces rodar detrás de una mesa. Se había expuesto peligrosamente. Las balas silbaban tan de cerca que podía oír el zigzag; por un momento se imaginó avispas endemoniadas con aguijones de plomo bombeando veneno asesino.

—¿Quién coño encendió la música? —estaba gritando el gerente. Ya no estaba pensando con lucidez. Apuntó hacia las bocinas y les disparó. Por lo menos algo estaba matando.

...Spend your lives in sin and misery
In the House of the Ris-

Una de las bocinas cayó con un ruido sordo y todos interrumpieron el tiroteo para ver el aparato humear. Dylan aprovechó ese momento para levantarse y tirarse con un salto sobre Juan, rodando hacia adelante como un judoka y neutralizándolo con un puñetazo felino contra la carótida. Juan gorjeó con los ojos como platos y la lengua afuera mientras la baba burbujeante le salía de la boca. Con las manos levantadas gesticulaba en direcciona a Dylan. ¿Quería estrangularlo? ¿Estaba pidiendo ayuda? Imposible saberlo. Dylan agarró la pistola de Juan que había caído al piso; ahora tenía dos armas, más municiones y la salida del hotel bajo su guardia. El equipo de asalto estaba tardando más de siete minutos. En cualquier momento habría llegado, aunque no oía ni helicópteros ni cascos rebotando contra el agua empujados por motores a toda máquina como le había prometido el agente Foster.

XXXIV

Era la primera vez que se subían a un helicóptero. Alberto estaba tan nervioso que no paraba de mirar por todos lados. Para él aquella experiencia era igual a entrar en un agujero negro.

—Relájate muchacho —dijo el agente Foster dándole una palmadita en el hombro.

El agente se sentó cerca de la puerta, que quedaba abierta, mientras Alberto se dispuso en el asiento del medio y se preocupó de no dejar que nadie lo dejara sentarse en ningún otro lado. Cesare también se sentó en el medio, frente a él. Cuando el agente Foster hizo señas, el piloto levantó el mando colectivo y los patines de aterrizaje se despegaron lentamente del suelo. Cesare vio unos individuos vestidos con chalecos antibalas acercarse a los trabajadores del hotel para tranquilizarlos.

—Agentes de la Dirección de Información e Investigación Policial —le informó el agente Smith sentándose a su derecha—. Nos han estado ayudando desde el principio de este operativo.

Cesare asintió con la cabeza, aunque apenas podía distinguir las palabras del agente a través del ruido de las hélices. El agente Smith se dio la vuelta hacia el copiloto y discutió con él algo que le fue imposible escuchar. Mientras tanto, el agente Foster estaba insertándose en los oídos unos auriculares blancos que estaban conectados a un walkie-talkie negro y empezó a hablar con alguien a través del mismo.

El helicóptero se alejó siempre más rápidamente y estaba al mismo nivel que los últimos pisos de las dos grandes torres de vidrios verdes que se levantaban a unos cien metros de altura sobre el nivel del mar. Poco a poco el helicóptero se levantaba más y más hasta que la ciudad se hizo pequeña y las torres quedaron muy debajo de ellos. Cesare distinguió el camino por donde el agente Foster había conducido como un loco: unos coches estaban todavía varados diagonalmente en medio de la calle.

Cuando el agente Foster hubo terminado de hablar con quienquiera que estaba hablando, hizo señas a los dos italianos para que sacaran unos gruesos audífonos con micrófono por debajo de sus asientos. Cesare y Alberto se los colocaron y la voz del agente Foster, que estaba quitándose los auriculares y poniéndose su propio par de audífonos con micrófono, llegó directa y clara como si estuviese hablándoles cerca de los oídos:

—Esta aventura está llegando a su fin muchachos, tanto para ustedes como para nosotros. En los próximos minutos, un equipo especial de asalto formado por hombres de la DEA y agentes panameños estará irrumpiendo por aire, tierra y mar en el hotel de playa, y de igual forma en Colombia, donde nuestros agentes de inteligencia detuvieron al pequeño submarino del que ustedes dos, muchachos —dijo apuntándolos con el dedo índice—, nos han hablado. En nombre de nuestra agencia, quiero darles las gracias por su colaboración. —Dicho esto extendió su mano derecha para que Cesare la estrechara y lo mismo hizo con Alberto. Todos estrecharon manos. El agente Smith sonreía y los ojos del agente Foster delataban una complacencia inesperada detrás de las gafas de sol. Considerándolo bien, aquel operativo había llegado a su fin muy rápidamente gracias a la ayuda de los dos italianos, algo precipitadamente, eso sí. Todavía faltaba llegar al hotel y contar los muertos y los daños colaterales, un trabajo que el agente Foster aborrecía.

El helicóptero se inclinó levemente hacia adelante y aceleró su curso, dejando poco a poco la ciudad y sobrevolando quilómetros y quilómetros de selva y carretera antes de llegar al mar.

—¿Estamos llegando? —preguntó Cesare hablando por el micrófono de los gruesos audífonos que tenía puestos.

—Todavía faltan unos cinco minutos —contestó el agente Foster.

A Alberto le sudaban las manos mientras observaba el mar y las playas correr rápidamente debajo del helicóptero.

Juan estaba molestándolo, agarrándole las rodillas y baboseando asquerosamente por todo el piso de madera. Estaba sufriendo. Se habría desmayado en cualquier momento y el cerebro apagado lentamente por la falta de oxígeno. Decidió no dejarlo sufrir y le disparó a la cabeza. El problema fue que en el momento de dispararle, una de las muchas balas del gerente lo distrajo casi acertándolo en el hombro y su disparo hacia Juan salió con poca puntería mientras se agachaba detrás de la maceta de terracota. La bala le fue a dar a la nariz y parte de la frente, lo cual le causó una hemorragia aún mayor y un espasmo agudo de los músculos. Juan estaba ahora temblando y sacudiéndose como un títere eléctrico que se acaba de mojar.

—¡Juan! —estaba gritando el gerente. Juan estaba expuesto y claramente a la vista del señor Sánchez—. ¿Qué te está pasando Juan? ¿Qué te hicieron?

Dylan aprovechó la distracción del gerente para dispararle con ambas pistolas, pero el gordo se cubrió a tiempo. Echó un vistazo a Juan: había terminado de moverse como un vibrador enloquecido y tenía los ojos abiertos hacia el vacío. Había muerto. Otra vida que se va en este operativo, pensó Dylan. Él no tenía la culpa. Se trataba de matar para preservar su propia vida. Tuvo que esforzarse para recordarse a sí mismo que estaba de parte de los buenos. No obstante, ver a un ser humano morir de esa forma no era nada fácil.

—Estamos a dos minutos de la meta —informó el agente Smith.

Una oleada de adrenalina atravesó de pie a cabeza tanto a Cesare como Alberto. No muy lejos, pudieron distinguir dos apaches negros como la mismísima Muerte volar hacia ellos y luego virar hacia el este.

—Ahí va el equipo especial —dijo el agente Foster—. Y ahí también. —Indicó hacia abajo para contemplar tres lanchas militares grises con cuatro tripulantes a bordo de cada una, todos vestidos con divisas antimotines y gruesas metralletas.

Estos chicos no vinieron a jugar.

—¿Y nosotros qué vamos a hacer? —preguntó Cesare.

—Nosotros observaremos todo desde arriba —contestó el agente Smith a su derecha.

Dylan al fin escuchó los helicópteros —por el ruido, muchos helicópteros— y lanchas.

—¡Vámonos de aquí! —gritó el gerente.

Dylan vio a Zev agarrarse la mano y entrar adentro de la cocina. Snow White respiró un suspiro de alivio y se dejó caer con la espalda contra la columna, el tótem que le salvó la vida.

—¿Cómo sigues?

—Todo en orden —contestó Snow White.

—Bien, lo logramos. Ya vienen los refuerzos. Aguanta un poco más.

—Justo a tiempo. Me quedé sin balas hace unos minutos.

—Yo todavía tengo algo… —Ahora que nadie estaba disparándoles, Dylan se levantó y descargó el resto de las balas, pero el gerente, Zev y Osvaldo estaban saliendo por la salida trasera de la cocina. No se preocupó; no habrían ido muy lejos.

Dos Apaches pasaron como balas sobre sus cabezas. Los trabajadores del hotel, todos amontonados hacia el puerto improvisado, fueron cacheados energéticamente y llevados a salvo lejos de aquel lugar por una lancha militar, mientras otra costeaba el perímetro del hotel. Los agentes de asalto habían desembarcado en el camino suspendido con tanto ímpetu que Dylan y Snow White levantaron las manos.

—DEA, somos de los buenos. Se fueron por atrás —gritó Dylan indicándoles la cocina. Levantó la mirada: un helicóptero Bell UH-1 negro estaba volando a unos apenas cincuenta metros sobre sus cabezas sin moverse. Reconoció al agente Foster mirando hacia abajo con el pulgar levantado. Dylan contestó con el saludo militar, sonriendo de oreja a oreja.

XXXV

Ciudad de Panamá
Dos meses después

—Un capuchino, por favor —dijo la voz a sus espaldas.

Cesare la reconoció enseguida. La habría reconocido ahí en ese bar del Casco Viejo en aquel día de sol frente al monumento en honor a Francia y en cualquier lugar en el mundo.

—¡Agente Foster! —dijo volviéndose. El agente lucía unos pantalones kaki, una guayabera blanca, las ubicuas gafas de sol y un maletín de cuero marrón claro en la mano derecha—. Qué placer. ¿Todavía en Panamá?

—No por mucho tiempo.

—¡Alberto! —gritó Cesare hacia el interior del bar.

La cabeza de Alberto apareció detrás del marco de la puerta.

—No me digas, el agente Foster. ¿Todavía aquí en Panamá?

—Alberto, haznos un favor y llévanos dos capuchinos —le encargó Cesare antes de sentarse en una de las mesitas del bar—. Siéntese, por favor. No creo que el jefe se ponga muy feliz pero... al diablo el jefe.

El agente Foster se sentó y echó un vistazo a la estatua del gallo que remataba resplandeciente un obelisco de algunos metros de alto, un símbolo francés, un monumento al país galo cuya embajada residía junto enfrente.

—Casi llega el verano aquí. Lástima que tendré que irme pronto.

—¿Cómo terminó de ir todo?

—Muy bien. Hicimos varios arrestos en Colombia y aquí.

—¿Y las muchachas?

—Las muchachas regresaron a sus casas felices y contentas. Un final feliz...

—Gracias por limpiar nuestros nombres con las autoridades locales. De lo contrario nos hubieran puesto presos sin pensarlo dos veces.

—Era lo mínimo que podíamos hacer.

Cesare echó el busto hacia atrás en el asiento para ponerse más cómodo.

—Dígame, agente, ¿en qué puedo servirle? Ya nos interrogaron hace dos meses. Por cierto, qué aventura…

—¿Están trabajando en este bar?

—Me parece bastante obvio, ¿no? — Cesare sonrió y cogió con las dos manos su polo blanco que llevaba el logo del bar.

—Me imagino que tienen los papeles en regla —comentó el agente Foster con un guiño cómplice.

—Sí, como no…

—Tranquilo, no estoy aquí para eso. Faltaría más.

—¿Y cuál es exactamente la razón detrás de su visita? No es que no sea apreciada, al contrario.

El agente Foster levantó el maletín y la apoyó en su regazo.

—Bueno, principalmente para despedirme, y en segundo lugar —dijo abriendo el maletín— porque hemos encontrado esto en su cuarto de hotel después de la pesquisa general. No he tenido tiempo de entregársela antes porque estuve muy ocupado.

Cesare se alegró al ver el mapa y dio un suspiro de alivio.

—¡El mapa del Saila Warapí!

—Vale, es un mapa. Pero no sé ni de qué ni a qué te refieres cuando hablas del Saila Warapí.

—Es una historia larga.

—No tengo tiempo para historias largas. Asumí que les pertenecía y vine a llevársela en persona. —El agente Foster se levantó.

—¿No va a tomar el capuchino?

—Ya tomé uno antes de venir.

En ese preciso instante Alberto reapareció con una bandeja y dos tazas humeantes.

—¿Ya se va, agente? —dijo quedando de pie frente al agente de la DEA.

—Así es. —El agente Foster cambió el maletín de mano y ofreció la derecha a Cesare, que la estrechó levantándose.

Alberto apoyó la bandeja en la mesita y también estrechó manos con el agente.

—Ha sido un placer, muchachos.

Lo vieron alejarse con el maletín. El agente Foster, sus gafas y su porte frío y calculador se alejaban de ahí para siempre. Los dos italianos se sentaron y agarraron cada uno una taza.

—No me digas —dijo Alberto sorbiendo el capuchino y agarrando el mapa.

—Así es, vino a despedirse y a traernos esto.

El jefe llegó justo entonces de su paseo. Había ido a comprar cigarrillos, eso era evidente. Fumaba como una chimenea y estaba fumando en ese momento.

—¿Qué es esto? No les pago para sentarse a beber como unos clientes cualquiera —vociferó en italiano.

Era un italiano que había vivido veinte años en Costa Rica y ocho en Panamá. El rostro que exhibía perennemente una barba de cinco días era hosco, rudo, con cachetones sucios y un mentón como un pequeño culo áspero que se movía arriba y abajo cuando hablaba. Los ojos detrás de unos gruesos anteojos grasientos estaban amenazantes las veinticuatro horas del día.

—¿Cuánta plata hemos recaudado en estos dos meses? —preguntó Cesare a Alberto ignorando al jefe.

—Unos mil quinientos dólares cada uno —contestó Alberto—, poco más o menos.

—Ya podemos renunciar —dijo Cesare levantándose y quitándose el polo blanco. Alberto hizo lo mismo. Se fueron tirando las camisetas hacia el gerente, que se quedó mudo.

Unos chicos que estaban sentados en los escalones de una puerta en una de las muchas callejuelas del Casco Viejo los vieron doblar la esquina y empezaron a reírse, gritándoles algo que no oyeron o comprendieron bien.

—No es buena idea ir por las calles sin camisa —hizo notar Alberto.

—Es por eso que nos vamos al hotel, nos cambiamos de ropa y tomaremos un taxi en búsqueda de equipo de buceo.

—¿De qué estás hablando? —preguntó Alberto. Cesare siguió caminando decidido y concediendo sólo una rápida mirada a su amigo—. ¿Estás pensando lo que estoy pensando?

—Otra vez con esa misma pregunta. No soy telepático, Albert.

—Ay por favor, no me vengas con tu humor de principiante. Sabes muy bien que yo no estoy de acuerdo.

—¿Con qué?

—Con buscar un tesoro perdido y bucear… ¡sobre todo bucear! No estoy de acuerdo con eso.

—¿Por qué eres tan gallina?

—¿Cómo me llamaste?

Cesare hizo el verso de la gallina y abrió y cerró los codos para burlarse de Alberto. Alberto lo empujó y Cesare lo empujó de vuelta. Un pequeño grupo de hombres con ropaje viejo y sucio que supuestamente cuidaba los coches en la vía los vieron y empezaron a hablar en voz alta y con sorna.

—No me provoques —le amenazó Alberto—. ¿Quién te crees, Indiana Jones, que quieres ir en búsqueda de estúpidos tesoros?

—No tienes espíritu de aventura.

—Ah, y tú sí tienes.

—Seguramente más que tú. Tú quédate aquí haciendo capuchinos a los turistas que es la única cosa que sabes hacer.

—Eres un idiota. —Alberto se le puso enfrente y volvió a empujarlo.

Fastidiado, Cesare se le tiró encima y ambos cayeron al piso. El mapa cayó de la mano de Cesare. No se golpearon, nunca ninguno de los dos tuvo el coraje de abofetear al otro. Cesare se levantó y se volvió por donde venían. Alberto lo vio alejarse y caminó la manzana que faltaba para llegar al hotel.

XXXVI

Subió los peldaños del viejo hotel de dos en dos. Abrió la vieja puerta y se tiró en la vieja cama cuyo somier rechinó bajo su peso. Sacó el celular de su mochila. No lo había usado hace meses; obviamente no encendía. Él también estaba viejito. Tuvo que conectarlo y esperar unos minutos antes que la manzana apareciera en la pantalla negra. El viejo iPhone 5 parecía saludarlo después de un largo letargo. Sabía que todavía tenía minutos suficientes para hacer una llamada internacional y en ese momento la necesitaba más que cualquier otra cosa. Esperó a que entrara la llamada y oyó un primer tono, luego un segundo y un tercero.

—¡Alberto!

—¡Mamá! Te extraño muchísimo.

—Yo también, hijo. ¿Cuándo regresas a casa? ¿Cómo va por ahí? Te he pedido que me llamaras más a menudo. Esta es la segunda vez que me llamas en un mes. Estoy que me muero de la preocupación.

—Tranquila mamá, aquí todo bien.

—¿Cómo está Cesare?

—Bien.

—¿Lo saludas de mi parte?

—Sí.

Hubo un breve silencio.

—¿Qué pasa, Alberto? Te oigo raro.

—Yo y Cesare hemos peleado. Nada importante.

—¿Cómo va el trabajo en el hotel de playa?

Alberto no había contado nada a su madre para no preocuparla. Le habría dado un ataque con sólo saber todas las veces que estuvo cerca de la muerte.

—Ya no trabajamos ahí. Encontramos un trabajito en un bar en la ciudad. Es de un italiano…

—Me alegro de que se mantengan ocupados. Por favor cuídate mucho, hijo.

—Está bien, mamá. Mamá…

—Dime querido.

Alberto suspiró antes de seguir:

—Desde que papá se fue… he querido hacer algo grande… para ti, para mí…

—No tienes que demostrarme nada Alberto. Te amo sin importar nada. Eres mi hijo.

—Ya lo sé mamá, pero… es por eso que me fui de Italia. Necesitaba despejar mi mente, empezar desde cero. Además, no estaba haciendo nada, no estaba produciendo nada. Quisiera hacer algo grande, ganar un montón de plata.

—Hijo, tienes que tranquilizarte. Yo estoy bien, no me hace falta nada.

—Es mentira.

La madre de Alberto se quedó muda. Quizá no tenía la fuerza de negarlo. Alberto pensó que el silencio es consentimiento. Algo faltaba. Faltaba su esposo, que la abandonó como un miserable con una turca veinte años más joven. Faltaba la seguridad económica. Faltaba él.

—Lo siento si te abandoné estos últimos meses.

—Eres joven y tienes que vivir tu vida, hijo. No tienes por qué disculparte.

—Me reivindicaré de alguna manera, te lo prometo.

—Está bien Alberto. Cuídate mucho por favor y no hagas locuras.

—*Ciao mamma.*

La llamada terminó. Alberto se mordió el labio arrepentido de haber sido tan débil. Fue al closet y se puso una camisa a rayas azules y verdes. Luego revisó cuánto dinero llevaba en la cartera. Necesitaba unas cervezas. Bajó los peldaños de dos en dos otra vez y se dirigió al chinito de la esquina. Cada vez que entraba en esas tiendas de chinos que vendían un poco de todo se recordaba por qué llamaban a Panamá un país en desarrollo. Y es que Ciudad de Panamá, según lo que pudo ver con sus propios ojos, era una ciudad de extremos: edificios altísimos y modernos y barrios pobres a pocas manzanas de distancia; negocios chic para la gente rica y casi en las mismas calles, tiendas como esa, pobres, sucias. Se preguntó qué habría sido de Panamá sin el dólar y sin el Canal.

—T/es dola' —dijo el chino.

—¿T*r*es dólares?

El chino no dijo nada. Se limitó a mirarlo con una indiferencia propia de los chinos. Siempre con la mirada baja, colocó las cervezas dentro de un cartucho azulino que era más sutil que las páginas de la Biblia. Los ojos ya de por sí sutiles se achinaron aún más.

Alberto salió de ahí sabiendo muy bien que no habría debido andar con cervezas abiertas por las calles, pero en ese momento no le importó. Le gustaba Casco Viejo y se acordó de lo que les había contado Tony hace varios meses atrás. Casco Viejo era la parte de la ciudad moderna más vieja, fundada años después de que el pirata Morgan terminara con Panamá la Vieja, al otro lado de la ciudad actual. ¿Dónde estaba Tony ahora? Debajo de dos metros de tierra dentro de un ataúd, las manos cruzadas y un guiño en el rostro por toda la eternidad. Así terminaremos todos, tarde o temprano, pensó Alberto. Vaya pensamientos felices.

Le gustaba Casco Viejo porque había muchos turistas, muchos bares y muchos buenos restaurantes. Las calles estaban atascadas la mayoría del tiempo, pero podían cruzarse en dos zancadas porque eran estrechas. Era un lugar para los peatones. Era un lugar para caminar. Habría dado una vuelta por el paseo marítimo, contemplando el mar, las gaviotas y los barcos que cruzaban el país de las Maravillas.

XXXVII

Lo primero que hizo fue entrar en una tienda para los turistas y comprar un suéter blanco que decía «Amo Panamá» con un corazón rojo y las letras negras. La vendedora detrás de la caja lo miró como si estuviese presenciando un encuentro cercano con una alienígena ancestral enviada por Giorgio Tsoukalos.

—Necesito un suéter —dijo Cesare manifestando lo evidente. Por suerte no había más nadie dentro de la tienda—. Me quedé sin suéter —añadió mientras pagaba. Pero la empleada no se rio, solamente produjo una mueca mientras observaba el pecho desnudo de Cesare desaparecer debajo del suéter recién adquirido.

En la tienda había un sinnúmero de mementos y suvenir que al fin y al cabo eran iguales en cualquier tienda de suvenir. Había unos Panama Hat, los cuales le llamó la atención. De repente se acordó de la gorra que le había regalado Catherine. ¿Dónde había quedado? Supuso que se había quedado dentro del taxi de Mr. Michael J. Fox. ¿Dónde estaba Bredio en ese momento? En una cárcel.

—Cuestan catorce dólares —dijo la muchacha como buena vendedora.

—¡Vendido!

Cuando salió de la tienda se sintió más cómodo. Ahora sí que lucía como todo un turista, con el suéter de Amo Panamá y el Panama Hat. Paró un taxi y pidió que lo llevara a una escuela de buceo con la que se había topado hacía unas semanas con Alberto.

—Si no me equivoco queda por el Carmen.

—Scuba Panama —confirmó el taxista.

—Es correcto.

El taxista tenía alrededor de cincuenta años. Conducía con una sonrisa y con las dos manos agarradas al volante.

—¿De dónde eres? —preguntó para instaurar una conversación.

Cesare pensó que unos minutos antes lo habría casi atropellado con su taxi y ahora actuaba como si fuera su mejor amigo.

—Roma.

—Ah… de Italia.

—Así es.

—Nunca he ido a Italia.

—Debería.

—Cuando tenga plata iré.

Cesare notó sin sorpresa que el taxista usaba la bocina cada vez que podía.

—¿Usted de dónde es?

—¿Yo? Yo soy santiagueño —contestó el taxista con un orgullo manifiesto.

—Santiago…

—Veraguas —dilucidó inmediatamente el taxista—. Es la única provincia de Panamá que tiene los dos océanos.

—Panamá es muy bonita —dijo Cesare después de una breve pausa.

En serio pensaba que lo era. Después de haber visto las playas y la ciudad, Cesare pensó que Panamá no tenía que envidiar nada a ninguno otro país de la región.

—Me alegro que le guste.

—La ciudad es un poco caótica, eso sí.

—Muchos carros…

—Sí…

Cuando llegaron, Cesare respiró hondo al ver un dibujo de un buzo. Se imaginó en esa situación: buceando por el mar Caribe en búsqueda de un tesoro perdido. ¿Quién no habría querido encontrarse en esa situación?

Alberto.

Cesare no estaba seguro de lo que iba a buscar —una temática recurrente en su vida— o de que efectivamente hubiera un tesoro, sólo sabía que había algo que buscar bajo las aguas de San Blas. No una sino dos veces había visto los buzos en medio del mar. No estaban buceando cerca de los corales, que tendría más sentido, no, ellos están buscando algo grande. ¿Qué cosa? Imposible saberlo. Pero tenía que averiguarlo. Un instinto que lo motivaba y que no lo dejaba pensar en otra cosa desde que el agente Foster reapareciera con el mapa le decía que tenía que intentarlo. ¿Qué tenía que perder?

Entró en Scuba Panamá y se topó con un grupo de tres muchachas riéndose mientras leían un panfleto turístico. De qué se reían era un misterio. Eran muy jóvenes, quizá en sus veintes, y muy guapas.

—¿Puedo ayudarte? —preguntó un muchacho al verlo.

—Sí, quisiera saber cuáles son los precios para el equipo de buceo, con mascara, aletas, tanque y todo lo demás.

Una de las tres muchachas se volvió para clavar su mirada coqueta en la de Cesare. Cesare le sonrió.

—¿Andas a la caza de tesoros? —preguntó la muchacha.

Cesare no supo qué responder. ¿Cuáles eran las probabilidades de que alguien hiciera esa pregunta y recibiera una respuesta afirmativa y honesta?

—Sí, casualmente voy a la caza de un tesoro.

El muchacho que lo atendió se rio y también las tres muchachas.

—Qué chistoso eres. Me gustan los hombres con sentido de humor —dijo la muchacha extendiendo su mano—. Mi nombre es Carmela.

Cesare estrechó la mano.

—No estoy bromeando. —Aquello provocó más risas—. ¿Y ustedes? ¿Van de buceo?

—Así es —contestó otra muchacha.

—¿Las tres?

—Sí.

—Bueno, deberíamos ir juntos así somos cuatro —tanteó Cesare.

Carmela se rio y se puso levemente más seria.

—Esta es Ángela —dijo indicando a la segunda muchacha que le habló— y esta es Neli.

—Mucho gusto —dijo Cesare.

—Así que vas en búsqueda de un tesoro —observó Neli—. Queremos venir también.

—Son bienvenidas. —Cesare se rio también, pensando que seguramente nadie le creía; quizá era mejor así, por el momento—. ¿De dónde son?

—Venezuela —contestó Carmela.

—¿Dónde piensas bucear y buscar… tu tesoro? —preguntó Neli, lo cual provocó una risita de parte de Ángela y Carmela.

—Por las islas de San Blas.

—Vaya, ¡qué lugar tan hermoso! Nunca hemos ido pero vimos fotos y nos hablaron muy bien de ese lugar.

—¿No es el lugar donde encontraron narcotraficantes en un hotel o algo así? —preguntó Ángela.

—Según lo que decían las noticias, los narcotraficantes usaban el hotel como fachada. Hicieron arrestos e intervinieron también los norteamericanos —explicó Carmela.

—No sabría decir —mintió Cesare.

El muchacho que trabajaba ahí regresó con una hoja recién imprimida.

—Aquí están los precios de nuestro equipo de buceo —dijo.

—Gracias.

Cesare echó un vistazo a los precios.

—Nosotras queremos ir a San Blas a ver qué tal es por allá —terminó diciendo Carmela.

XXXVIII

Ya se había hecho tarde. Alberto se cansó de observar los buques y el mar, siempre el mismo, con sus olas que bañaban paulatinamente y sin mucha energía el litoral. El agua estaba sucia y maloliente. Ya llevaba tres cervezas en el organismo y estaba empezando a sentir los efectos. Eso no lo habría detenido, al contrario, ahora quería más. También quería cigarrillos.

Se encaminó hacia el bar hotel que quedaba en la entrada del Casco Viejo. Como siempre encontró mucho movimiento. Un letrero colgando sobre las puertas indicaba que aquello era «Relic». Entramos a ver qué tal, pensó Alberto. El nombre reflejaba el estilo del lugar: viejo y rústico, pero cautivante al mismo tiempo. Había que bajar unas escaleras largas para llegar a un patio al aire libre con mesas, sillas y casi solamente jóvenes; muchos eran estadunidenses o canadienses que pasaban por el país. Más que un hotel era un hostal, un lugar de encuentro para mochileros aventureros, un poco como él y Cesare. La atmosfera que se respiraba tenía buena vibra. La gente hablaba como quien acaba de conocerse por primera o segunda vez.

Abrió la puerta que conducía al interior del bar. También estaba repleto. Hizo un esfuerzo para cruzar la pista de baile y asomarse a la barra. Pidió un White Russian.

—No entendí —dijo el barman.

—White Russian —repitió Alberto.

—¿Un Ruso Blanco?

—Sí —contestó Alberto.

El barman se dispuso a verter los ingredientes dentro de un vaso de vidrio: Kahlúa, vodka, leche. Exquisito. Pidió un paquete de Marlboro y se quedó observando el paquete entre las manos mientras alrededor la gente saltaba y vociferaba al son de la música. De repente entendió por qué estaba ahí con todos esos turistas blancos, el paquete blanco y el Ruso Blanco. Los simbolismos detrás del paquete de Marlboro le hablaban. Pensó que el mundo habría sido un lugar mejor si todo el mundo se llevara bien. Salió de ahí.

El patio seguía llenándose y cruzó miradas con una chica de tez oscura mientras llevaba un blanco en los labios y se daba cuenta que no tenía cómo encenderlo. La chica le sonrió y sacó un mechero. Su pelo era una bola de afro chocolate claro y los labios oscuros se escondían detrás de un lápiz labial rojo, rojo como la sangre. La chica observó con seriedad la punta del cigarrillo de Alberto mientras le daba vida con la llama de su mechero.

Alberto dio las gracias y dio un paso hacia atrás pisando un tipo de por lo menos metro y noventa de alto, quien se enfureció y lo miró con una rabia intensa en los ojos, el rostro contorsionado en una mueca de odio profundo. De dónde venía ese odio y de dónde venía ese tipo fue lo primero que se le ocurrió preguntarle. Y aunque el tipo era un fulo blanco el rostro se le puso morado. Estaba muy borracho, quizá el más borracho en ese antro. Sin ni siquiera hablar empujó a Alberto, que tropezó con la muchacha de color. Entonces Alberto hizo algo que no podría explicar. Chasqueó el cigarrillo prendido en la cara del tipo, que aunque pareciera que no podía, logró enojarse más. Levantó el puño y éste estuvo a punto de impactar contra el rostro de Alberto, cuando una mano interrumpió la trayectoria.

—¡Cesare! —gritó Alberto.

Cesare pateó al tipo en los testículos, que se agachó por el dolor, y le asestó un puñetazo en la mandíbula. El tipo cayó hacia atrás contra otro tipo, quien lo empujó; y entonces el tipo pegó al tipo y otros tipos se unieron, hasta que muchos tipos estaban peleando y pronto Relic entero se prendió con una riña de tipos blancos golpeándose al estilo viejo Oeste. Sillas volaban por los aires y botellas de cerveza se estrellaban en el piso. La muchacha con el afro recibió una cerveza en la cabeza que rebotó y que cayó encima a una de las muchachas que se escondían detrás de Cesare.

Cesare agarró a Alberto por un brazo y con el otro a Carmela, quien agarraba a Neli por la mano y Neli a Ángela. Los cinco salieron de Relic gritando y riéndose como locos corriendo hacia la calle que conducía al hotel de Cesare y Alberto.

—Creo que me salvaste la vida —dijo Alberto jadeando.

—También lo creo.

—¿Y ellas…?

—Ellas son Carmela, Ángela y Neli. Llevan apenas una semana en Panamá y son buzas expertas —le informó Cesare—. No tienen donde dormir esta noche así que les ofrecí quedarse con nosotros.

Cuando llegaron al cuarto del hotel las chicas todavía estaban riéndose. Alberto sentía el corazón estancado en la garganta. Neli empezó a bailar como una loca y a quitarse la camiseta que se había mojado de cerveza al salir del bar hotel, mostrando unos senos abundantes.

—Espero que no haya problemas si nos quedamos a dormir aquí. —dijo Carmela dirigiéndose a Alberto.

—Obvio que no —dijo Alberto.

Ángela encendió el televisor del cuarto y lo sintonizó en un canal de música. Neli se cubrió con una toalla y seguía bailando. Cesare se acercó a Alberto y le habló en el oído:

—Tengo una misión para ti. Necesito que vayas a comprar una botella de Ron y un paquete de condones por si acaso. Yo me quedaré aquí con las chicas.

—¿Yo? ¿Por qué tengo que ir yo?

—¿Así es como me pagas? Te salvé la vida, acuérdate.

—Está bien, está bien. Voy y vengo.

—Alberto…

—¿Qué pasó? ¿Tienes cigarrillos?

—Sí.

Alberto tiró el paquete de Marlboro a Cesare y se fue del cuarto de hotel. Caminó de prisa hacia el chinito de la esquina y buscó una botella de ron y no la encontró. Tampoco había condones. Aunque hubiera condones, dudaba si era buena idea comprarlos ahí. A lo mejor eran condones de mentira que se rompían y dejaban preñadas a las mujeres. Quizá eso explicaría porque había más de mil millones de chinos en el mundo.

¿Dónde podía ir ahora? Sabía que Casco era un lugar de turistas. Habría preferido tomar un taxi y pedirle que se dirigiera a la gasolinera más cercana. Eso fue lo que hizo. Con todo, se demoró una media hora antes de regresar al hotel.

Cesare estaba sentado en la cama mostrando el mapa a Carmela, Neli y Ángela. Cuando lo vieron llegar, Carmela se levantó y le dio las gracias propinándole un beso en el cachete.

—Vamos a necesitar Coca Cola —dijo.

—Neli y yo iremos a buscar soda. —Ángela se dirigió hacia la puerta—. Ya están haciendo demasiado por nosotras —añadió guiñándole el ojo a Alberto. Esperó a que Neli volviera a ponerse el suéter y las dos salieron del cuarto.

—Así que este es el mapa —dijo Carmela retomando la conversación con Cesare.

—El Saila habló de una estrella de un millón de tesoros, o algo así.

—¿Qué habrá querido decir?

—No tengo la menor ida. El dibujo es muy confuso. Yo veo islas, estrellas, líneas que van de un lugar a otro…

Alberto se quedó callado observando a los dos y se sentó en su cama. No se esperaba que Cesare compartiera el mapa con unas chicas que acababa de conocer. Después de todo el mapa era de los dos; lo mínimo que hubiera podido hacer era consultarlo primero.

—Se supone que el mapa tiene más de quinientos años —dijo Alberto rompiendo el breve silencio que se había formado entre Cesare y Carmela.

Cesare lo miró a los ojos.

—¿Lo dudas?

—Pásamelo — pidió Carmela, que lo cogió delicadamente y le dio la vuelta varias veces. Inclusive lo husmeó—. Parece viejo, eso sí. Es posible que el tesoro sea el mismo mapa. Quiero decir… tiene que valer plata por ser tan viejo.

—Buen punto —concedió Cesare—, pero no me convence. Hay algo más que no estamos viendo. Una estrella que brilla el camino a un m…

—Millón de tesoros —terminó Alberto—. Estoy harto de esa frase.

Carmela se rio. Cesare se rio también. No podía hablar de dos misteriosos buzos que había visto en medio del mar en San Blas. No podía hablar de la aventura que casi los mató a él y a Alberto. Lo único que sabía es que recordaba vagamente dónde había divisado a los buceadores aquellas dos veces que iba en lancha. El lugar era casi el mismo. A lo mejor ya habían encontrado lo que buscaban y entonces todo era inútil. Aun así, quería intentarlo, *debía* intentarlo. Una voz en su interior le hablaba, le decía: «Tienes que intentarlo, amigo. Hay que intentarlo cueste lo que cueste».

—Necesitamos un mapa de San Blas —dijo Carmela mirándolos a los dos—. ¿No se les había ocurrido?

—Sí, claro —dijo Cesare.

—Yo tengo un mapa de San Blas. —Carmela buscó en su mochila.

En ese momento Ángela y Neli tocaron a la puerta y Alberto se levantó para abrir.

—¿Por qué no tomamos un descanso del mapa y nos tomamos mejor un par de tragos?

<h1 style="text-align:center">XXXIX</h1>

Alberto no durmió muy cómodamente. Había compartido la cama con Ángela y Neli, mientras Cesare con Carmela. No hicieron nada con los condones, que Alberto llevaba bien escondidos en sus vaqueros. Bebieron y se rieron toda la noche, hablando del tesoro, de Italia, de Venezuela y de muchas otras cosas. Luego, cansadísimos, se durmieron los cinco sin ni siquiera darse cuenta.

La primera en levantarse fue Neli, quien se dirigió al baño para darse una ducha. El rumor de la ducha despertó a Alberto, luego a Cesare y a las demás chicas. Cesare se tocó la cabeza con las dos manos. Otra noche con Mr. Ron Abuelo…

—Alberto.

—Dime.

—¿Estás vivo?

—No, estoy muerto y hablo desde el más allá.

Carmela y Neli se rieron.

—Muy chistoso. Me imagino que el desayuno no está incluido en este hotel. Dado que siempre desayunábamos en el bar ni siquiera sé si ofrecen desayuno aquí.

—Vi un panfleto con los mejores restaurantes de la zona en la recepción. Quizás te puedes comer ese.

Las chicas se rieron otra vez.

—Me estoy muriendo de hambre —dijo Carmela.

—Yo también —concordó Neli.

Cuando las chicas se terminaron de duchar y vestir juntas encerradas en el baño y los chicos terminaron de hacer chistes bastantes arrechos en el cuarto esperándolas, se bajaron todos al mismo tiempo, algo que Cesare había considerado no hacer. La recepcionista les cobró unos adicionales veinte dólares.

—Pero ellas no durmieron con nosotros. Ellas vienen de otro cuarto —se lamentó Alberto.

—¿Qué cuarto? —preguntó la recepcionista mirándolo a la cara con descaro.

—Alberto, olvídalo. Vámonos de aquí —lo instigó Cesare.

El día era bien soleado. Aparentemente el verano había florecido del todo.

—Lo primero que haremos —informó Cesare al grupo—, después de desayunar, será alquilar un cuatro por cuatro y equipo de buceo para tres personas. Mientras tres de nosotros bucearán, los otros dos quedarán afuera esperándolos y vigilando.

—Excelente. Yo vigilaré —dijo Alberto.

Cesare ojeó a Alberto decepcionado.

Ángela se rio y agarró Alberto por un brazo mientras seguían caminando hacia el desayuno.

Alquilaron una camioneta Isuzu D-Max negra por diez días en doscientos cincuenta dólares. En el remolque cubierto colocaron tres tanques de oxígeno y el resto de la parafernalia de buceo. La ruta hacia San Blas se la sabían de memoria, pero Cesare, que se había ofrecido para conducir, fingió no conocer el camino.

—¿Alberto, es por acá verdad? No estoy muy seguro…

—Creo que sí. No estoy seguro tampoco pero creo que vamos por el camino correcto.

—Por favor, no nos perdamos —se lamentó Neli.

—Tranquila. Estoy casi segura que es por acá —la tranquilizó Carmela—. Según lo que me han dicho vamos por la dirección correcta. ¿Quién quiere una cerveza más?

Cesare, Alberto, Ángela y Neli contestaron afirmativamente todos al mismo tiempo. Se rieron y Cesare subió la radio.

—A ver —dijo después de que los chicos abrieran cada uno su lata de Balboa—. ¿Quiénes de ustedes tres es como Alberto, es decir, tiene miedo a bucear? Sería la candidata perfecta para quedarse con él en la superficie.

Carmela y Neli miraron a Ángela con unas sonrisas.

—No empiecen —gimoteó Ángela—. No tengo miedo, es que… Solamente he buceado una vez en mi vida y ese día no fue una experiencia muy alentadora.

—Tranquila, nadie está aquí para juzgarte. —Cesare tomó de su cerveza antes de seguir—: Carmela, ¿encontraste alguna similitud entre tu mapa de San Blas y el mapa del tesoro?

—Para nada. Este mapa es muy confuso. ¿Cómo me dijeron que consiguieron el mapa?

—Un Saila de San Blas que estaba en la ciudad —dijo Alberto—. Nos hicimos amigos de él y nos dio el mapa.

—Eso es muy raro.

—¿Qué cosa? —preguntó Cesare.

—Bueno, que hayan conocido un Saila en la ciudad y que les diera un mapa de un tesoro. Parece un cuento salido de una película.

No tienes idea.

—¿Y qué tal si el mapa es falso? —preguntó Ángela.

—Si es falso es falso —contestó Cesare—. Qué importa... Nosotros queríamos ir de buceo. No perdemos nada en ir en búsqueda de un tesoro. Véanlo como algo divertido que hacer.

—Está bien. —Ángela no parecía muy convencida y se perdió con la mirada fuera de la ventanilla.

Todo el mundo calló, dejando que el reggaetón llenara el silencio y los ánimos inciertos. Nicky Jam estaba preguntándose cómo es que se llamaba una mamacita. Después de unos cuarenta y cinco minutos divisaron Cartí. Ambos italianos sintieron una fuerte sensación de *déjà vu*. El hotel había sido confiscado por el gobierno panameño y ningún guna habría, bajo ninguna circunstancia, llevado a los turistas a sus primicias. Eso tampoco importaba. No estaban ahí para regresar al hotel, desdeñaban el hotel, ya era parte del pasado. Estaban ahí para bucear.

—¿Dónde está Mandi? —preguntó Cesare a uno de los gunas después de aparcar y desmontar de la camioneta. Alberto también desmontó, mientras que las chicas se quedaron en el Isuzu escuchando la música y hablando de un concierto de Tiesto en el que habían estado en Miami.

—No está. Mandi ahora trabaja en la ciudad.

—¿Fredy?

—Tampoco. Canadá. Fredy está en Canadá —dijo el mismo guna.

—¿Y el Saila Warapí?

—Muerto. Saila Warapí muerto.

Cesare y Alberto se miraron.

—Necesitamos una lancha —solicitó Alberto.

Cesare se alejó del guna y de Alberto para mirar el horizonte. El sol estaba alto en el cielo azul y las nubes blancas no se movían. No había briza y quedaban por lo menos unas cuatro horas de luz. Sacó el paquete de cigarrillos aplastado y desgastado de la noche anterior y prendió un blanco.

—Quieren cien dólares para dejarnos usar la lancha todo el día —dijo Alberto a sus espaldas.

Cesare no se volvió ni siquiera. Tampoco dijo nada. ¿Qué es lo que habrá querido decir el Saila? ¿Qué es lo que estaban buscando los buzos? ¿Había un tesoro? El mar era una masa de agua demasiado grande para estar buscando algo al azar, era como buscar una aguja en un pajar. Habría sido difícil inclusive en un lago, pero el mar era peor: no tenía fin. Y al menos que lo que buscaran era lo suficientemente pesado como para quedarse en un solo lugar, las corrientes ya se lo habrían llevado hacia la inmensidad.

—¡Cesare!

—Págale los cien.

Aquel día bajaron solamente Cesare y Carmela sin tanques. Lo gunas no querían que se buceara en sus aguas porque estaba prohibido, así que Cesare sobornó al guna que los atendió y éste les hizo prometer que no lo delatarían en caso de ser reprendidos. Nadaron flotando uno al lado del otro mientras veían peces de todos los colores y corales estirarse como manos de *Nan Dummad* hacia el cielo más allá de la superficie, en búsqueda de luz.

No era la primera vez que Cesare buceaba y pensó que al fin y al cabo lo habrían pasado bien cualquiera que hubiese sido el resultado de la búsqueda.

—No sabemos ni siquiera qué es lo que estamos buscando —dijo mientras se acostaba en la hamaca frente a la cabaña que habían alquilado en una de las islas de los gunas. Las chicas dormían en su interior, compartiendo el pequeño espacio de apenas unos tres metros cuadrados y que llevaba camitas con sabanas que olían a arena.

—Un tesoro, ¿no? —contestó Alberto que ya llevaba tiempo meciéndose en la suya—. ¿No vinimos hasta acá para buscar un tesoro?

Cesare no contestó. Se meció exhausto hasta quedarse dormido.

XL

Abrió suavemente los ojos. Estaba meciéndose en la hamaca, de eso estaba seguro. No estaba seguro de más nada. Ya estaba acostumbrado a sus sueños chiflados; este podría ser uno de ellos. Decidió mirar alrededor para ver qué discernía. La luz de la luna llena iluminaba el paisaje: palmeras, cabañas, arena y mar; nada del otro mundo. Hasta que vio a un joven indígena arrodillado en la arena mirando hacia el mar. Por alguna razón sabía que ese niño pertenecía a otros tiempos. El ropaje —o falta de— era muy diferente de los niños indígenas de hoy en día. Había algo en ese pequeño que rememoraba siglos pasados. Se levantó de la hamaca para acercársele y escuchó su canto:

Oh Luna que en el cielo estás resplandeciente
Escucha mi oración en esta noche irreverente
Oh Luna que en el cielo estás indiferente
Dime el porqué de tanto pésame entre mi gente

Cesare pensaba que el pequeño tenía una bonita voz, pero llena de una tristeza no cónsona con un niño de esa edad. De pronto el niño interrumpió su canto y se levantó asustado, su cabeza vuelta hacia atrás. Cesare hizo lo mismo, se volvió rápidamente y no pudo creer lo que vio acercarse entre las palmeras: era un hombre vestido con la armadura típica de los colonizadores de quinientos años atrás, e iba en pos del pequeño indígena. Se cruzó en su camino para enfrentarlo. Algo habría hecho, cualquier cosa, con tanto de defender al joven. El español desenvainó su espada y hendió el aire delante de Cesare sin pensarlo demasiado. Cesare esquivó la lama y esquivó otra estocada. El español iba con todo y Cesare no pudo evitar caerse hacia atrás. Era el fin. La próxima lo habría matado. A salvarlo fue el fragor ensordecedor de un avión, un Cessna 172, que irrumpió detrás de ellos. El español se volvió despavorido y Cesare aprovechó para darse a la fuga. Para el conquistador, aquella era una máquina del todo desconocida, un pájaro de acero, o mejor dicho, un carruaje volador con alas producto del mismísimo demonio.

Mientras corría en dirección opuesta a la del español, Cesare vio que desde el fuselaje del Cessna colgaba una cuerda. Por milagro, o quizá fue por suerte, logró agarrarla, y el impulso fue tan fuerte que sintió cómo los brazos querían desplazarse del resto del cuerpo. Pero eso nunca pasó, en cambio se encontraba ahora volando por los aires, arrastrado por aquel avión salido de la nada. Un foco se iluminó es su cabeza. Recordó las palabras del señor Sánchez aquel primer día en el hotel de playa: «¿Cómo es posible que algo tan grande simplemente desaparezca?» ¡Estaba todo claro! ¿Y si lo que estaban buscando el gerente y los buzos era un avión?

Vio las islas alejarse rápidamente, con el joven indígena, el español, las palmas, las cabañas y todo lo demás. El agua debajo de él discurría a una velocidad increíble. Sintió el viento estirarle la piel de la cara. Se sentía libre y no obstante todo, estaba estancado en una situación incómoda. Si dejaba ir la cuerda, se habría precipitado a varios kilómetros por hora contra el agua; si se quedaba agarrado, iba a estrellarse junto con el avión. Y es que el avión estaba claramente averiado. Un humo sutil proveniente del motor y de las hélices acompañaba su viaje incierto. Entonces fue cuando se le ocurrió mirarse alrededor y tratar de reconocer dónde estaba ubicado. Quizá si hubiese identificado el lugar del accidente, habría podido encontrar el avión. Escuchó un ruido metálico provenir del motor; las hélices empezaron a decelerar; las alas ladearon; el Cessna perdió altitud rápidamente. Por un instante sintió la falta de gravedad. El avión caía en picado hacia el agua. Reconoció el lugar, estaba muy lejos de las islas, muy lejos de todo, del antiguo hotel y de Cartí. A duras penas podía ver la costa. Justo antes de chocar de cabeza contra el agua cerró los ojos con una mueca de terror.

XLI

La mañana estaba cálida pero acompañada por una briza proveniente del norte. Cesare se despertó abriendo los ojos de par en par. Todavía tenía el recuerdo del sueño muy claro en su mente. Se bajó de la hamaca de un salto y fue a despertar Alberto.

—¿Qué hora es?

—No tengo la menor idea —contestó Cesare—. Alberto, creo que sé qué buscar.

—Ah, qué bien. Estamos avanzando…

—Es en serio. He tenido una premonición.

—¿Una premonición? Vaya…

—Por favor ponte serio un minuto. Creo que lo que estamos buscando no es un tesoro, sino un avión.

—¿De qué hablas? Estás totalmente chiflado.

—Confía en mí. Vamos, despierten. Vámonos a la lancha.

Las chicas tenían caras de somnolientas mientras subían a la lancha, Alberto de alguien que no había dormido mucho. El único avispado era Cesare mientras pasaba los tanques de oxígeno a Alberto. Las máscaras y el resto del equipo ya estaban dentro. Tiró de una cuerda para encender el motor y se aseguró de tener suficiente gasolina. Había un tanque de reserva entre sus pies además del que estaba usando. No hacía falta más nada. Después de unos treinta minutos de silencio en el cual el único ruido era el motor y las olas rompiéndose contra el casco de la lancha, Alberto, que estaba sentado en proa, hizo seña con la mano a Cesare y le gritó:

—¿A dónde vamos?

—Costa afuera. Bastante… costa afuera.

—¿Vas a lo loco? ¿No sabes dónde vas?

—Pues, ¿cómo pretendes que sepa exactamente dónde ir? Voy donde me guía el instinto.

Aquello era cierto solamente en parte. Cesare estaba finalmente recordando dónde había visto a los buzos. Estaba cerca, lo sintió en sus entrañas. Alberto farfulló algo incomprensible que nadie escuchó aunque la expresión de su rostro delataba escepticismo. Otros veinte minutos más tarde, Cesare soltó el acelerador y todos se giraron para mirarlo.

—Estamos en medio del mar, ¿sabes la profundidad que hay aquí? —preguntó Ángela.

—Tranquila, tú no vas a bajar.

—Ángela tiene razón —se metió Carmela—. Estamos a kilómetros de la costa.

Cesare miró alrededor: solamente había agua, agua y más agua.

¿Acaso estás volviéndote loco? ¿A dónde vas a parar?

Resopló y apagó el motor. Estaba casi seguro de que ese era el lugar exacto. Ahora sólo quedaba bajar y averiguarlo.

—Venga gente, optimismo. Vamos a bajar y veamos qué pasa.

Alberto, Carmela y Ángela se quedaron inmóviles. Neli metió una mano en el agua distraídamente.

—Está fría —dijo.

—¿Qué pasa gente? —preguntó Cesare perdiendo la paciencia—. Estamos aquí, hemos conducido desde la ciudad, alquilado el equipo de buceo, el coche y la lancha, ¿y ahora se echan para atrás?

—Yo te acompañaré —dijo al fin Carmela—. Déjalos a ellos aquí.

—Está bien. Por lo menos tú.

—Nosotros tomaremos el sol —dijo Ángela.

Alberto y Neli no añadieron nada. Quien calla, otorga, pensó Cesare. A los pocos minutos, tanto él como Carmela estaban listos para bajar. Apenas estuvieron dentro del agua, Cesare pensó que era cierto lo que había dicho Ángela, estaban tan mar adentro que era demasiado hondo para ver el fondo marino. Carmela nadó cerca de él y le agarró la mano. Cesare reconoció una sombra de miedo en sus ojos detrás de la máscara. Levantó el pulgar para saber si todo estaba bien y ella le devolvió la misma señal para comunicarle que todo estaba en orden, o más o menos.

Bajaron unos cinco metros uno al lado del otro. El agua empezó a hacerse más fría. Otros seis metros más abajo y finalmente vieron a lo lejos el fondo. Nadaron sin rumbo hasta que Cesare señaló a Carmela que era el momento de subir. A lo lejos, el centelleo de una ventanilla rota de un avión pareció guiñar el ojo a los dos exploradores.

Cesare hizo señas a Carmela que deberían volver a subir, pero Carmela se quedó inmóvil en el agua unos segundos mirando hacia el fondo marino. Cesare siguió esa mirada e inmediatamente se percató del avión. Una felicidad indescriptible lo invadió en todo su ser. La sensación que tuvo era comparable al alivio que sentiría un niño de seis años al encontrar de nuevo sus padres después de haberse perdido durante media hora en un aeropuerto con un millón de extraños. Se le dibujó en el rostro una sonrisa de oreja a oreja, aunque Carmela, que estaba decidida a nadar deprisa hacia el avión, nunca la vio.

Cesare dio un vistazo al indicador de oxígeno: no quedaba mucho. Se apresuró a nadar hacia Carmela y la alcanzó muy rápidamente. Esta vez, Cesare pudo ver la sonrisa en el rostro de su acompañante y los dos se abrazaron en medio de un torbellino de burbujas que despidieron producto de aquella emoción. Se acercaron al avión cautelosamente y de repente Cesare le hizo señas a Carmela de que no había mucho más oxigeno restante en los tanques. Se lo hizo entender golpeteando nervioso el indicador. Carmela lo miró, luego echó un vistazo al avión y se rindió a la idea de tener que regresar a la superficie. Se adelantó nadando hacia arriba, mientras Cesare quedó ahí abajo dejándose llevar por la curiosidad. Se habría quedado unos minutos más. Unos minutos más no lo habrían puesto en peligro. Lo importante era que Carmela estuviese a salvo. Él podía vérsela con el poco oxigeno que le quedaba.

XLII

Ya había nadado tres cuartos del ascenso cuando se dio cuenta de que Cesare no estaba ahí con ella. Se paró y miró hacia atrás. Se volvió a la derecha y a la izquierda y miró hacia abajo, pero nada. Pensó que la mejor solución sería regresar a la superficie; en caso de que fuera necesario, bajaría nuevamente con el tanque de oxígeno lleno que había quedado en la lancha.

Siguió pataleando más energéticamente. A decir verdad estaba algo preocupada por Cesare. ¿Por qué diablos se había quedado? Por suerte, el indicador de oxígeno indicaba que no era el fin del mundo. Todavía tenía por lo menos doce o quince minutos de autonomía, y si ella los tenía, también él.

Faltaban solamente un par de metros, tres, dos y ya estaba afuera. Aquella inmersión había durado una eternidad. Estaba exhausta y con ganas de quitarse el tanque de encima. Y entonces su corazón se paró: un individuo con traje de buceo negro estaba apuntándole con una nueve milímetros directo al rostro. Había otro hombre también en traje de buceo negro apuntando un arma a Alberto, Ángela y Neli. Al lado de su lancha había otra igual, pero ella, por alguna razón, no la había visto cuando estaba nadando a la superficie.

—Sal del agua —le ordenó el hombre con la nueve. Hablaba con un fuerte deje norteamericano; era de tez blanca.

—Necesito ayuda.

—Tú, ayúdala.

Alberto obedeció sintiendo el peso de dos pistolas mientras cogía a Carmela por los brazos. Cuando estuvieron todos dentro de la lancha, el primero habló:

—¿Dónde está el otro?

Carmela hizo una mueca.

—¿Qué otro? Sólo bajé yo.

—Sí, como no.

—Es cierto —dijo Alberto—, sólo vinimos nosotros cuatro. No hay nadie más.

—¿Y creen que me lo voy a tragar?

—Si quiere podemos esperar aquí todo el tiempo que necesite —blofeó Carmela.

Ninguno de los dos hombres añadió nada hasta que el primero se sentó sobre el borde de la lancha.

—Vamos a ver.

Esperaron escuchando el silencio durante unos buenos diez minutos, diez minutos durante los cuales Carmela, Alberto, Ángela y Neli tuvieron el corazón en la boca.

Por su posición en el cielo, el sol indicaba que debían ser las dos o tres de la tarde. Sin embargo no era un sol deslumbrante. Unas pocas nubes blancas ayudaban a cubrirlo intermitentemente para que llegara atenuado. No cabía duda de que el verano había llegado por completo. Finalmente, el segundo hombre, después de una mirada a su compañero, saltó a su lancha y se dispuso a arrancar el motor.

—Quédate detrás de mí —le indicó el primero, el que se había quedado con los muchachos—, y si ves que alguien se mueve, dispárale.

XLIII

El avión era un Cessna exactamente como en el sueño. Aquel pensamiento, de que a través de un sueño había predicho el modelo del avión, lo asustó en su fuero interno. Había algo en los sueños, sueños como ninguno que se acordara haber tenido antes del viaje, que le revolvía el estómago. ¿Dónde se originaban?

Se apresuró a llegar al Cessna para explorar su interior. Un mero chocolate con estrías blancas salió de la nada, escupido por el parabrisas quebrantado, y desapareció en la oscuridad del fondo marino. Se asomó lentamente y soltó un grito mudo. Las burbujas cubrieron su rostro despavorido: el piloto tenía la boca y los ojos abiertos en lo que quedaba de su último aullido de terror antes de encontrar la muerte. La cara estaba hinchada y blanqueada por todo el tiempo en que quedó sumergida. El copiloto lucía igual, excepto que su cabeza recostaba contra el mando de control.

Alguien más estuvo allá abajo. Esto lo supo porque la puerta había sido forzada. Miró adentro, pero lo que sea que había estado ahí ya no estaba. Satisfecho, decidió regresar antes de que fuera demasiado tarde. Todavía le quedaban siete minutos, muy pocos. Nadó rápidamente hasta quedarse petrificado: había dos cascos en lugar de uno. Esperó sin moverse y sin parar de mirar el indicador de oxígeno. De repente, uno de los dos cascos se hundió apenas, como si alguien hubiese saltado de una lancha a otra.

Otra mirada al indicador de oxígeno. Ahora sí que tenía que salir del agua. Su instinto le dijo que nadara lejos de las lanchas para no ser visto. Cuando pensó estar lo suficientemente lejos, finalmente subió a la superficie. Justo a tiempo antes de que el oxígeno se acabara del todo y justo a tiempo para ver a dos individuos en traje de buceo negro cargando semiautomáticas. El que iba solo encendió el motor y el otro articuló algo que le fue imposible descifrar. Luego se fueron a toda máquina.

¿Y ahora?

El pánico lo tragó por entero como una anaconda gigante. Se echó un pedo y orinó, y de repente percibió la inmensidad aterradora del océano.

Lo único que lo reconfortaba ahora era el chaleco de buceo, con el cual a través de una válvula podía ajustar su flotabilidad y mantenerse suspendido. Se aseguró de llenar el chaleco para quedar flotando sin depender demasiado de sus piernas y brazos.

El sol pegaba fuerte. Una mirada a su reloj digital barato de buceo que acababa de comprar le informó de que eran las tres y media de la tarde. Él era el único con reloj. Carmela había bajado sin uno y no estaba seguro si los demás llevaban puesto alguno. Pensó en Carmela y los demás. ¿A dónde lo estaban llevando? ¿Quiénes eran esos sujetos? Decidió que lo más lógico sería empezar a nadar en dirección a la isla más cercana, lentamente y con calma para ahorrar energías. Se volvió boca arriba y movió solamente las aletas energéticamente al principio y luego más suavemente. De vez en cuando se ayudaba con los brazos.

No podía evitar sentirse culpable. Fue él que los arrastró a todos en ese lío. Él y sus sueños. Él y su espíritu de aventura. Él y su deseo de algo más, cualquier cosa con tal de salir de la rutina diaria. Monótona vida. Monótona existencia. Desde hacía tres años parecía ser alérgico a la monotonía. En cierto sentido fue él quien había engendrado la idea de viajar a Panamá. Claro está que Alberto accedió de inmediato. A los dos les atraía la idea de viajar a Panamá desde que leyeron un artículo sobre el país istmeño, de su potencial económico y de la cantidad de extranjeros que viajaban hacia él.

Se volvió para asegurarse de que iba hacia la dirección correcta y que las corrientes no lo habían desviado. ¿Qué importaba? Estaba demasiado lejos de cualquier isla. Cesare se dejó llevar por la ansiedad y por un renacido sentimiento de pánico que aparentemente había cobrado fuerza. Un grito de rabia emanó de su boca y, apenas gritó, sintió aún más pánico. Estaba perdiendo los estribos y no estaba bien. No estaba bien para nada. Su mejor amigo y unas muchachas que acababan de conocer habían sido raptados por unos hombres armados y él estaba allí flotando en el medio del océano, a quien sabe cuántos kilómetros de la isla más cercana. Dio otro vistazo al reloj: las cuatro y dieciséis. Se volvió boca arriba por segunda vez y clavó la mirada en un avión de línea que cruzaba el inmenso espacio azul a miles y miles de pies de altura, a miles y miles de pies de donde estaba él, y quiso estar ahí en ese avión. Cualquier lado habría sido mejor que ese en esas circunstancias.

Cerró los ojos.

Los volvió a abrir; el avión se había movido de unos cuantos centímetros a su izquierda dejando atrás su sutil rastro blanco.

Cerró los ojos nuevamente y respiró hondo.

—Por favor Dios ayúdame —dijo en voz alta—. Prometo que no seguiré siendo tan alocadamente aventurero.

XLIV

El hombre con la nueve alternaba su mirada entre el mar frente a él y los chicos en la lancha; muy raramente se volvía para mirar a su compañero que lo seguía. Pronto deceleró y las olas que se rompían contra el casco de la lancha se ensancharon y el viento se hizo menos fuerte. Su compañero lo superó y los dos cruzaron miradas cómplices. Ahora era el hombre con la nueve que seguía al otro. Habían conducido hacia el lejano este de San Blas durante al menos cuarenta minutos y el destino era una pequeña isla a algunos kilómetros de la costa con dos cabañas, poca arena frente al mar y una docena de palmeras. Después de un rápido vistazo, Alberto calculó que la isla no podía medir más de cien metros de largo y otros tantos de ancho.

Embarrancaron las lanchas en la playa, cuidando de levantar los motores a tiempo, y les ordenaron de bajarse rápidamente.

—¿Dónde estamos? —preguntó Alberto mientras se bajaba.

—Sin preguntas —contestó el hombre con la nueve, empujándolo con el mango de la pistola contra el hombro.

Alberto hubiera querido arrancarle la nueve y propinarle un derecho en la mandíbula, pero vio al otro mirarlo con desafío y borró esa idea de su cabeza. Dos hombres armados contra uno desarmado habrían seguramente prevalecido. Y él no era Bruce Lee.

Las chicas obedecieron desanimadas y con las miradas hacia el suelo, sobre todo Ángela y Neli, que tenían rostros pintados de miedo poco contenido.

—Tengo miedo —gimió Ángela acercándose a Carmela.

—No te preocupes.

—¡Caminen! —ordenó el segundo hombre a las chicas—. Entren en esa cabaña.

El hombre con la nueve abrió una puerta e instó a los chicos para que entraran subiendo dos peldaños de madera. El interior estaba en penumbras porque la única fuente de luz era una ventana que había sido tapada con una cortina que apenas dejaba pasar unos indolentes rayos de sol. El espacio no era tan chico. Alberto pensó que habrían podido caber dos camas sin ningún problema, aunque no había camas, ni sabanas, ni mesas, ni sillas, sólo un olor rancio de arena húmeda y moho.

—¿Qué hacemos con ellos? —preguntó el segundo de los dos hombres, que parecía más bien ser el ayudante del hombre con la nueve.

—Ya sabes —contestó éste mirando a Ángela con sorna—, matarlos y hacerlos pedazos.

Ángela se puso a llorar. Carmela la abrazó y Neli se les acercó, también sollozando. Alberto se tiró encima del hombre con la nueve y pudo apenas gritar «¡Maldito!» antes de ser noqueado por el segundo con un fuerte golpe en la nuca. Lo ultimó que vio mientras caía fueron los rostros aterrorizados de las chicas.

XLV

Miró el reloj: las cinco en punto. ¿Y si había tiburones? ¿Y si lo hubiesen atacado en ese preciso instante, arrancándole las piernas a mordiscos, llenado el agua con su propia sangre mientras él gritaba a todo pulmón? Se acomodó la máscara y miró hacia abajo. No podía ver nada. Boca arriba, decidió seguir pataleando suavemente con los ojos cerrados sin pensar en nada. Además, el cansancio se estaba haciendo sentir y él tenía que concentrarse para no sufrir de calambres o cualquier otro malestar que lo habría, seguramente, puesto en peligro. Aunque había estado en el agua durante horas, Cesare podía sentir cómo su cuerpo sudaba frío por el estrés y el pánico que contenía apenas. Por suerte el chaleco lo hacía flotar sin depender de sus piernas y brazos. Sin embargo, pataleó y movió los brazos para avanzar aunque sea de algunos metros en dirección a la isla más cercana, abriendo y cerrando los ojos hacia el cielo azul oscuro, mientras el agua entraba y salía de sus oídos e iba y venía sobre sus cachetes y nariz. Estaba harto del agua salada; quería salir de ahí; quería poder apoyarse en algo sólido, sentarse y sentir algo rígido debajo de su trasero.

—¡Dios! —gritó.

Pero no estaba bien gritar. Estaba perdiendo los estribos otra vez y no estaba bien. Respiró hondo.

Dios por favor déjame salir de esta con vida.

Cerró los ojos y se imaginó un plato de pasta humeante. Sonrió de manera tonta y hundió un poco más la cabeza hacia el agua, de modo que los oídos estuvieran totalmente sumergidos y lo único que pudiera oír era el silencio del mar y más nada, ahí con el silencio del agua salada y la profundidad del océano y todo lo que contenía su inmensidad. Cesare pensó que estaba volviéndose loco.

—Loco…

»Bien loco…

»Agua salada…

»Océano…

»Agua y más agua...

»Dios…

Bisbiseaba y las palabras retumbaban dentro de su cabeza porque tenía los oídos bajo el agua:

—Agua…

»Mucha agua…

»Demasiada agua…

»Pero ¿por qué?...

»¿Por qué a mí?...

»Dios por favor ayúdame, necesito un milagro…

»Dios…

»Hay…

»Demasiada…

»Demasiada agua…

Y de repente lo escuchó y abrió los ojos de par en par. ¡Era el motor de una lancha! No había duda, era el ruido de un motor y de las olas rompiéndose contra el casco. Se enderezó y se miró alrededor como un hombre poseído. Era una lancha que iba a toda máquina a unos cuatrocientos metros de él, un poco más al norte de su posición. No iba directo hacia él pero lo habría pasado ni tan de lejos. Todo lo que tenía que hacer ahora era aspavientos con las manos y gritar con toda la fuerza que le quedaba, que no era mucha. Lo hizo una y otra vez, impulsándose con las aletas para emerger del agua lo más posible, hasta que el indio que iba conduciendo la lancha lo vio, le respondió con un gesto del brazo y se le acercó para recogerlo.

—Alabado sea Dios…

—Hola —dijo el indio.

—Hola, hola. Sí… ¡Qué suerte! Mi nombre es Cesare. Es una historia muy larga.

XLVI

Alberto llevaba veinte minutos en el piso cuando finalmente abrió los ojos. Su primer instinto fue tocarse la nuca dolorida pero no pudo: sus manos estaban atadas detrás de su espalda con una cuerda.

—¡Alberto! —gritó Carmela sin poderse contener, contenta de verlo finalmente despierto. Las chicas estaban todas sentadas al lado de él en el piso, que era de madera chuchurrida y húmeda. Sus manos estaban atadas detrás de las espaldas como las suyas—. ¿Cómo te sientes?

—Aturdido.

Los hombres ya no llevaban puestos los trajes de buceo negro, sino bañadores clásicos. Estaban entrando y saliendo de la cabaña y amarrando unos tanques de hierro llenos de un líquido a unas cuerdas, que con mucha brusquedad amarraban a su vez a los pies de las chicas.

—¿Qué están haciendo? ¿Nos quieren hundir vivos? —se alarmó Alberto—. Por Dios, ¡no! ¡Déjenos ir!

—Hey, hey… tranquilito —lo amenazó el hombre con la nueve, apuntándole el arma a la cara—. Nada de escándalos.

—No nos pueden hacer esto —suplicó Alberto.

—Teníamos planeado matarlos primero y luego tirarlos por la borda —intervino el ayudante—, pero hundirlos vivos suena divertido.

—Por favor no lo hagan —repitió Alberto.

El ayudante se agachó, apuntó el arma a Alberto haciendo tocar el frío cañón contra la frente empapada y lo miró con un odio intenso.

—¿Qué tal si te mato ya?

—¡Eric! Déjalo en paz —le ordenó el hombre con la nueve.

Alberto pensó que el ayudante, Eric, tenía que ser colombiano; era de tez oscura y hablaba con un acento de Colombia, mientras que el jefe era definitivamente norteamericano. Era un gordo blanco con pelo rubio, mientras Eric era esbelto y posiblemente de descendencia africana. ¿De dónde salían? Quizá nunca lo averiguaría.

—Está bien, pero ¿qué hacemos, los dejamos aquí?

—Por ahora.

—¿Los termino de amarrar?

—Después. Ahora ayúdame con algo.

Los dos hombres salieron de la cabaña sin cerrar la puerta. Empezaron a hablar en voz baja justo frente al marco. Ni Alberto ni las chicas podían escuchar lo que decían. De repente Eric fue a entrar nuevamente en la cabaña cuando se escuchó un disparo. Las chicas gritaron y Alberto saltó por el susto. El norteamericano apareció detrás de Eric con el brazo levantado empuñando la nueve, mientras éste caía pesadamente contra el piso de madera.

—Estaba empezando a fastidiarme —explicó el norteamericano como si debiera una explicación—. Aparte de que ya tengo todo el dinero.

Entonces era cierto, pensó Alberto. Cesare estaba buscando un avión y el avión estaba lleno de dinero.

—Por favor, déjenos ir —le rego Carmela—. Ya encontró su avión y su dinero. Puede irse y desaparecer para siempre. Nosotros no iremos a las autoridades.

—¡Ah! —se rio el gringo—. Creen que soy idiota.

—Es cierto —intervino Alberto—, no iremos a la pol...

—No gasten saliva —dijo cortante el gringo en voz alta antes de desaparecer detrás de la puerta y cerrarla.

Eric quedó con los ojos abiertos y una expresión que Alberto supuso se trataba de incredulidad. Un charco de sangre que brotaba de su cabeza estaba lentamente conquistando el piso de madera chuchurrida.

XLVII

Cuando finalmente se quitó el tanque y el chaleco de encima pensó haberse librado de una tonelada. Puso una amplia sonrisa y echó la cabeza hacia atrás.

—Me acabas de salvar la vida —reiteró Cesare al indio, que se sentaba en popa con la mano sobre la palanca del motor y observaba al italiano con intensa curiosidad.

—¿Cómo te quedaste solo en medio del mar?

—Mis amigos…

—¿Sabes que no se puede bucear aquí?

—Mis amigos han sido raptados.

—¿Raptados? ¿Por quién?

—Buena pregunta. Sólo sé que eran dos buzos.

El indio se puso pensativo. Bajó la cabeza, llevó la mano de la palanca a la boca y dijo:

—Estoy casi seguro de saber quién fue: el colombiano y el norteamericano que llevan meses buceando por estas aguas.

—¿Norteamericano? ¿Colombiano?

—Sí, dos sujetos desagradables, por cierto. Llevan muchos meses aquí buceando. Siempre les llamamos la atención y los multamos, pero ellos pagan las multas y siguen buceando. Los dejamos bucear porque es un buen ingreso multarlos cada vez que los pillamos.

Cesare miró el reloj: eran las seis y treinta y cinco. Se habían ido tres horas desde que Alberto y las chicas habían sido raptados.

—Necesito encontrarlos.

—Creo conocer a la persona que te puede ayudar —dijo el indio. Dicho esto aceleró hacia una isla que había dicho llamarse Banedub.

Lo primero que Cesare vio al llegar a la isla Banedub fue el cráneo de una vaca cerca de la playa. Hizo una mueca, que el indio leyó enseguida.

—No te engañes por eso. Esta isla es muy placentera.

Bajaron de la lancha y Cesare sintió efectivamente placer en tocar tierra firme después de tantas horas. Ya eran las siete pasadas. El indio lo guio hacia el interior de la isla y lo dejó en compañía de otro indio, que lo ayudaría, y que se hacía llamar Alan Walker.

Cesare miró al indio que le salvó la vida alejarse rápidamente hacia un grupo de indios que estaba riéndose cerca de una hilera de cabañas; algunos se mecían en unas hamacas, otros estaban sentados en unas sillas de madera, todos parecían estar muy alegres.

—Alan Walker —dijo el otro ofreciéndole su mano.

Cesare se volvió para clavarle una mirada indagadora. Alan Walker era de su mismo tamaño, que era algo raro ya que la mayoría de los indios que había conocido le llegaban al hombro. Tenía en la cabeza una bandana de pirata negra con una calavera blanca que le daba un aire cómico. Llevaba puestos un suéter blanco sin mangas y unos pantalones verdes que habían sido cortados al nivel de las rodillas.

—Cesare… —dijo estrechándole la mano y algo sorprendido—. Necesito ayuda. Mis amigos fueron raptados por dos buzos con pistolas. Tenemos que avisar a las autoridades.

—No creo que sea buena idea avisar a nadie —dijo Alan Walker. Se dispuso a caminar hacia una de las cabañas.

—¿Por qué no?

El indio no contestó. Agarró un machete que descansaba contra la pared de la cabaña y se apresuró a abrir un coco.

—No tenemos mucho tiempo, mis amigos están en peligro. Tenía la idea de que podrías ayudarme.

Con un par de macheteadas avezadas Alan Walker abrió un hueco que dejó ver el líquido flotando dentro. Entonces entró en la cabaña y regresó con una botella de ron.

—¿Alguna vez has probado un Coco Loco? —le preguntó a Cesare con una sonrisa.

—¿Coco Loco?

—Agua de pipa con ron.

—No tenemos tiempo para Cocos Locos.

—Toma.

—Al diablo.

Cesare aferró el coco y engulló el líquido por completo. El ron le quemó la garganta y le llegó al estómago como un trago de lava ardiente. No había comido nada desde el desayuno. Aun así, el efecto que tuvo fue alentador. Necesitaba desesperadamente dejar ir el estrés que como un racimo de uva había ido acumulándose en sus espaldas y en su cuello. Con el Coco Loco estaba desenredándose todo.

—Necesito otro —dijo al fin.

El guna abrió otros dos cocos, uno para él y otro para Cesare, y los dos tomaron ron y agua de pipa observando el cielo matizado de azul. Ya eran casi las ocho. Cesare sentía la brisa acariciarle el rostro mientras iba lentamente embriagándose. La luna parecía complacida. Era una luna nueva, y la mayoría de los demás indios ya se había retirado.

—Ven —le dijo Alan Walker.

Cesare lo siguió y juntos se acercaron al agua. Cesare pudo ver la bioluminiscencia de medusas y calamares nadando alrededor. Estaban prendidos de una luz natural.

—¡Guau! Es sorprendente. —Respiró hondo—. Alan, necesito ir en busca de mis amigos.

—Sé a dónde ir —contestó Alan Walker—. Sé a dónde ir.

XLVIII

El gringo regresó después de casi una hora con un tanque de gasolina.

—Vamos a prender una barbacoa —dijo sarcástico.

—¡No! Por favor —gritó Ángela.

—¡Cállate! —El gringo le asestó un golpe con la culata de la pistola a la sien y Ángela, que ya estaba sentada, simplemente cayó hacia atrás inconsciente. Carmela y Neli se le acercaron como pudieron, todavía con las manos atadas a la espalda.

—¡Maldito! —gritó Alberto levantándose con dificultad y tirándosele encima.

El gringo pudo muy fácilmente enfrentarlo y con un movimiento de piernas lo tumbó en el piso. Alberto se desplomó golpeando la nunca contra la pared, pero quedó despierto. Lo miró con los ojos entornados: aquel sujeto estaba claramente entrenado con algún tipo de arte marcial. La manera en que lo tumbó, esa agilidad, pertenecía a un karateka. Lo miró mientras iba cerciorándose de que las chicas estuvieran bien atadas y ahora se disponía a hacer lo mismo con las piernas. Después hizo lo mismo con él. Alberto luchó con toda la fuerza que podía acumular en sus piernas, pero el gringo le propinó un puñetazo en los testículos que lo doblegó por el dolor. Ahora sí que no podía levantarse. Paso seguido empezó a verter la gasolina por toda la cabaña, empezando con el cuerpo de Eric, y salpicó el líquido por doquier. Las chicas chillaron como si aquella fuera agua santa y ellas unas poseídas por el demonio. A Alberto el corazón le empezó a bombear rápidamente. ¡Qué muerte! Quemados vivos. Nunca se hubiera imaginado que eso llegara a pasar.

Cuando se hubo acabado la gasolina, el gringo tiró el tanque en una esquina y salió.

—Alberto, tengo miedo —dijo Carmela. Las demás chicas empezaron a sollozar. Ángela se había recuperado pero tenía los ojos casi cerrados.

—Yo también.

Se callaron cuando regresó con otro tanque de gasolina.

—Por favor —empezó Alberto—, no lo hagas.

El gringo lo ignoró y siguió con la rutina.

—Le podemos dar dinero, cualquier cosa —dijo Carmela desesperadamente.

—No necesito dinero. Tengo seis bolsas con un millón de dólares en cada una en mi lancha. Más que suficiente para toda la vida.

XLIX

Subieron a la lancha de Alan Walker y éste arrancó sin muchos rodeos, empujando el motor a su capacidad máxima. Cesare estaba definitivamente ebrio. Saltaba por las olas y el corazón le subía y bajaba en la garganta. Este indio loco, pensó, primero se embriaga y después se da cuenta que es algo urgente.

No tenía la menor idea de cómo se orientaba en la oscuridad, aunque no era del todo oscuro; la luna iluminaba lo suficiente como para poder ver a varios metros de distancia. Él se habría perdido seguramente. Pensándolo bien, quizá se habría perdido aunque fuesen las doce de la tarde. Esos indios conocían muy bien sus islas, de eso no había duda alguna.

—¿A dónde vamos?

—Yo sé dónde se están quedando esos dos buzos —explicó Alan Walker—. Lo más seguro es que estén ahí.

Anduvieron durante veinticinco minutos dirigiéndose hacia el este de San Blas, muy al este, pensó Cesare, lo más al este que había estado. El guna deceleró y le hizo señas a Cesare.

—Esa es la isla.

—¿Esa? Se ve chica. ¿Qué esperas? Vamos.

—Mejor ir sin hacer mucho ruido —advirtió Alan Walker.

—Tienes toda la razón.

Se fueron acercándose lentamente y Cesare pudo distinguir el hombre con la nueve cargando maletas desde una de las únicas dos cabañas que había en la pequeña isla hacia una de las dos lanchas en la playa. Enseguida sospechó que aquellas fatídicas maletas eran lo que los dos buzos habían estado buscando durante tanto tiempo. ¿Qué contenían? ¿Drogas? ¿Dinero?

—Tenemos que idear un plan para llegar sin ser vistos —sugirió Cesare. Se acordó de que todavía le quedaba un tanque de oxígeno, pero ese tanque estaba en la lancha, y la lancha estaba embarrancada en la isla.

184

—La oscuridad nos ayuda. Él no nos puede ver. Pero tendrás que seguir tú solo, nadando.

Cesare se tiró al agua y empezó a nadar.

De nuevo en el agua. Qué estrés...

Nadó rápidamente sin nunca perder de vista al hombre en la isla. Éste seguía llevando las bolsas a la lancha. Aparentemente ya estaban todas porque aflojó el paso. Sintió un reflujo acidulo llegarle a la boca. Tenía sabor a agua de pipa y ron. Estaba hambriento y ya prácticamente al alcance de la playa. Ahora el sujeto había sacado de la lancha un tanque rojo que reconoció enseguida ser un tanque de gasolina y entró en la otra cabaña. Perfecto: tenía tiempo de salir del agua sin ser visto. Eso fue lo que hizo. Caminó a paso ligero sobre la arena como un ninja y se escondió agachándose detrás de una palmera cuando el hombre volvió a salir con las manos vacías.

Cesare contuvo la respiración.

Oh Dios...

Todo lo que podía escuchar era el corazón bombearle tan fuerte que parecía querer salir del pecho. El hombre se encogió de hombros y volvió a caminar. Estuvo muy cerca, pero no podía verlo en la oscuridad. Se dirigió nuevamente hacia la lancha, pasando a la izquierda de Cesare. Sin embargo nunca lo vio. Sacó otro tanque de gasolina y regresó a la cabaña. Era el momento de actuar. Cesare corrió hacia la lancha que habían alquilado esa mañana y encontró el tanque de oxígeno, luego fue decidido hacia la cabaña.

L

—¿Seis millones de dólares? —exclamó Alberto sin poder contenerse—. Vaya… Qué bien por ti. Tienes todo lo que necesitas para ser feliz. No tienes que hacer esto.

—No lo hagas —imploraron Carmela, Ángela y Neli.

El gringo se rio complacido.

—No puedo dejarlos ir.

—¿Y nos vas a quemar vivos?

El gringo miró a Alberto.

—De una forma u otra necesitamos terminar con esto. Los puedo matar con la pistola, pero la dejé en la lancha.

Neli y Ángela comenzaron a llorar desconsoladamente.

—Voy a hacer una fogata. Eso es lo que haré.

Dicho eso sacó un encendedor Zippo plateado de su bolsillo.

—¡No! —gritaron todos al unísono.

—¡Cesare! —gritó Alberto.

El gringo se volvió a tiempo para ver a Cesare estrellarle el tanque de oxígeno contra la cara. El encendedor cayó al piso e inmediatamente se prendió una bola de fuego.

—Cesare —gritó nuevamente Alberto—, rápido, ¡desátanos!

Cesare corrió hacia Alberto y le desató las manos. Iba por sus piernas pero sintió un fuerte empujón desde atrás. El gringo se había recuperado del golpe. Alberto lo agarró por el bañador y lo empujó hacia abajo, a tiempo para permitir que Cesare se volviera a levantar y le diera un rodillazo contra la mandíbula.

La bola de fuego estaba rápidamente esparciéndose por toda la cabaña.

—¡Cesare, ayúdanos! —gritó Carmela.

Cesare corrió en su ayuda y le desató las manos. Enseguida, Carmela se desató los pies y ayudó a las otras dos chicas a liberarse. Las llamas estaban cobrando fuerza demasiado rápidamente. Por suerte se quemaron apenas. El gringo les había salpicado unas gotas de gasolina en la cabeza, pero no en las piernas. Lo que estaba empapado del líquido inflamable era el piso de madera en mal estado frente a ellos y alrededor de Eric. Hasta ahí había llegado ese piso podrido, pensó Carmela.

—¡Tienen que salir de aquí! —les encomendó Cesare.

Las chicas, tan pronto pudieron, salieron pitando. Qué bien, pensó Cesare, aunque enseguida su expresión se pintó de terror: el gringo tenía a Alberto agarrado por el cuello con un brazo alrededor de la garganta. Alberto lanzó un grito sofocado cuando su pierna derecha empezó a arder en llamas. Se agitó como un loco por el dolor lacerante. Un olor a carne quemada fue uniéndose al de madera quemada.

—Déjalo ir —le ordenó Cesare.

El fuego engulló a los dos hombres por un instante. El gringo debió haber perdido el agarre por el susto y Alberto logró escapar dejándose caer al piso, usando su peso para liberarse.

—¡Quítate! —Oyó Cesare a sus espaldas, y luego sintió un fuerte empujón que lo hizo desplazarse hacia un lado. Era Alan Walker con la nueve milímetros del gringo. La agarraba con las dos manos y no parecía estar muy seguro de lo que estaba haciendo. Sin embargo apretó el gatillo. Nadie vio donde fue a parar la bala, pero sí había logrado asustar al canalla. Alberto, todavía gritando, fue corriendo hacia la salida. Su destino era el agua. Entonces Alan Walker apretó el gatillo de nuevo y esta vez la bala impactó contra el pecho de su oponente. Cesare salió de la cabaña y observó a aquel hombre caer de rodillas justo al lado de su ex ayudante. Las llamas estaban fuera de control. Se escuchó otro disparo: Alan Walker liquidó al gringo con un segundo disparo en el pecho, esta vez más cerca al corazón. El pobre desgraciado cayó de cara y no volvió a moverse.

Las tres chicas estaban llorando abrazadas, pero también se podía vislumbrar una media sonrisa en sus rostros. Fueron testigos de lo que había hecho Alan Walker: el indio loco vestido de pirata les había salvado la vida.

Cesare miró el reloj. Aquella había sido una noche muy larga y apenas eran las diez. Un relámpago arañó el cielo con su luz deslumbrante, pero no hubo ningún trueno. Alberto estaba acostado en la playa con las piernas en el agua y los ojos cerrados. Alan Walker miraba la cabaña arder en compañía de Ángela y Neli.

—Cesare, ¡ven! —exclamó Carmela, que estaba revisando las bolsas de dinero dentro de la lancha—. El gringo había dicho que hay un millón de dólares en cada una, ¡y son seis!

Cesare sonrió una sonrisa larguísima.

—Alan Walker, ven —dijo agarrando una bolsa—. Esta es tuya.

LI

El velero era un Bavaria Cruiser de treinta y siete pies con un fino piso de madera. Las velas eran enormes y blancas como el resto del barco. Los dos colores predominantes eran el chocolate claro de la madera y el blanco pulido.

—Sí, está a la venta —dijo el joven con la gorra blanca de Ralph Lauren y los lentes de Ray-Ban—. Cuesta ciento cincuenta mil.

Cesare sonrió y miró a Alberto y Carmela.

—Lo compramos —dijo.

Ángela y Neli saltaron de felicidad con los brazos al cielo.

El puerto Balboa estaba algo concurrido. Aquella había sido la primera tarde de los cuatro amigos juntos fuera del hotel después de haber regresado a la ciudad dos días antes. Se la habían pasado contando el dinero. Cada uno se quedó con un millón de dólares americanos. Alberto había ido a emergencias para curar sus quemaduras y ahora llevaba una gasa en la pierna derecha. Se habían quedado en el American Trade Hotel del Casco Antiguo, no muy lejos del bar donde Cesare y Alberto habían trabajado.

—Bueno, me hacen muy feliz. He tratado de venderlo durante un año y medio. Está en óptimas condiciones, pero yo ya no puedo darme el lujo. Solamente tenerlo parado aquí me cuesta un dineral.

Cesare dio una palmada en el hombro del muchacho.

—Bueno, nosotros no tenemos planeado quedarnos aquí mucho más tiempo.

Al día siguiente de cerrar la compra del velero, Cesare, Alberto y las chicas estaban navegando por la bahía de Panamá. Era un día espectacular y Cesare estaba detrás del timón, las velas desplegadas y la proa surcando majestuosamente las calmas aguas del Océano Pacifico.

Los cinco estaban en popa riéndose alegremente. Cesare tenía en la mano una botella de champaña.

—¡*Carpe diem*! —exclamó.

—¿Cómo? —preguntó Ángela.

—Olvídalo. Gente, somos oficialmente las personas más afortunadas de todo Panamá. Tenemos nuestras maletas, no tenemos hogar fijo ¡y ganamos la lotería!

Se rieron todos y las chicas gritaron de felicidad.

—¿Qué hay por allá? —señaló Alberto, que se quería rascar la pierna pero no podía. La quemadura de tercer grado estaba curándose a base de pomadas y gasas que la protegían de la intemperie.

—Isla Taboga —dijo Cesare.

—¡Vamos a Isla Taboga! —incitó Carmela.

—¡Vamos!

—Pero tengo un plan, gente, si les gusta —sugirió Cesare—. Navegaremos hasta California haciendo varias escalas de camino hacia allá, ¿qué les parece?

—Me parece genial —dijo Neli.

—Genial —acordaron los demás.

—¡Vamos rumbo a California!

Bebieron esa botella de champaña y bebieron una segunda. Luego Alberto relevó a Cesare detrás del timón y éste se fue a acostar con las chicas en cubierta. Las chicas en bikini estaban brillando bajo el sol. Se acostó en medio de ellas y Carmela lo besó. Por primera vez después de mucho tiempo se sentía feliz, se sentía libre. Sonrió y dejó que el sol le llenara el espíritu. Cerró los ojos extasiado.

LII

Abrió los ojos y se estremeció cuando vio a Alberto el Sombrero sentado en una silla en el centro de un semicírculo donde estaban todos los personajes que había encontrado durante aquella aventura.

Estaban sentados en sus sillas mirándolo sin decir nada: Tony y Pascadio con un hueco en la frente, el señor Sánchez, Mandi, el Saila Warapí, Fredy, Dylan, Julieta, Juan con el rostro deshecho, Mr. Michael J. Fox con la cara ensangrentada y la nariz rota, el agente Foster y el agente Smith, Pam y Catherine, Alan Walker, Eric y finalmente el gringo, ambos totalmente quemados. Se levantaron todos e hicieron un saludo con la mano:

—Adiós Cesare.

Hasta que Cesare se quedó solo con Alberto el Sombrerero y las sillas vacías.

—Vámonos Cesare, ha llegado el momento de irnos.

—Pero nunca encontramos el tesoro de los gunas…

—¿Cómo que no encontraste el tesoro? ¿Y toda esta aventura no fue un tesoro que guardar para siempre en tus recuerdos?

—Supongo que sí.

—Supones bien. Ven… —Cesare se levantó de la arena y se puso al lado de Alberto el Sombrerero—. Salta conmigo.

Los dos saltaron al mismo tiempo y saltaron tan fuerte y tan alto que Cesare sentía como si estuviese tomando vuelo. Subían y subían y no había más nada que el cielo infinito sobre sus cabezas. Pronto pararon de subir y se quedaron a observar.

El paisaje estaba completamente empapado por una luz amarillenta, y el sol, un sol que Cesare percibió estar a años luz, era un ojo que todo lo ve con anticipación, un ojo resplandeciente y omnipresente y consciente de que nada es real, nada es lo que parece ser, nada importa al ojo, que la única razón es dar aliento a una criatura aviesa, irracional, egoísta, materialista y efímera, y al

mismo tiempo noble, racional, altruista, idealista y eterna; la matriz busca
impertérrita razón en la locura, alegría en la tristeza, paz en la guerra y amor
en el odio, consciente de que uno no es nada sin el otro; la matriz es una
sociedad demente en búsqueda de cordura.

—Es el final, ¿verdad? —preguntó Cesare admirando el espectáculo.

—Sí, hemos llegado —dijo Alberto el Sombrerero—. Después de tantas
peripecias, hemos llegado.

PRÓLOGO

San Blas
Año 1502

El joven indígena esperó y esperó. Y esperó un poco más. Cuando finalmente el tiburón salió de la gruta, y esto lo supo porque el depredador dio un par de vueltas antes de desaparecer debajo del agua, y esperó justo un poco más a que aflorara y nunca afloró, solamente entonces se decidió a tirarse nuevamente al agua para salir de la gruta. Pero algo pasó justo antes de que se tirara, algo que con muchas probabilidades nunca olvidaría. Una luz de diferentes colores estaba emergiendo del agua justo frente a él. La luz era intermitente y se movía en forma circular alrededor de un disco de unos dos metros de diámetros que sin embargo no emitía ningún sonido. Era como si dos platos gigantes hubiesen sido unidos desde la base. Su color era de un gris plateado que le recordaba las armaduras de los españoles. ¡Lo habían encontrado! Y aquello era un barco como jamás había visto antes. Pero, ¿cómo podía un ser humano caber dentro de aquel aparato? Pensó que era imposible. Tal vez contenía un enano.

Se sorprendió aún más cuando un rayo de luz salió escupido de aquellos platos cegándolo por un instante antes de posarse sobre las bolsas con el oro, y quedó boquiabierto cuando éstas empezaron a ondear en el aire hasta desaparecer dentro del misterioso aparato. Los diablos lograron hacerse con el oro después de todo. Sintió una ola de rabia subirle a la cabeza y sin embargo no había nada que podía hacer. De repente temió por su vida. Esperó petrificado lo que habría ocurrido y cerró los ojos. Cuando los volvió a abrir el disco estaba inclinado a unos pocos centímetros de sus pies, como a desafiarlo para que se subiera en él, y sin pensarlo, el joven trepó quedándose de alguna manera en equilibrio y agarrándose por los bordes mientras el aparato flotó hacia la salida volando, flotando por encima del agua, hasta que salieron de aquella gruta y entraron en la oscuridad de la noche. Ganaron altitud rápidamente hasta que vislumbró otra nave suspendida en el cielo, una nave tan grande que pudo imaginar un millar de diablos mirándolo mientras una puerta se abría para dejarlo entrar.

Se dio la vuelta un segundo antes de desaparecer dentro de aquella enorme nave voladora y vio su tierra, la tierra donde había crecido, y supo que no volvería a verla nunca más.

ACERCA DEL AUTOR

Luca Pataro Busset (1983) nació en Panamá pero creció en Italia hasta los dieciséis años. Desde ese entonces ha regresado a Panamá y ha vivido en Estados Unidos y China. Actualmente reside en la ciudad de Nueva York.